U0931149

# Woman 原色女人

## 名画中的女人之谜

姜卫国　甘丽君◎编著

華夏出版社
HUAXIA PUBLISHING HOUSE

**图书在版编目（CIP）数据**

原色女人：名画中的女人之谜／姜卫国，甘丽君编著．－北京：华夏出版社，2011.3
（名画谜踪）
ISBN 978-7-5080-6204-4

Ⅰ.①原… Ⅱ.①姜… ②甘… Ⅲ.①故事－作品集－中国－当代 Ⅳ.①I247.8

中国版本图书馆 CIP 数据核字（2010）第 247548 号

# 原色女人：名画中的女人之谜

**编　　著**：姜卫国　甘丽君
**策　　划**：景　立　浩典图书
**责任编辑**：赵　楠　刘晓冰　李春燕
**责任印制**：刘　洋
**装帧设计**：浩　典 · 南　戈
**出版发行**：华夏出版社
**社　　址**：北京市东直门外香河园北里 4 号
**邮政编码**：100028
**经　　销**：新华书店
**印　　刷**：北京睿特印刷厂大兴一分厂
**装　　订**：北京睿特印刷厂大兴一分厂
**开　　本**：720 × 1000　1/16 开
**印　　张**：20
**字　　数**：320 千字
**版　　次**：2011 年 3 月第 1 版
**印　　次**：2011 年 4 月第 1 次印刷
**书　　号**：ISBN 978-7-5080-6204-4
**定　　价**：49.80 元

# 前言 >

# 女人永恒的话题

生命本身就是一个不解之谜，世间的男男女女在谜中奔走。而女性则是这谜中之谜。她曾经是女神，屹立在高高的山顶上，拥有蔚蓝的天空、丰饶的大地，戴着质朴的王冠，神态安详地接受着男性同胞的顶礼膜拜。她曾经是女奴，跌落到山谷下，庄严的发髻散乱，明媚的双眼迷茫，隐忍着屈辱与悲伤，高贵的头颅上悬着男性的权杖与皮鞭。她曾经是人类的母亲，为人类编织过美丽的花环，却一度不能迈进人的殿堂，在凄清的冷宫中，只能和孤月相伴。她曾经是人类的启明星，她的歌声迎来了人类文明的曙光，而人类文明的太阳却把她久久地遗忘。

在各个民族的神话和宗教传说中，她既是美、爱情、丰饶的象征，又是诱惑、罪恶、堕落的象征。美丽与邪恶的传说集于女人一身，使她罩上了层层神秘的面纱，掀开面纱，我们看到的仍只是她神秘莫测的面影和眼波，而她那真实的面目和风姿对于世人来说仍然是扑朔迷离的。有人说，女性是晨雾萦绕的绿色沼泽。这个比喻形象地道出了男人心目中女性的危险和魅力。

女人是水做的。一个水字，道出了女人生命的丰富底蕴。女人顾盼时，眼含秋水，秋波荡漾，让人为之迷醉；女人走动时，如款款的泉水，让人赏心悦目；女人即使安静下来，也好似一颗露珠，晶莹圆润得让人不敢轻易靠近，生怕她化为一缕虹霓飘然而去。说到女人的性情，则更处处透着水的质感，那是细腻的、平滑的、柔软的、透明的，并且具有张力和韧性。不是么，女人如水，男人如石，石头再硬，也经受不住水的长久打磨和洞穿，这大概说的就是柔能克刚吧。是的，女人的美丽中富含充足的水分，正因为女人是水做的，这个世界才变得如此湿润，如此楚楚动人。

女人是满天的彩霞，她绚丽多姿，光华无比；她可以灿如夭桃，她也可以淡似晨雾；她可以婀娜如湖边垂柳，也可以洁净如雪中腊梅；她可以轻柔如三月和风，也可以庄重如暮色苍茫时的彤云……

女人是梦、是绚丽温馨的梦、七彩的梦。梦幻就是女人永恒的标记——梦幻的女人使男人叹为观止；梦幻的女人使世界多姿而妩媚；梦幻的女人点燃了人类生命的火焰。

自从古希腊人把爱和美之神塑造成一个女性的形象之后，人类最伟大的精神财富和最出色艺术就与女性结下了不解之缘。

偷食了伊甸园禁果的人类始祖睁开眼睛，首先发现的就是女性之美。而那尊代表着最美女人的米洛斯的维纳斯，虽然只是一块冰冷的无生命的大理石，但艺术家赋予了她丰满的胸脯下的呼吸和心脏的跳动，润滑、富有弹性的肌肤和体温。她俏丽宁静的脸庞闪烁着安详的光芒，诱人地缠绕在腿上的衣衫令人无限遐想。

女人对于男人的吸引力，犹如北极吸引着罗盘的指针。女人的爱心滋润男人，女人的柔情渗透男人，女人的智慧洗涤男人，女人的微笑融化男人，女人的魅力冲击男人……美丽的女性形象就是美的代名词，是诱惑的象征。女性人体的审美化，揭示了人体美的奥秘，讴歌了人类的生命力，更用想象的翅膀把人类的精神升华到了理想的境界。一部西方艺术文学史几乎就是一幅女性形象的画廊，一个个女人的传奇在这里上演，绵绵不绝。虽然权力的宝剑握在男子的手上，但是美的桂冠却戴在女性头上。

的确，如果没有女人，我们的生活就没有色彩、没有激情、没有梦；如果没有女人，我们这个世界也就没有艺术，没有文学，没有音乐，更没有诗。女人，是这个世界永恒的话题。

# 目录 > CONTENTS

神箭 / 布歇

# 第一章
CHAPTER 1

# 女人之初

美丽的女人犹如山间的一汪清泉，
让人心甘情愿地沉溺在她柔软温香的怀抱里。
女人似水，是诱惑人的水，是引人遐想的水，是男性永恒的诱惑。
女人似水，却胜过水，
她是生命之母，是生命之初，是人类原始的母亲。

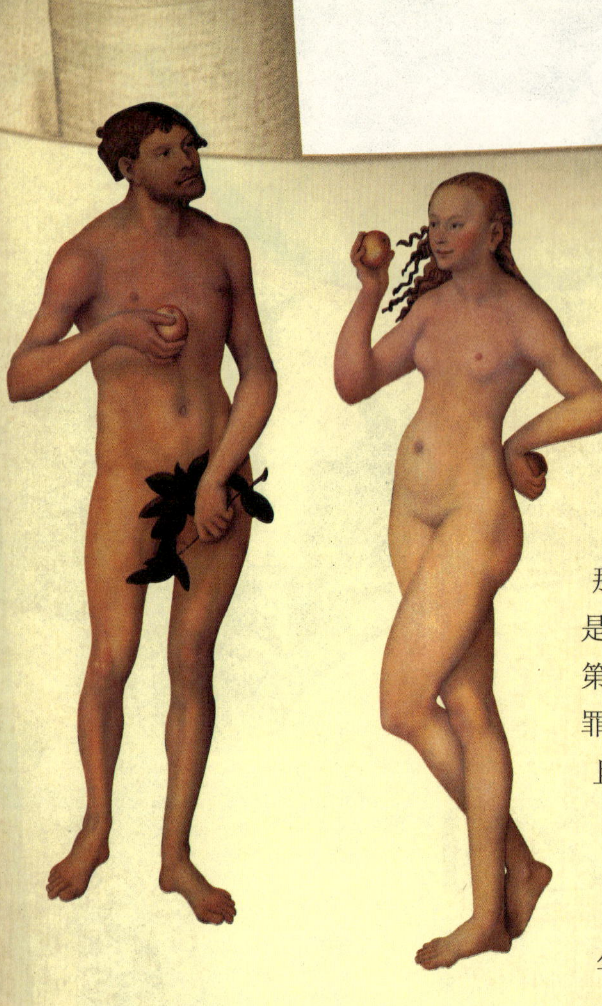

亚当和夏娃 / 油画 / 德国 / 克拉纳赫 / 1528年

# A/ 女人的诞生

这个世界上很多女人因为各种各样的理由而为人们所知。不过任何一个理由都没有夏娃成为众人皆知的女人的理由那么充分完整。正如《圣经》上所说，夏娃是世界上第一个女人，她第一个拥有爱情，第一个有丈夫，第一个做母亲，第一个犯罪……很多第一都属于女人的祖先夏娃。而且，她是唯一一个用男人的肋骨做的女人。亚当和夏娃的传说，是基督教神话的开始，也是人间的男人和女人的故事的开始。

根据犹太希伯来神话，全能的耶和华创造了大自然的一切之后，用泥土做了一个男人亚当，是按照自己的样子做的。因为怕亚当寂寞，他又取了亚当一根肋骨做了一个女人夏娃，是按照和男人相反的样子做的。他让他们在伊甸园里生活。本来，这两位可以在伊甸园里快乐地一直生活下去，无始无终，但是一个众所周知的意外事件发生了。蛇诱惑夏娃吃了善恶树上的果子，无知天真的夏娃又把果子给了自己的丈夫亚当吃。就这样，后世画家笔下的亚当和夏娃知道了遮羞，哪怕只是用苹果树叶遮住羞处，也比奥林匹斯山上那些赤身裸体的神仙要好些。毕竟人不是神嘛，这个现实的世界很难接受赤裸裸的真实的美。伊甸园的欢乐时光成为往事，盛怒的耶和华把这对苦命的恋人赶下人间，并且让他们和他们的子子孙孙世代受苦受难，人类的悲惨历史就此开始。

是不是该怪罪蛇呢？它真是邪恶的化身，以至于后世的画家想要表现恶女人的时

原罪和逐出伊甸园 / 壁画 / 意大利 / 开朗基罗 / 1510 年

亚当和夏娃 / 油画 / 德国 / 丢勒 / 1507 年

候，总喜欢让蛇在画面中若隐若现，甚至缠绕在女人的身上，寓意女人和蛇都是邪恶的动物。姑且抛开对蛇的迷惑，回到夏娃——创世纪的第一个女人身上。或者最终是应该怪罪夏娃的，她丝毫不能抵挡诱惑的劣根在千千万万她的后世女儿身上遗传，以致酿造了无数人间悲剧、荒唐剧。希伯来神话认为人世间是“炼狱”，就是洗罪的地方。不能抵制诱惑，也是罪恶之一。夏娃变成了世俗的女人，第一个世俗女人。

亚当和夏娃被逐出伊甸园是人类故事的正式开始。这个题材一直为宗教画家所描绘。而最能表现夏娃的女人世俗气质的，是16世纪画家丢勒的油画《亚当和夏娃》。画面中的夏娃是一个赤身裸体的高高的丰腴的少妇，几片苹果树叶毫无缘由地从旁斜出遮住她的私处。夏娃的右手扶着树枝，左手握着善恶树上结的通红的苹果。那条邪

**创造夏娃 / 壁画 / 意大利 / 米开朗基罗 / 1510 年**

米开朗基罗：意大利文艺复兴时期伟大的绘画家、雕塑家、建筑师和诗人，与文艺复兴后期的拉斐尔、达·芬奇齐名。《创造亚当》、《最后的审判》和《圣家族》是米开朗基罗绘画的代表作，他的作品中蕴含了很深的人文主义思想。

恶歹毒的蛇在她背后的阴影里，缠绕在树枝上，吐着红舌芯子，令人毛骨悚然。夏娃的表情一派轻松天真，甚至还有淡淡的欢喜在眉梢流露。她此刻并不知道自己将要受到怎样的惩罚，或者，她正乐颠颠地准备拿苹果去找她心爱的丈夫。

也许我们还应该提到米开朗基罗在西斯廷教堂天顶画中描绘的夏娃形象，因为她更符合一个世俗的成熟女性的形象，只有这样的女性作为祖先才让我们对于人类的发展不存忧虑。米开朗基罗把夏娃画成了一个身体健壮、发育成熟的美丽女人：她的大眼睛明亮湿润，正如她已经吃过善恶果一样；她丰满的身材比任何一个女人都更高大强健。她肩膀很宽，有结实的大腿和丰满的乳房，充满了勃勃生机。她扭转着浑圆的没有颈窝的脖颈，皮肤白皙洁净，肌肉结实而柔软。有力的坐姿和伸展

创造亚当 / 壁画 / 意大利 / 米开朗基罗 / 1510 年

被逐出乐园的亚当与夏娃 / 油画 / 德国 / 兰布 / 1818 年

西斯延教堂天顶画（局部）壁画 / 意大利 / 米开朗基罗

的手臂，在每一个微小的动态和部位上，都透露出女性的生命力和娇柔。卷曲的头发使她美丽的脸庞显得愈加完美，富有智慧和追求。米开朗基罗所表现的绝不仅仅是《圣经》神话中的人物，而是不屈的人性，他歌颂夏娃是追求独立人格的人。他用裸体女性形象来表现她的自然美和精神美，在人体扭曲的姿态中，在那些结实的肌肉群和滑润的皮肤中，米开朗基罗将完美的女性人体蕴藏的能量释放了出来。米开朗基罗的夏娃形象与 15 世纪的艺术形象有了根本的差别，她不因吃了禁果而懊悔，反而对自己的新生命表现出信心和欣喜，神情勇敢而坚定，似乎她正准备和亚当一起走向荒芜的大地，靠自己的双手创造一切。

更多的宗教题材画所表现的，则是亚当夏娃偷食禁果后的悔恨和感受到今后必得辛劳而忍辱负重的心态，或是天真未凿时期的伊甸园生活。夏娃的形象始终在亚当之后，这里就不一一列举了。

亚当与夏娃的原罪 / 油画 / 佛兰德斯 / 鲁本斯 / 1600 年

劳伦斯：英国文学家、诗人，20世纪英国最独特和最有争议的作家。作品《查泰莱夫人的情人》（1928年），因公然违背了时代风气颇受争议，甚至被禁，直到不久前人们才认识到该书的价值。

擦脚浴女 / 油画 / 法国 / 雷诺阿 / 1905年

## B/ 走向女人深处

女性胴体的优美曲线总是被想象成起伏的山峦，而对男性的柔情则往往以大海来象征。英国作家劳伦斯在小说《查泰莱夫人的情人》中这样描写查泰莱夫人："她像个大海，满是些幽暗的波涛，上升着，膨胀着，膨胀成一个巨浪，于是慢慢地，整个的幽暗的她，都在动作起来，她成了一个默默的、蒙昧的、兴风作浪的海洋……"

女性胴体轮廓的突出特征在于，它显现为许多弧度大小不等的曲线变化与光滑柔和的过渡形成的和谐与统一。胴体正面最明显的是双乳的曲线，与之相呼应的是下身髂前上棘（即骨盆左右向前突出部位）形成的两个较小的隆起，双乳的曲线结合在大而平缓的胸部弧线中，相对应的是由髂前上棘曲线所限定的腹部弧线。从背部来看，滚圆的臀部上边对应着较狭长的双肩胛弧线，相对比而又呼应。女性胴体的曲线并非随意而不规则地凹凸，而几乎是严格几何形的，这成为女性胴体美的重要特征。德国

三美神与默克莱 / 油画 / 吉欧凡尼 / 1600—1610 年

花的赞歌 / 油画 / 法国 / 雷诺阿 / 1903—1909 年

**异质同构**：是指在外部事物的存在形式、人的视知觉组织活动与人的情感、视觉艺术形式之间，存在着一种对应关系，一旦这几种不同领域的“力”的作用模式在结构上达到一致时，就有可能激起审美经验。它是“格式塔”心理学的理论核心。

三位女神 / 油画 / 意大利 / 拉斐尔

哲学家康德和席勒都认为：“自然是美的，如果它看起来像艺术一样。”这正是女性胴体的特点：在自然的人体上显示出一种鬼斧神工般的理想线形，仅凭这一点就应使男性赞美造物的神奇和伟大了。

然而女性胴体之美绝不是抽象几何形所能概括的。阴部三角的神秘诱惑力自不必说，丰满的双乳与臀部所暗示的生殖、哺育与性爱的意味也不必说，只要看看柔和光滑的体表上间或点缀的浅凹和沟褶，就能使人感到躯体的弹性和活力。正是这些起伏的曲线积聚着男子的生命、热情、梦想与安慰，它们是男子的摇篮、希望和归宿。在这个意义上，女性胴体同丰饶而神秘的大地——沃土、山峦与海洋——成为“异质同构”的关系，这大概是人们总把女性胴体同大地山水联系在一起的原因吧。

每个时代，人们对女性身体美的标准不尽相同，中世纪人们欣赏胯窄、身材瘦削的女人；而文艺复兴时代则是喜欢胯宽、丰乳肥臀的女人。

阿里奥斯托在长篇诗作《疯狂的罗兰》中这样描绘了一个梦想中的美女形象。他

裸女照镜 / 油画 / 意大利 / 乔凡尼·贝里尼 / 1515 年

沐浴少女 / 油画 / 意大利 / 贝尔纳迪诺 · 伦尼 / 1520 — 1523 年

西斯廷圣母 / 油画 / 意大利 / 拉斐尔 / 1513—1514年

说："所有人都能清楚地看到，她从里到外都一样的美丽。优美的胳臂，手白得像牙雕，十指纤细，手掌柔软，看不到一丝青筋、一根骨头。身子柔美而端庄，下面是一双浑圆的美足。她的脖子白嫩、柔美而浑厚，胸部宽阔而丰满。双乳的摇荡，就像微风吹起的海浪一样。浅色衣衫里面优美的风光，那是连阿耳戈斯的眼睛也无法见到的。啊！她像仙女一样，即使是透过厚实的面纱，也看得出她楚楚动人，美丽异常。"

16世纪是个疯狂崇拜裸体的时代。在这以前，人们对裸体的看法都极为简单。甚至到了16世纪，人们不仅什么都不穿，裸着身体睡觉，而且男女老幼全都是这个样子。常常是丈夫、妻子、孩子和佣人一起在一个房间睡觉，隔板都不放一个。这个风俗不只是贫苦的百姓那里流行，上层市民和贵族也是如此，宾客也不回避，客人常常和全家人同在一个房里睡。妻子面对她从未见过的客人，脱下衣服，一丝不挂地上床。只要是她"心无杂念"，人们就认为她是害羞的，有德行的。如果客人不愿意脱光衣服，那可能就会产生一些误解，是不是不喜欢女主人，还是女主人太风骚？从1587年的一份文件中可以详细地知道这个风俗。当时的澡堂老板摇铃宣布，澡堂开始正式营业。所有的人，包括年轻的女孩都赤裸裸地穿过马路，最多用浴巾遮住私处。当时的人们都愿意呈现自己的身体，很得意地把自己的身体拿出来夸耀。文艺复兴时代，人体美不仅仅是在隐蔽的地方呈现，在朦胧的房间里暴露，同样可以在市场上，在喜气洋洋的大厅里，在街道上，光彩照人，让每一个人来观赏，来评价。人体美是希望其他人开口称羡的最珍贵的宝贝。

首先，人们要夸耀的理所当然是女性美。夸耀的方式很多，艺术是最崇高的夸耀方式。人们拿钱让画家为妻子或情人绘制裸体像，要么是全裸，要么是矫揉造作地袒

披纱巾的少女 / 油画 / 意大利 / 拉斐尔 / 1516 年

浴后的拔示巴 / 油画 / 意大利 / 巴里斯·波尔涅 / 16 世纪

胸露乳。这类作品中有提香的《维纳斯·德尔·德里布纳》，画上的女人是乌尔班公爵夫人；还有两幅作品描绘的是查理二世在演奏乐器，他的情人赤裸裸地躺在床上。亨利二世的情妇狄安娜·普瓦蒂埃的裸体像也很有名气。亨利二世多次邀请雕塑家来给他宠爱的女人制作画像、大理石雕像和银像，每一个作品都是裸体。亨利四世的情妇加布丽艾拉·戴斯德也有许多裸体像。只是她的画像重点绘制丰腴的乳房。拉斐尔以福纳琳为主人公作画，提香以他的女儿丽维亚为主人公作画都是这个特点。鲁本斯称赞玛丽·美娜第奇的油画，足足布满了卢浮宫的整整一间展览室。除此之外，还有教皇的妹妹朱丽亚·法奈泽的雕像，这是她特地请人雕刻的，准备死后放在圣彼得大教堂地下那间属于她的墓室中。

模特儿和画家心里所想的都不是天堂，而是人世间最平庸的东西。这里，还包括利欲熏天的教会高级僧侣，他们为他们的情人在教堂里建造那些让教徒视为圣女来膜拜的雕像。比如说，1445年至1450年，西吉兹蒙多·马拉台斯塔在里米尼建造了一座非常雄伟的教堂，目的是来纪念圣方济各，在教堂里他还为自己漂亮的情妇伊索达树立了一尊塑像。

文艺复兴时代，美丽的胸乳拥有最高的荣誉。成千上万具有这一优点的女人十分得意地解开胸褡，抛开一切衣服，让所有男人都能一清二楚地、毫无遗憾地看个够。丈夫或者情人邀画家画的一般都不是他们的意中人的肖像，而是意中人的胸乳。这个时代大量女像的动人的裸乳不只是这些画的焦点，而且是它们最重要的部分。画家画裸乳时尽力追求的也是如何达到“逼真”的程度。我们可以拿波提切利和其他画家所画的西蒙奈塔画像进行比较，巴里斯·波尔涅和保罗·委罗奈斯所绘制的肖像画、提香给阿尔方索·达瓦洛斯和他的情人绘制的画像、洛林公爵夫人像等等，都很容易说明这一点。

以最雅致的方式展示人体尤其是胸乳的美丽的，是圣母像。最为著名的例子是查理七世的情妇阿格内莎·索列尔画像。画家雅各·富凯将她绘成圣母，怀里抱着圣婴。圣母——被那个时代的风雅人士称作“美中之美”，胸部赤裸裸的，十分美艳。女人既是圣女，又是魔鬼，既媚惑人，又拯救人，于是，女人的虚荣心就可以大力庆贺一番属于自个儿最伟大的成功。

圣母子 / 油画 / 法国 / 雅各·富凯 / 1450 年

## C/ 女性隐秘美的崇拜

胸，小腹，胯骨——女人的三位一体。

无论人还是神的情爱（神也不过是人的想象），女人都是主角。女人的智慧，女人的心灵，以及她的想象力，都不能构成人们对她的崇敬和欣赏，除非她增加了性的魅力。对于女性的情欲崇拜，是任何一个历史时期的风化主题。尤其在君主专制的时代（包括神话的历史），女性所能接触的一切社会场所和境地，几乎都以情欲做出保证。

不论在沙龙里，在社交场合，甚至在街上，还是在幽静的客厅里同朋友或倾慕者说知心话，女人都应该满足每个人的愿望，画中的女人更是如此。这种方式使她们把情欲享乐的能力增加到无限。

虽然耶和华造人是从男人开始的，但是在情爱的世界里，人的创造却是从女人开始的。夏娃的诞生根本上是为了性爱的可能。在美的意识形态上，性享受永远都给艺术家们提供无尽的想象力。女人从来都是从各个局部开始，继而被完整地看作一个整体，局部的娇媚和美丽：纤足、素手、酥胸、婀娜的体态、媚人的眼神等等，组成了一个整体的色情意义上的女人。这仿佛是女人款待男人的情色盛宴。为了把恋人或妻子画得尽善尽美，画家把她们画成裸女。亨利二世吩咐画师画牛奶浴中的狄安娜，腓力二世吩咐画师画床榻上的艾博丽公主。到了后来，社会变迁，人们又喜欢上了半遮半掩。无论怎样，女人的情爱角

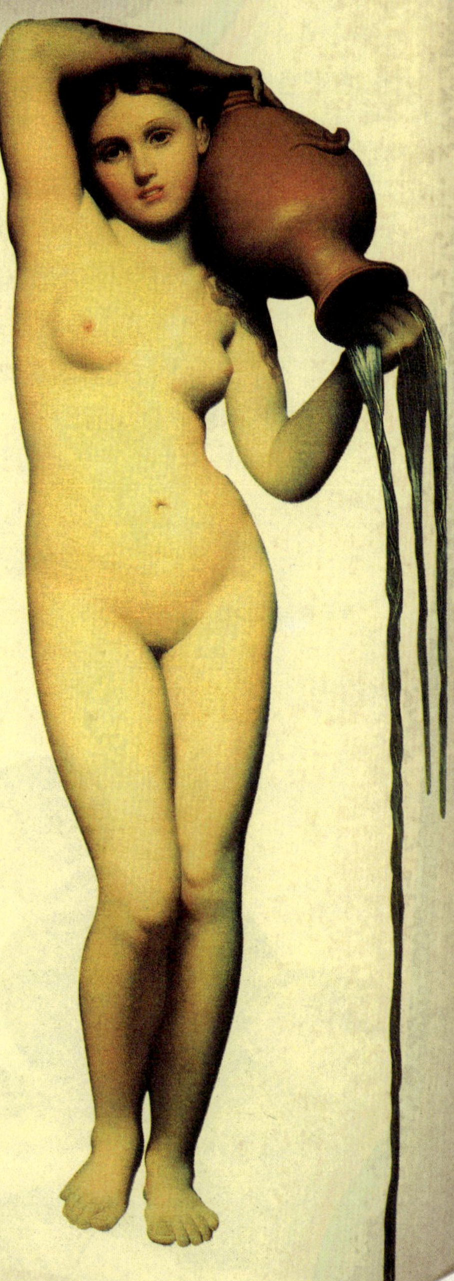

泉 / 油画 / 法国 / 安格尔 / 1856 年

色在趋向精致的路上，从来都没有停歇过。

《美的侍者》中写道："（女人）嘴唇的美，在于皮肤细腻，能像玻璃一样透出叫人心醉的红色或者红珊瑚色。"

"嘴唇是爱情播种糖和蜜的田野，恋人们仿佛蜜蜂追逐，互相舔吮。"

乳房像"两只奇妙的能给人快感的糖球"，胯骨"像两片令人心荡神飘的极乐半球"。四肢应当像"温柔的常春藤"——这样的女人被视为维纳斯。

艺术总是千百次地表现女性人体的隐秘美，女性美崇拜的主题永恒不灭——文学也好，艺术也好，没有例外。17世纪一位诗人吟唱道：

**音乐家与维纳斯 / 油画 / 意大利 / 提香 / 1548年**

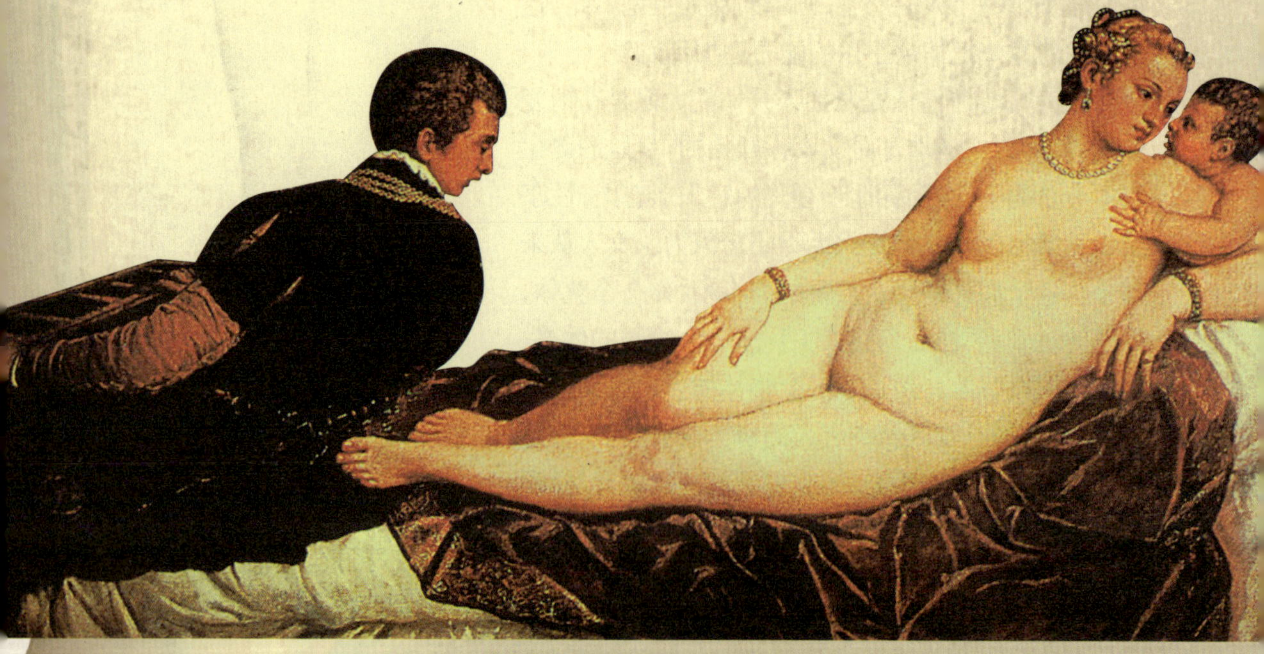

命运女神与乞丐 / 油画 / 俄国 / A.J.马尔科夫 / 1836 年

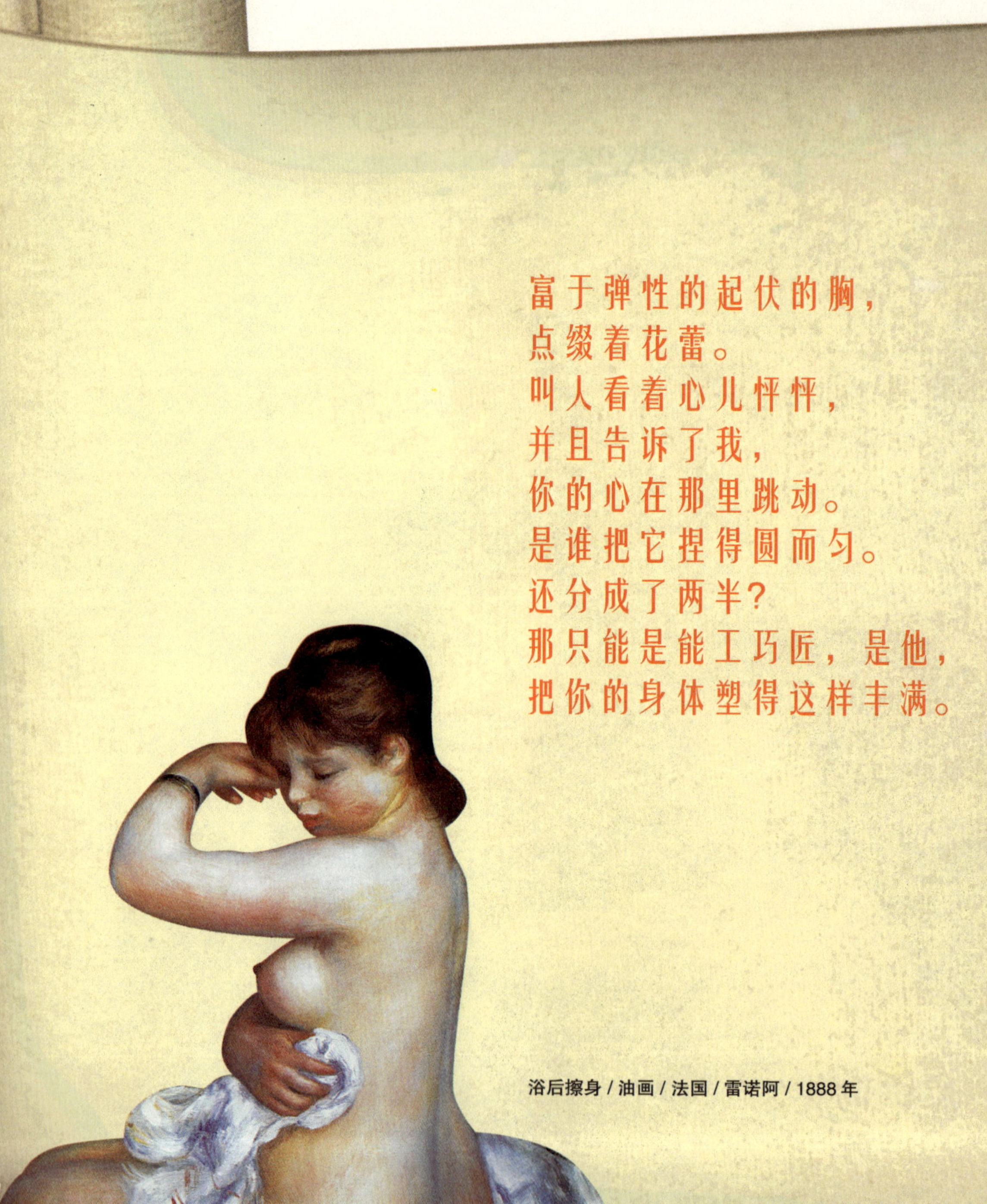

富于弹性的起伏的胸，
点缀着花蕾。
叫人看着心儿怦怦，
并且告诉了我，
你的心在那里跳动。
是谁把它捏得圆而匀。
还分成了两半？
那只能是能工巧匠，是他，
把你的身体塑得这样丰满。

浴后擦身 / 油画 / 法国 / 雷诺阿 / 1888 年

裸体少女 / 油画 / 法国 / 雷诺阿 / 1892 年

泉 / 油画 / 法国 / 雷诺阿 / 1910 年

洛可可艺术：发端于路易十四时代晚期，流行于路易十五时代，是法国18世纪的艺术样式。以岩石和蚌壳装饰为其特色，集巴洛克风格与中国装饰趣味于一身，具有纤巧、精美、浮华、繁琐的特点。

公园里的浴女 / 油画 / 法国 / 帕泰尔 / 1720—1729年

在绘画中，女性胸崇拜同美臀维纳斯崇拜连在一起的。如果布歇画一个洗衣妇在洗衣服，那么，他绝不是要在艺术上表现劳动，而无非是找个合适的机会描绘洗衣妇的姿态——那姿态极其鲜明地突出了洗衣妇的胸部。布歇时期的画家们对于劳动的兴趣只是从风流角度着眼。

造型艺术围绕女性制造的崇拜，绝不亚于诗人们对于女性的歌颂。画师、版画家、雕刻家同样把女性人体当作艺术美化的对象，不仅表现她们的裸体，更利用袒胸装来表现她们衣衫不整的形象。维纳斯在这些人的眼中绝不是超凡脱俗的女神，而是不同程度衣衫凌乱的沙龙仕女。艺术家们极力要在尽可能媚的框架中表现女性人体各种独特的美：迷人的胸、秀美的脚或者叫人怦然心动的腰。他们从来不对观众说“瞧，这多美”；而总是说“瞧，这些多美”！所以，这些局部的美总是被渲染得那么媚，像诗人的诗中描绘的一样。

在18世纪的绘画中，美崇拜惯用的主题是“比赛”。这在洛可可艺术中特别常见，两个或几个女子争论谁的这一或那一部位最美。不言而喻，这种争论中，只说是不行的。必须把比赛的东西拿出来看，于是美人们扭捏作态地宽衣解带，以便在镜子前比

沐浴中的希腊贵妇人 / 油画 / 法国 / 维安 / 1767 年

瓦平松的浴女 / 油画 / 法国 / 安格尔 / 1808 年

个高低，看谁的胸具备最珍贵的优点。比如劳伦斯的画《赛美》就是画的这个场面。或者她们将裙子撩到膝盖，比脚的秀气或小腿的浑圆。帕泰尔的画就是一例。也或者，她们在沐浴时大胆地同美臀维纳斯比一比，比如沙尔的版画。

至于众多有关浴女的绘画，更是充满自我陶醉的大展览——展示自己各部位的美，其中明显感到比赛的味道。每一个人都在说：我最美。她的姿势补充说：也属我最媚。女人大概没有比这个更喜欢的比赛了，所以古往今来有那么多的选美竞赛。而且，如果有个男人突然闯了进来，看见了这样的情景，女人们当然不会太生气，因为在这一类问题上，还有谁比男人的裁判更具权威？而女人希望自己美丽不是为了男人又是为了谁？

在安格尔的作品中，女性裸体的绘画占有很大的比重，他笔下的裸女，从形到色，都是富有个性、创造性的。法国诗人波德莱尔曾说：“他对女色的嗜好是深刻而一贯的。当安格尔的天才同青春的美丽妖娆争艳时，他的幸运和强

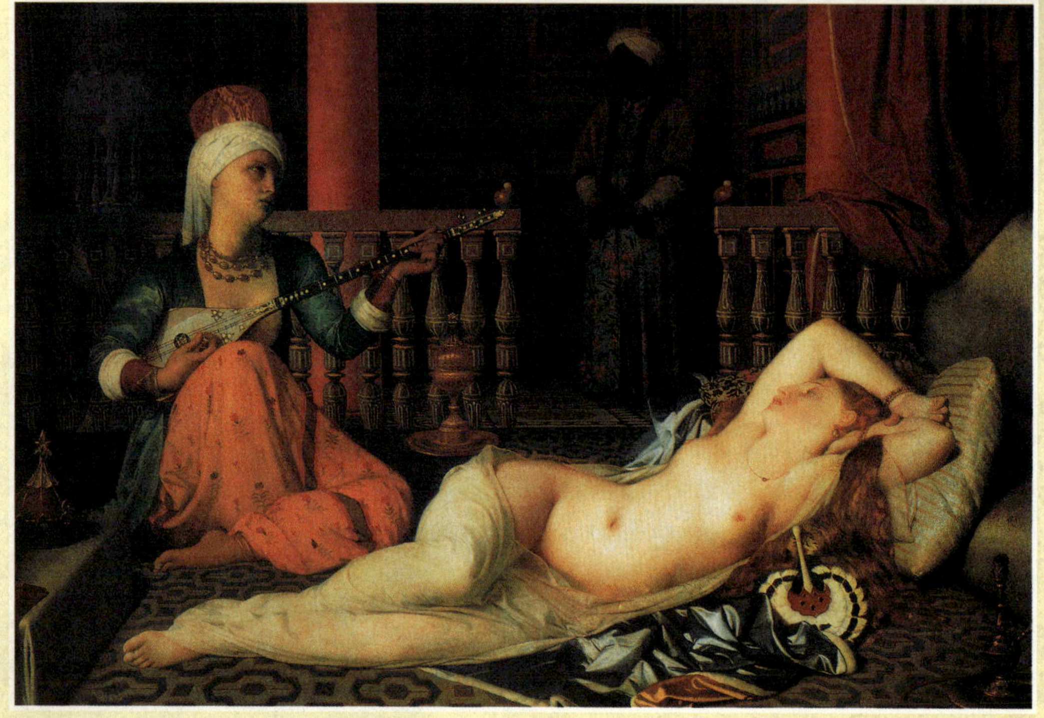

土耳其宫女与女奴 / 油画 / 法国 / 安格尔 / 1839 年

有力往往是空前的。肌肉、曲线、酒窝、柔韧的皮肤——所有这些，我们可以在他的油画上看到。”《瓦平松的浴女》是安格尔二十八岁时的作品，画家从这个美丽女子的背部看到了令他激动的东西——微妙的色调变化，半明半暗的光色在这个柔嫩光洁的背部微微地变化浮动着。绿色的帘子、白色的床单、白红花的绸巾围绕这个裸女美妙的背部，以加强整体的细腻性。布帘与床单上的皱褶成了这个女人柔和肤色的陪衬，整个画面不存在强有力的色彩刺激，但却有一种典雅、纯粹的美感表现力。

雷诺阿受到 18 世纪洛可可艺术的影响，偏爱以明快的颜色来描绘女性形象，尤其突出的是，他用传统手法描绘的年轻女性裸体画更是富有感性的欢娱魅力，因此，

**大浴女 油画 / 法国 / 雷诺阿 / 1887 年**

人们说雷诺阿天生是一个女性肉体的赞美者。在他的代表作《大浴女》中，我们可以看到，细腻的、温暖的笔触和色彩勾勒出女性圆润柔滑的肌肤，青春的风韵荡漾出一派成熟的气息。白蓝色、淡黄色和蓝色的浴巾，同那令人惊羡的风景搭配得很好。轻快柔美的笔触和饱满柔和的色彩正是应该用来描绘阳光下的裸体、阳光下的欢笑和阳光下的青春的。

意大利艺术家莫迪利阿尼创作的富于肉体张力的裸体画，是美术史上的里程碑。那些纯粹的敏锐的线条是他的智慧，而那些温暖透明的色调，则蕴涵着他温柔而热烈的情感。其代表作《坐着的裸妇》流露出温柔如水、怜香惜玉的爱的情愫：弧形的眉、

裸妇 / 油画 / 意大利 / 莫迪利阿尼 / 1917 年
背卧的裸妇 / 油画 / 意大利 / 莫迪利阿尼 / 1916 年

坐着的裸妇 / 油画 / 意大利 / 莫迪利阿尼 / 1917 年

灰绿的眼睛、小不胜娇的樱唇、蛋形的脸、丰满而颀长的身材，构成了莫迪利阿尼特有的风格，流露出人生本质的美与调和了的知性和感性。

属于这一类的还有这样一些绘画：一位女士坐在幽静的内室里，全身心沉浸于欣赏自身的美。妙龄佳人掀开衣衫，在镜子前研究自己身体的完美。玫瑰花苞能不能同她的乳晕比美？她甜笑着两下比较。什么都可以被她当作镜子，映照她的风姿。她在小溪边脱衣准备沐浴，凝视着清澈的溪水，仔细打量胯股的香艳线条。她知道哪些美最被人重视，也知道她自己的美到底有几分。一般来说，佳人独处时，没有什么比撩起裙子，解开胸衣，展示自己的色相更美滋滋的了。赤身露体，做出种种媚的姿态，她自我陶醉地展览各部位的美，因为一切都不过是姿态和展览。她给自己想象了一个

沉睡的裸妇 / 油画 / 法国 /
雷诺阿 / 1897 年

手持雏菊的少女 / 油画 / 法国 / 雷诺阿 / 1889 年

可心的目击者，渴望就这样同他来一场风流戏，并且就以现在这样娇媚的姿态问他：老天曾否创造过这样的美？她暗自向不在场的他或者期待中的他提出这样的问题。

风流世界观对于女人身上的色情刺激能力的肯定，使人们在谈论女性时，主要是尽可能详细地描述她的体貌。如果提及她的心灵，那只是因为她的那些品质提高了她对男人的色情刺激能力。

而在现代这个后工业社会里，女人已经异化得无孔不入，到处都是性感的体现。我们生活在一个感性和冰冷的世界里。女人是主宰——被欣赏和把玩，被复制和夸张地主宰。美女广告的充斥无时无刻不给人以视觉刺激。当我们回首看看历史名画中那些风采永恒的女人，我们会惊异地发现，从古至今，女人对于世界的意义，从来都没有根本改变过。情爱，永远都是她们表达自己和世界以及被世界表达和占有的不变方式。

维纳斯：古希腊神话中的爱神、美神，是宙斯和大洋女神狄俄涅的女儿，执掌着生育与航海。维纳斯是许多文学家、画家最喜欢采用的题材之一。

诞生前后 / 油画 / 法国 / 卡巴内尔 / 1863 年

# D/ 女人的极致——维纳斯

女性的柔婉秀美、典雅婀娜集于这位爱与美的女神维纳斯身上。维纳斯象征着西方美术绘画史上的一切女性之美，她身上钟天地造化，汇人间智识，集艺术灵秀，成为古代文学艺术中不可忽视的一个重要的存在。

无论是在古希腊、古罗马的神话故事里，还是在雕塑家的刻刀下、画家的笔触下、诗人的隽永蕴藉的诗词中，维纳斯身上展现的魅力永远是遥不可及、没有止境的。因为它属于彼岸的理想世界，却又似乎就在眼前，是随时可以捕捉触摸到的现实的美，因为她身上时时刻刻散发着一种人间的情欲和激情。或许正因为如此，维纳斯才成为了古代艺术家刻画、歌咏最多的对象之一。

由贝壳出生的维纳斯 / 油画 / 意大利 / 提香 / 1525 年

维纳斯与阿多尼斯 / 油画 / 意大利 / 提香 / 1553—1554 年

维纳斯与阿多尼斯 / 油画 / 意大利 / 詹森 / 1602 年

柏拉图在《飨宴》中这样说道："维纳斯的神性，上起苍天与宇宙之间的清澄世界，下至爱欲、邪恶等人类的本能所引起的各种冲动，可谓兼容并蓄，无所不包。在春天，她可以让大地开花，使农作物丰收，到了凄凉的冬天，她便下冥府。"可见，维纳斯支配的领域是很宽广的，尤其是她在古希腊美术里面所扮演的爱与美的女神角色，对古希腊美术的发展有着很大的贡献。

除了"爱"与"美"外，维纳斯在世人眼中主要属于官能上的爱和欢乐的美神。这满足了古希腊创作神话时的原则——"人神同形同性"。她不但在形态上是古希腊人追求女性美过程中达到的一种理想和极致，而且在内在的精神生活和情感体验上也与凡夫俗子有着一致性，尤其是在爱情生活上。她有很多爱情故事，像我们身边发生的一样，或是忠贞，或是背叛，或

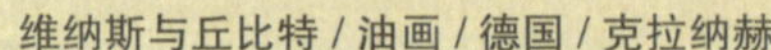
维纳斯与丘比特 / 油画 / 德国 / 克拉纳赫

是感伤，或是欣喜，或是奋不顾身地投身于爱河，或是遮遮掩掩欲擒故纵，或是妒忌成性，或是宽容大度……维纳斯跟牧羊人阿多尼斯的恋爱是何等悲切凄美，不计任何后果，全身心付出，赤裸裸地奉献，没有任何心机的虔诚，不禁使人潸然泪下。

阿多尼斯是库普洛斯国王的儿子，世界上任何一个凡人都没有他漂亮，他甚至比奥林匹斯山的众神还要漂亮。维纳斯为了他，把一切都抛在了脑后。对她来说，阿多尼斯比奥林匹斯山的众神都可爱。她为了得到人间这位完美的男子，怀着多情的心降临人间。

一天，阿多尼斯正在田野打猎，正巧被维纳斯遇见了，她一定要他停下来。维纳斯使出浑身解数，痴心地看着这个不愧为上帝杰作的美男子。她用迷恋的目光凝视着他，用甜蜜的情话请求阿多尼斯和她温存一番。维纳斯还告诉他，愿意做他爱情的俘虏。阿多尼斯从未接触过女性，羞得满脸通红，他不顾一切地牵着马跑开了。他不想醉倒在女神的怀抱里，他喜欢的只是打猎。

第二次碰到阿多尼斯时，女神马上跑过去求爱。他无奈地看了她一眼，冷漠的表情让维纳斯心如刀割，她伤心得晕倒在地上。这下子可把阿多尼斯吓坏了，他马上跪下去揉女神的手，轻轻地吻了吻她，希望能够获得她的宽恕。

阿多尼斯吻维纳斯时，她醒了过来，维纳斯要求阿多尼斯明天再来，可是阿多尼斯明天要去打野猪。维纳斯听到他要去打野猪，脑海里浮现出一幅恐怖的图景。维纳斯警告他，假如明天去打野猪，一定会被野猪咬死，要他改变计划，放弃打猎。可是

维纳斯与阿多尼斯 / 油画 / 佛兰德斯 / 鲁本斯 / 1575—1580 年

维纳斯与阿多尼斯 / 油画 / 法国 / 罗马尼里 / 1646 年

阿多尼斯丝毫不为之所动，他对维纳斯说："不要让俗世的淫欲玷污了神圣的爱情。"阿多尼斯与女神同卧，起来后没有叫醒女神就擅自去狩猎，被野猪咬伤致死。

维纳斯得知阿多尼斯的死讯后，怀着不可言状的痛苦到山中去寻找她所爱的少年的尸体。她爬过悬崖峭壁，走进了黑暗的峡谷，来到无底深渊的边缘。锋利的碎石和刺桃扎破了她娇嫩的双脚。女神走过的地方，到处都有她滴下的血迹。维纳斯走得太匆忙了，忘了穿鞋，不小心踩在一株玫瑰花上，被玫瑰刺伤了脚，鲜血直往外流。本来玫瑰花都是白色的，她的血把玫瑰花染成了红色。

维纳斯在一个森林里找到了阿多尼斯，他已被野猪咬得五体分尸。维纳斯的眼泪如断了线的珠子一颗颗往下掉，她的泪珠落入的土里后来长出了银莲花。

阿多尼斯的死是有原因的。原来，维纳斯的情人战神玛尔斯因嫉妒阿多尼斯而化身为野猪，让阿多尼斯惨死于自己的长牙之下，以泄心头之恨。据说阿多尼斯死后变为一朵殷红的花儿。花期不长，经风一吹，花苞就吐蕊，再经一阵风，花瓣就飘零，所以人们称它为"风之花"，因为风能催它开花，又能催它凋谢。"风之花"是维纳斯的所爱。

维纳斯的水嬉 / 油画 / 法国 / 布歇 / 1740 年

美少年阿多尼斯之死 / 油画 / 意大利 / 皮翁博 / 1512 年

维纳斯梳妆 / 油画 / 法国 / 布歇 / 1751 年

作为爱神和美神的维纳斯，她的丈夫是谁，她的婚姻又如何呢？

在奥林匹斯神山上，有一个最丑陋、最难看还跛脚的金工神伏尔甘，他是神王宙斯和神后赫拉的儿子。史诗《伊利亚特》里记载：伏尔甘的母亲看见他生得丑陋，便把他扔出天堂。另一页里又说：宙斯为了维护赫拉，对他发怒而把他扔出天堂。第二个故事较为人熟知，因为英国诗人弥尔顿的著名短诗曾写道：

伏尔甘——
被愤怒的宙斯所抛弃：
越过透明的雉堞，
他从早到午地跌下去，
又从午跌落到沾露的傍晚：
一个夏天的日子，与落日一起，
像一颗陨星似的从天顶跌下去，
落在爱琴海的一个岛上。

维纳斯与丘比特/油画/意大利/里契/1713年

维纳斯是“美”与“爱”的女神。若起恋爱之心的是“美”，而增加其“美”的正是“爱”，二者密不可分。受爱神迷惑的不仅有凡夫俗子，更有天庭中的神明。战神玛尔斯英勇善战，屡建奇功，维纳斯在庆功大典上大献媚功，诱惑玛尔斯。

维纳斯刚到奥林匹斯山时，神王宙斯把她许配给自己的儿子金工神伏尔甘，可是她不甘心。只要有爱神和美神维纳斯在的地方就会有数不尽的花边故事，其中流传最广的要算是她和战神玛尔斯的幽会。玛尔斯是战神，爱穿闪闪发光的盔甲，维纳斯与信使之神默克莱合谋，竟和玛尔斯相恋。玛尔斯驰骋战场所向无敌，百战百胜，他有一身

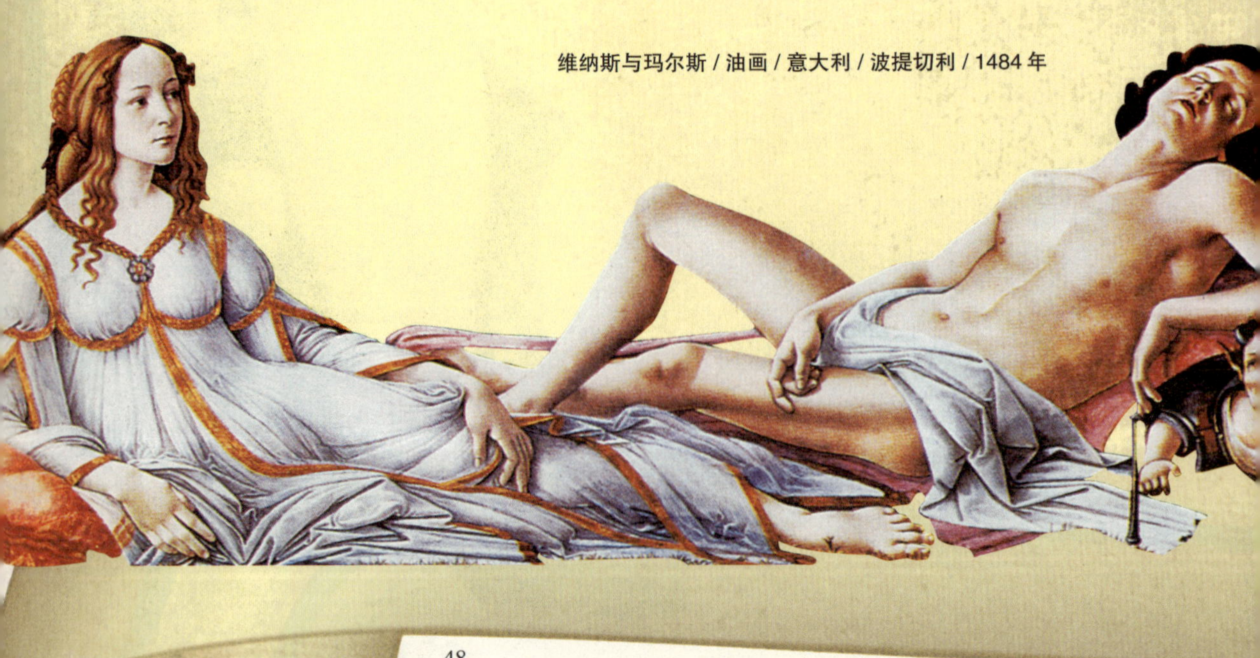
维纳斯与玛尔斯 / 油画 / 意大利 / 波提切利 / 1484 年

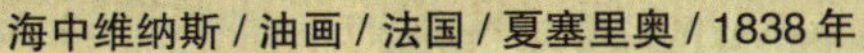

**海中维纳斯 / 油画 / 法国 / 夏塞里奥 / 1838 年**

如钢似铜的魁梧身材，满脸络腮胡子，维纳斯称他为男人中的男人。

波提切利的油画将战神玛尔斯与美神维纳斯幽会时的情景传神地描绘了出来。玛尔斯正在酣睡，而维纳斯则坐在他身旁，陷入沉思。四个山野精灵正在搞恶作剧，将战神的盔甲和武器偷走了。

委罗奈斯也对维纳斯和战神的恋情进行了富有个性色彩的描绘。《玛尔斯和维纳斯因爱结合》中的人物的动作都极富装饰性，爱情也极富象征性。维纳斯与穿甲胄、戴缎子斗篷的玛尔斯形成强烈的色彩对比。女神一手搭在情人肩上，两人正幸福地注视着他们爱的结晶——小爱神丘比特。那个长翅膀的小天使在母亲的脚脖子上系一根彩带，比喻他父亲母亲的爱情。背景展现的是古希腊神庙的残迹，暗示这是一个神的境界，即便是众神也要冲破一切去寻求自己的幸福。

关于维纳斯的雕塑和绘画实在是太多了。如果夏娃是创世纪之后世俗女人的祖先，那么爱与美之神维纳斯则是女人们的另外一个祖先——梦想中爱与美的祖先。除了生老病死，还有什么比爱与美对一个女人更重要呢？所以世界上的男人女人都深知这一点。艺术家和普通人都喜欢维纳斯。所以维纳斯的形象在文学艺术史上的积累用汗牛充栋来形容也不为过了。

《米洛斯的维纳斯》高贵端庄，气韵流动，充满了生命的气息，静穆而伟大，单纯而高贵，不同于纤巧玲珑之美，也有别于娇柔俊俏之美，一百多年来，一直是世界上最负盛名的雕像。她的艺术魅力永恒无限。端庄的身材，丰润的肌肤，典雅的面庞，含蓄的笑容，风韵万千又不失高贵的站姿，诱人地垂搭在腿上的长裙，都带给人无限的幻想。

玛尔斯和维纳斯因爱结合 / 油画 / 意大利 / 委罗奈斯 / 1570 年

维纳斯与丘比特 / 油画 / 法国 / 布歇

雕刻家罗丹在卢浮宫见到这尊雕像时，惊讶地叫道："这座雕像无疑是神奇中的神奇！"雕像中的维纳斯上身赤裸，起伏变化的玉肌似丘如谷，臀部富有肉感的曲线与腰际的浅涡令人销魂，这真实得似有体温的胴体散发出醉人的芳香，但仍不失端庄典雅与崇高优美。

历史上不同时期的各个画派都有无数的维纳斯形象，甚至贵妇人把自己打扮成维纳斯让画家来画。多情的画家也把自己的情人画成维纳斯。所以，正如"一千个读者就有一千个哈姆雷特"这句话一样，说一万个人就有一万个维纳斯，一点都不为过。于是，希腊神话里那个本来就性格多变的维纳斯跳出神话，来到艺术史中之后更加复杂多变。一会儿，她是纯情美丽的女神从海上缓缓飘来；一会儿变成了慵懒的少妇侧卧在床上照镜子；一会儿又变成怀春的年轻女子裸着身体睡着在山野里。可以说，维纳斯是所有女人的幻想，画家对女人的幻想，观赏者对女性的幻想。维纳斯是一面镜子，折射出女性在世界上的境遇。很多的时候，女性的地位都处在被观赏的角度。于是，爱与美，成了观赏的契机，成了女人之为女人最重要的意义。有些天经地义，又有些无可奈何，这就是维纳斯的美之所在。

这几幅维纳斯的画，也许并非经典意义上的，但是从女性的角度来说，却是恰当的。

在"维纳斯"原始的人文内涵中，它的意义就是美丽的容貌，丰腴健美的身体，性情放荡，她有自己的丈夫，又有情人，和许多凡间男子也有情爱关系。曾经因为嫉妒心陷害过普塞克（纯洁女性的化身）。画家在表现维纳斯这一主题的时候，往往只注重其内涵的一个方面。维纳斯诞生于一次凶蛮残忍的屠杀，克洛斯杀死了他的父亲，扯下他的生殖器扔到了海里，从形成的那片泡

**米洛斯的维纳斯 / 雕像 / 希腊 / 公元前 2 世纪**

浴后的维纳斯 / 油画 / 意大利 / 提香 / 1538 年

沫里升起了爱与美之神，在丑恶的暴行和无耻的毁灭中诞生了美。

给人感觉最迷人也是最著名的，莫过于佛罗伦萨画家波提切利这幅《维纳斯的诞生》。它描绘了维纳斯站在一扇贝壳上，由西风和花瓣吹送，从海上徐徐飘来的情形。一个仙女在岸边等候着她。维纳斯赤裸着而来，晶亮的卵石在水中闪着光，她脚下的贝壳轻柔得像是白云。维纳斯高挑，白皙，优美修长的脖颈手指，优雅的面孔，悲伤的若有所思的眼睛，瀑布般垂下的金黄色的长发，她是女神，远远地离开了我们的世俗生活。波提切利像一个伟大的舞蹈家，他设计的每一个姿态都要反映出身体整体的和谐完美。正是凭借这种天生的韵律感，他将古代端庄的维纳斯实在的卵型变成了哥特线条的无穷旋律。波提切利终身未娶，也许这正是波提切利心中

维纳斯、丘比特和琴师 / 油画 / 意大利 / 提香 / 1560—1565 年
维纳斯照镜子 / 油画 / 西班牙 / 委拉斯开兹 / 1648—1649 年
维纳斯与玛尔斯 / 油画 / 意大利 / 柯西莫

维纳斯与丘比特 / 油画 / 意大利 / 提香 / 1550 年
维纳斯揽镜自照 / 油画 / 意大利 / 提香 / 1554 — 1555 年

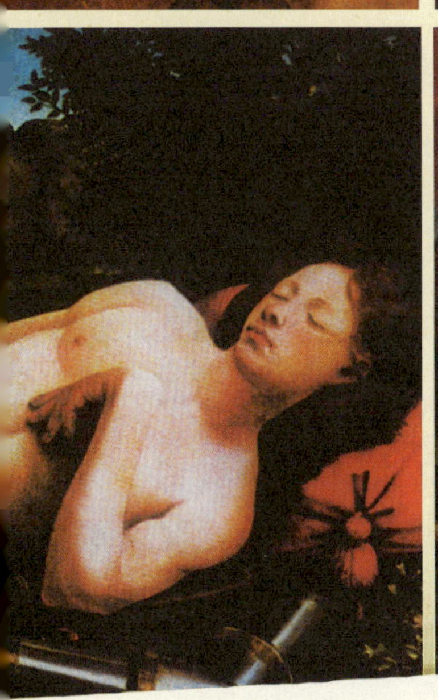

提香：生于意大利的卡多列，师从乔凡尼·贝里尼，是文艺复兴盛期威尼斯画派的杰出代表画家。

维纳斯的诞生 / 油画 / 意大利 / 波提切利 / 1485 年

完美的女性形象，完美的、新生的处女，永远不变的样子，他总是在演绎自己的新柏拉图主义。在他的其他油画里，我们仍能感受到。

而在乔尔乔内的油画里，维纳斯给人的感觉已完全不同于波提切利的维纳斯。

这幅名为《入睡的维纳斯》的油画中，女神维纳斯变成了一个世俗的美女。“维纳斯”只不过是这幅画的一个名字而已，事实上，乔尔乔内更注重表现模特的神态和情韵。他花尽心思描绘的，不是神话里的爱与美之神，而是16世纪意大利传统风化中的美女形象。这个维纳斯微闭着双眼，全然裸露地躺在野外的树下。她的身体曲线优美，胸部圆润，腹部微微隆起，小腿交叉，更有寓意的是她的双臂和手——她的右臂枕在脑后，左手却伸向自己的私处，手指下扣，并不像波提切利的画中的女神那样手握头发遮住。除了名字之外，整个画面非常的写实，没有丝毫的神话色彩，活脱脱一幅美人春睡图。

更有意味的是另外一幅提香的《乌比诺的维纳斯》，这幅画明显地有模仿乔尔乔内作品的痕迹，改动只是局部的。维纳斯睁开了眼睛，目光挑逗地注

维纳斯与丘比特 / 油画 / 意大利 / 委齐奥 / 1523 年

视着画面之外，枕在头下的手臂抽了出来，而且戴了手镯，手里拿着头花。而另外一只手却没有改动，背景从野外来到了室内。提香和波提切利都生活在一个相当开放的社会环境下。事实上，提香画的就是当时贵族乌比诺的妻子，画的名字已经提醒了这一点。她是乌比诺一个人的维纳斯，某一个时刻，也是提香的维纳斯，她的名字叫做艾丽奥诺拉。她那丰腴肉感的身体，撩人心魄的眼神，慵懒期待的体态，以及无与伦比的作秀的姿态，都证明这不过是一个被人欣赏并占有的世俗美女。提香画中女人的丰腴肉感是著名的。他喜欢用厚厚的颜料层层表现肌肤的滑润饱满，给人以鲜艳的官能美刺激。除了这幅《乌比诺的维纳斯》之外，提香关于维纳斯题材的有《音乐家与维纳斯》,这毫无例外也只是一个世俗的女子的画像假托维纳斯的名字。虽然画面不无想象的成分，例如抱住维纳斯的小爱神，但是更多的成分仍是极其写实的。

维纳斯、丘比特和朱庇特 / 油画 / 意大利 / 布隆齐诺 / 1545 年

诗 / 意大利 / 圣地亚哥 · 鲁西尼奥尔

# 第二章
CHAPTER 2

# 善女人行品

“什么是女性的美？
它是一支神曲，唤起心灵文雅的天性，就像太阳普照万物，
体态的魅力正是由于灵魂而熠熠生辉。”
女性美归根到底在于她灵魂的美，品格的美。
一个女人，当她美的灵魂和美的外表和谐地融为一体时，
人们就会看到，这是世界上最完善的美。

# A/ 蕙质兰心之才女

才情对于女性来说，是比容貌和财富更为重要的东西。威彻利就说过："我认为有才的年轻女子没有一个丑的，无才的窈窕女子没有一个美的。"这段名言，深刻地说明了才智对构成女性形象美的重要作用。正如《旧约全书·箴言》中所比喻的那样："妇女美貌而无见识，如同金环戴在猪鼻上。"显得那么不协调，那么令人感到惋惜。而才智，却能使女人美丽的脸庞焕发出神采，使她光华照人，并能使相貌平平的女子具有深沉的吸引力。花容月貌，当然是一些女子得天独厚的条件，也许有些女子凭借自己的美貌可以交上好运。然而，明智的人都清楚地认识到：明媚鲜艳能几时？转眼间，人老珠黄，仅凭姿色会很快在人们眼中失去光彩。

**萨福 / 雕塑 / 意大利 / 杜普雷 / 1857 年**

## “第十女神”萨福

古希腊文明中有一位闻名天下的“第十女神”萨福。这是个真实的历史人物，人类历史上最早的、最有才华的女诗人。她于公元前612年生于爱琴海东侧的莱斯博斯岛上的一个贵族家庭。除了公元前604年至公元前595年这几年住在西西里外，萨福一生大部分时光都在该岛的米蒂利尼度过。她是当地的一个年轻女子团体的核心人物，并教授该团体的少女学习诗歌、音乐与舞蹈。萨福幼年丧父，一生坎坷。然而她的诗作车载斗量，计有九卷之多。不满二十岁时，她的诗名已经传遍古希腊。热情地讴歌爱情是萨福诗篇的重要特征。她以自然清新的语调表达出情窦初开的少女的内心感受：“亲爱的妈妈，我不能做完我的编织了，我的心中充满了对一个男孩的期望，你去责怪苗条的阿弗洛狄忒吧！”“像一阵旋风扑击山间的橡树，爱情摇撼着我的心”，“爱情使我得到太阳的光辉和美丽”。她以质朴真挚的语言描绘出爱情具有的巨大力量：

在我眼里，坐在你对面的男人，就像天神，
他亲密的聆听，你的甜蜜的声音，你的絮语，
那诱人的笑声，使我的心急剧地跳动。
无论何时我注视着你，我都会说不出话来，
我的舌头僵硬了，火焰在我皮肤下面流动，
我什么也看不见了，
我只听见自己的耳鼓在隆隆作响，
浑身汗湿，我的身体在发抖，
我比枯萎的草还要苍白，
那时我已和死相近。

拜伦：生于英国伦敦，英国浪漫主义文学的杰出代表。在民族解放的政治舞台上，他又是坚强的斗士。难怪评论家称他是19世纪初英国的“满腔热情地、辛辣地讽刺现实社会”的诗人。

这首热情洋溢的诗篇被后来的诗人多次模仿和引用，成为流芳百世的爱情佳作。

她所创作的抒情诗，包括恋歌、婚歌、圣歌、挽歌、讽刺诗等，到处传唱。柏拉图曾一再发出这样的赞美："漫不经心的人声称缪斯只有九个（古希腊神话中，司艺术的女神共有九个），须知莱斯博斯岛的萨福，是第十位艺术女神。"萨福一生创作的诗歌，除了《美神颂》、《给阿娜克托莉亚》两首尚为完整外，绝大多数都已散佚。19世纪后，在发掘出的古埃及的莎草纸和陶器片上发现了一些萨福诗作的残篇，几经修补、整理后，现存的篇章仍不到她作品的百分之五。尽管如此，她所创造的音律独特的"萨福律"，她那翩若惊鸿、婉若游龙般美丽的诗情，仍影响和哺育了一代又一代西方诗人。卡图鲁斯、郎吉努斯、普卢图斯、奥维德等著名诗人，都从萨福的诗歌中获得过灵感，歌德曾写抒情诗《紫罗兰》赞美萨福，拜伦则对"如火焰一般炽热的萨福"佩服得五体投地，政治改革家梭伦甚至感慨道："读了这样的好诗而死，死而无憾。"中国文人鲁迅先生也称赞萨福的诗"明白、热烈"，是以"真的血滴"、"善的泪滴"熔铸而成的"美的晶体"。

## 天使一般的女诗人克丽斯汀娜

也许克丽斯汀娜没有她的兄长——画家罗赛蒂名声远播。虽然罗赛蒂那些女性油画并没有什么创新之处，但看来湿润细腻独具诗情。不过，弗吉尼亚·伍尔芙曾经说过，"在英国的女诗人中，克丽斯汀娜·罗赛蒂名列第一位"，"她的歌唱得好像知更鸟，有时又像夜莺"。克丽斯汀娜是一位很美好的女子，很有天赋的女诗人。

在罗赛蒂绘画创作的早期，她带给他许多的灵感和快乐。看到那幅现在已经到处可见的罗赛蒂的《受胎告知》的复制品了吗？在它问世的初期，因为它摒弃了写实主义的一切伪装——明晰和丰富变化的光色、精确

受胎告知 / 油画 / 英国 / 罗赛蒂 / 1849—1850 年

的描绘技巧，因而受到公众的一致非难。人们总是难以接受一幅杰作，一幅洗清他们脑子中的陈旧观念和庸俗狭隘世俗标准的杰作。罗赛蒂为此不得不放弃了公开展览。

现在我们已经能很欣然地接受这幅美丽的油画了。更重要的是，我们从这幅画里看到了少女克丽斯汀娜。罗赛蒂从父亲那儿拿来几块窗帘围在小克丽斯汀娜的身上，让她扮作圣母玛利亚，画了一幅宗教题材的《受胎告知》。

克丽斯汀娜披着橘黄色的长发坐在床沿，天使长加百列，手中拿着一支白色的百合花——这是中世纪象征处女纯洁的花朵。加百列正在告诉圣母玛利亚：她将有一个受圣灵而生的孩子耶稣基督，他将长大成为人类的拯救者。罗赛蒂将画面处理得干干净净。白色的衣袍，蓝色的衬布，窗户外的晨光透进来，没有丝毫做作。如果圣母玛利亚和天使长加百列没有金色光环加冕，我们就会以为是穿着晨衣的克丽斯汀娜在不安地聆听兄长的训教了。画面上吹拂着几百年未见的清新和朴素，仿佛能感觉到罗赛

牧场集会 / 油画 / 英国 / 罗赛蒂 / 1872 年

蒂和克丽斯汀娜之间纯朴美好的兄妹之情。

他们出生在一个充满文学艺术的浪漫气氛的家庭。罗赛蒂的全名叫做“加百列·但丁·罗赛蒂”，他自幼喜欢但丁的诗作，而加百列就是那位告知圣母的天使长，可见罗赛蒂的心中充满了诗情和幻想。而小克丽斯汀娜，和她的哥哥一样喜欢绘画和写作。甚至，她比哥哥更喜爱陶醉在大自然的怀抱中，倾听风雨相和，鸟兽齐鸣，呼吸花草树木的清香甜美。

小克丽斯汀娜成长的时代正是自然主义在英国焕发生机的日子。大自然的崇拜者们正在全身心地享受清新宁静的自然之音。拜伦、雪莱、济慈这些浪漫主义的大诗人刚刚谢世，但华兹华斯的诗歌创作正处于鼎盛，文学殿堂里到处都飘荡着田园牧歌一样的诗句。新一代的丁尼生、勃朗宁也开始像星辰一样闪烁在英国诗坛上。叛逆的性格和对人性的歌颂崇拜，天使和精灵都会在这个岛国找到自己的栖息地。比天使和精灵更有幻想力的小克丽斯汀娜生长在这样一个社会和家庭环境中，自然如鱼得水。

当哥哥的灵感来临，要求小克丽斯汀娜坐在那里为他做模特的时候，小克丽斯汀娜就喜欢绘声绘色地为哥哥讲自己编织的动人童话故事：

“每到清晨和黄昏，姑娘们都听到小妖精在叫卖：‘快来买我们果园的水果啊，新鲜的水果啊，快来买，快来买呀！’

“一个黄昏又一个黄昏，在小溪边的灯芯草丛间，两个小姑娘萝拉和莉姬在细听，她们知道：‘我们不可以看到小妖精，也不可以买它们的水果。’莉姬捂住自己的眼睛，萝拉却抬起金光闪闪的头：‘看哪，莉姬，小人们沿着溪谷走。这个拖着只篮子，那个捧着个盘子，第三个的金碟子看起来好重啊，它拽得很费劲的样子。长出这样香甜的葡萄的，该是多么茂盛的葡萄藤啊！吹拂这样丰饶的果园的，该是多么温暖的风啊！’后来，萝拉禁不住诱惑，吃了小妖精的水果，就得了重症。莉姬为了救妹妹，勇敢地去找小妖精，用妖精打碎在她脸上的果汁救活了萝拉。”

罗赛蒂常为妹妹的动人故事而停住画笔。他很激动，为妹妹精妙的描写和丰富的幻想而惊叹不已。罗赛蒂和妹妹之间的亲密融洽和相似性格，使他更喜欢妹妹所创造的童话世界：这个长着一张猫脸；那个摇着一根尾巴；这个踏着老鼠步；那个在学蜗牛爬；这个笨头笨脑，像只毛茸茸的袋熊；那个慌慌张张跌跌撞撞，像只食蜜獾出了洞。她只听到一片声音，仿佛叽叽咕咕的鸽群，在凉爽宜人的晚风中，听起来美妙极了。

克丽斯汀娜描绘少女的外貌：萝拉伸长雪白的颈，好像芦苇丛中的天鹅，好像山溪边的百合，好像日光下的白杨枝……

不难看出，克丽斯汀娜的诗作影响了罗赛蒂的绘画。在罗赛蒂绘画创作的早期，他的很多作品都洋溢着难以言说的美丽诗情。

圣母玛利亚的少女时代 / 油画 / 英国 / 罗赛蒂 / 1849 年

克丽斯汀娜敏感多情，对周围的一切景物、人事都观察细致，体会入微。对于一个诗人而言，他（她）只能从自己的深刻存在中创作出诗歌来，从对外部世界的探寻和自身内部的反思中生发出灵感。克丽斯汀娜深切地体会到这一点，她说："我的全部黄金都在金萩花上，每当春风吹拂，它们就在铁锈色的石楠丛中摇荡。"

她的一生写过很多优美的诗歌和其他文学作品，她的凄婉、纯净的风格影响了很多后世的作家。她是拉斐尔前派的重要代表诗人。但是在生活中，美丽的克丽斯汀娜并没有得到她在诗中描绘的那样童话般的世界。也许我们的世界太脆弱了，根本就不可能承受这样纯粹美丽的一个灵魂，当罗赛蒂深深地爱上了一个叫做伊丽莎白的女子之后，克丽斯汀娜退出了她哥哥的画布和情感视野，独自离家生活，又因为初恋的失败而孤独终老。除了那个开始的人，没有人再走进过她那颗天使一般纯洁的心，也没有人再知道除了她的诗歌以外的克丽斯汀娜的世界。也许，她本来就是为艺术而生，是缪斯下凡，偶尔给予人间的一次诗歌馈赠，结束了，她又回到了自己的天堂。

她做出过很多别人没有的形容和比喻："她剪下贵重的金发一束，她滴下一滴眼泪赛过珍珠。""在月光下，她渐渐地枯萎，终于随着初雪的飘落而死去。直到今天，没有青草长在她的坟头，我去年在那儿种的雏菊，连一朵花都没有开过。"有时候，当我们回首克丽斯汀娜的一生，我们知道这样的比喻和描绘是她自己的写照。

这就是永远以她的诗歌活在人间的天使——克丽斯汀娜·罗赛蒂，像圣母一样的纯洁美丽的克丽斯汀娜·罗赛蒂。

## 用色彩写日记的女画家莫里索

看过马奈这幅著名的《阳台上》的人，一定会对那位坐着的女子留下深刻的印象，她忧郁懒散的神情，以及她的美貌都在吸引观赏者的目光。虽然在《阳台上》里，马奈画笔下的人物看起来是那样安静而空虚（实际上，他

穿夜礼服的少妇 / 油画 / 法国 / 莫里索 / 1879 年
阳台上 / 油画 / 法国 / 马奈 / 1868 — 1869 年
扑蝶 / 油画 / 法国 / 莫里索 / 1874 年

卢浮宫：位于法国巴黎市中心的塞纳河北岸，是世界上最大、最古老、最著名的博物馆之一。始建于1204年，历经八百多年扩建、重修达到今天的规模。藏有被誉为世界三宝的雕像《维纳斯》、油画《蒙娜丽莎》和石雕《胜利女神》。

们都是一些具有活力的充满灵气的艺术家，不过这不是马奈要表达的内容)，他们被拘束于一个精致的阳台之中，每个人都互不相干，目光看向不同的方向，他们不和别人交流，了无生趣的样子。坐着的穿华美白衣的女子看上去美丽孤立，不知所措。但是她的神采依旧在观赏者的眼睛里显露出来了。因为，我们在很多马奈的作品中都可以看到这个美丽的女人。我们熟知她的面容，知道她是马奈经常用的模特，她是谁呢？

她就是贝茜·莫里索，她不是马奈的一个普通模特，事实上她也是印象派绘画最重要的女画家之一。

莫里索出生于法国巴黎一个传统的有教养的家庭，她的父亲是巴黎的一位高官。幼年的莫里索喜欢绘画，对于当时刚刚在画坛崭露头角的印象绘画表现出浓厚的兴趣。而她的父母，和所有富裕家庭的父母一样，也希望自己的女儿略通绘画艺术，附庸风雅。这样，莫里索便得到了专门学习绘画的机会——她的父母把她送往著名的画家柯罗的画室。受益于柯罗的教导，莫里索很快显露出超人的绘画天赋。她的作品甚至被选入沙龙会参展，对于年轻的莫里索而言，这无疑是幸运的。

然而更幸运的是——一个偶然的机会里，在卢浮宫的展览会上，莫里索遇见了已经成名的马奈，从此开始了崭新的绘画道路。

莫里索早就喜欢马奈的绘画艺术，很仰慕他的才华，对他在绘画界掀起的现代风潮也很认同。而莫里索的美貌和天然风韵也令马奈着迷。这样，莫里索开始师从马奈，并做马奈的模特。

在母亲的陪同下，莫里索定期到马奈的画室为他做模特，还出席马奈家的星期四青年艺术家聚会。马奈对莫里索的影响是巨大的，马奈鼓励她走出画室，去观察生活，教她运用流利、饱满的笔法和印象主义的色调绘画。结识了马奈之后，莫里索与印象派的其他画家也有了密切的来往。后来，她与马奈的弟弟——欧仁·马奈结婚，成为了马奈的弟媳。

从1864年起，莫里索的作品被接受参加每年一次在巴黎举行的沙龙展览，她勤奋创作，几乎参加了所有印象派的绘画展览。莫里索对于绘画艺术就是这样坚定而执著，一旦选择了，就坚定不渝地走下去。

摇篮 / 油画 / 法国 / 莫里索 / 1872 年

象征主义诗人瓦雷里这样评价莫里索的艺术世界:“莫里索生活于绘画之中并画她的生活。她的作品整个就是一位女性的日记,一部用色彩和素描进行表现的日记——她的作品有一种惊人的亲切的魅力,其中艺术家的理想与生命几乎近于不可分割的程度。”

的确,莫里索的作品是非常女性的,无论题材、观察角度,还是用色和笔触,无一不带着强烈的女性痕迹。这部用色彩描绘的日记记载的是女性生活的角落。她们中间,有凭窗远眺的少女、化妆的姑娘、嬉戏的母女、郊游的一家、林中漫步的姐妹、草地上吹笛的少年、绿荫中静坐读书的少妇。莫里索在她的作品里,将女性的情感与艺术家的敏感融为一体,描绘出自身生活环境中的妇女儿童,柔媚景色。她的作品中,排除了任何粗暴的色彩和情绪,到处都体现着女性敏感、细腻雅致、轻松温和的感情色彩。

莫里索送交印象派首次画展的作品中，有她最杰出的作品《摇篮》。这幅画是以她的姐姐爱德玛为模特画的。这位年轻的母亲坐在婴儿的摇篮旁边，她一手扶着摇篮，一手支着头，目光满含着无限的柔情，看着入睡的婴儿。莫里索的构图和谐美妙，没有任何的矫揉造作。整幅画洋溢着甜美优雅的情调。细腻的色彩表现出莫里索优美的作画技巧和细致入微的观察力：透明的玫瑰色环绕，同正面微微转蓝的乳白色的床幔相应，两者之间的黑色调的上衣与它们形成鲜明的对照，色彩的过渡既自然又明确。

莫里索的家庭生活非常幸福美满，他们在巴黎的家成为文学和艺术界同仁聚会的场所，常客中有雷诺阿、马拉美、德加和莫奈等。莫里索夫妇情趣相近，志趣相投。当他们敬爱的长兄马奈逝世后，他们共同为他筹办历年的作品展览会，共同组织印象派的画展。当她在印象画派的画展中的作品受到某评论家的抨击时，深爱她的欧仁竟要与之决斗。正是由于丈夫的支持，莫里索才成为印象派活动的积极参与者。

莫里索是幸运的，是上帝的宠儿。她是极少数能集艺术家、主妇、母亲于一身的女性之一。马拉美曾经高度评价她的艺术成就，说她是技巧卓越的女画家，她的名字与整整一代绘画史联系在一起。

女性人才的才华、魅力和独特风采，如旭日东升那样喷薄而出，有如长江波涛那样不可阻挡。正如英国文艺复兴时期的伟大戏剧家和诗人莎士比亚所赞美的那样：“假如用一扇门把一个女人的才情关起来，它会从窗子里钻出来的；关了窗，它会从钥匙孔里钻出来的；塞住了钥匙孔，它会跟着一道烟从烟囱里飞出来的。”

让我们记住塞萨卢斯特的一段名言：“财富或美貌赢得的赞誉是脆弱的，是短暂的；卓越的才智才是光彩夺目、经久不灭的财富。”

阅读 / 油画 / 法国 / 莫里索 / 1869—1870 年

# B/ 百合花的象征

古今中外，贞洁总是被认为是女人的美德，贞洁的女子总是被人尊崇称道。即使是在世风淫靡、风流盛行、伯爵夫人和贵族女儿都豢养情人的年代，贞洁的女子也是人人欣赏的。甚至，为了把自己装扮成一个贞洁的女人而又满足自己的放荡，夫人小姐们用尽各种手段，欺瞒哄骗，瞒天过海，费尽心机，只为了两个字——贞洁。

在基督教文化中，百合花是纯洁处女的象征，在宗教题材的画中，贞洁女子的身边常常会被画上一朵洁白的百合花，而淫荡的女人则和蛇联系在一起。终身侍父的皈依少女往往历尽磨难，但她们贞洁的美名却永远流传。圣女特里莎的日记至今都令人感动，她贞洁的心灵给世人以震撼。

同样，古希腊罗马神话中关于女性贞洁的故事也很多。与基督教里贞洁女神摒弃爱情肉欲不同的是，在古希腊神话中的贞洁女子，她们虽然同样排斥肉欲，但是却并不摒弃爱情。甚至，她们为了爱情，作出了巨大的牺牲。她们的忠贞不渝，给了贞洁最好的诠释。在奥林匹斯山上，有三位贞洁女神——她们是贞节女神赫斯提亚，智慧女神雅典娜，第三个就是月亮女神狄安娜。狄安娜主宰的是温柔的月亮，她是神界里最贞洁的女神。

**女猎人狄安娜 / 油画 / 法国 / 枫丹白露派 / 1550 年**

阿可托翁突然出现在狄安娜面前 / 油画 / 法国 / 特鲁瓦 / 1734 年

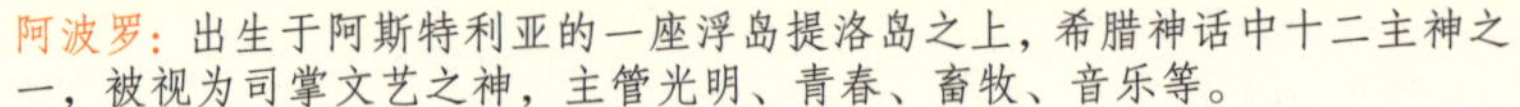
阿波罗：出生于阿斯特利亚的一座浮岛提洛岛之上，希腊神话中十二主神之一，被视为司掌文艺之神，主管光明、青春、畜牧、音乐等。

狄安娜与仙女们 / 油画 / 意大利 / 詹森 / 1610 年

狄安娜和太阳神阿波罗是孪生兄妹，她是第二代月亮女神，她的希腊名字是阿尔忒弥斯，不过她的罗马名字狄安娜更为人熟知。因为古今的画家为她的出浴和狩猎所画的画或者雕塑作品都署名《女猎人狄安娜》或者《狄安娜出浴》，她还有另外一个美丽的拉丁名字叫做路娜。她唯一的爱好就是狩猎，后来她还亲自担当了保护渔猎的责任。山林中的仙女尼姆弗们都是她忠诚的朋友和追随者。她们和狄安娜一样守身如玉，她们都姿色出众，但终身不嫁，不许男人靠近她们半步，不然他们就会受到惩罚。

有一天，狄安娜正和山林仙女们在山谷中洗澡嬉戏，卡特摩斯的外孙阿可托翁正巧打猎经过这个地方，只悄悄瞧了狄安娜一眼，被发现后，狄安娜便怒不可遏地将阿可托翁变成了一只小鹿，结果被猎犬咬死。

当狄安娜出浴的时候，山林仙女们总是充当她的护卫，鲁本斯有一幅以此为题材创作的油画《打猎归去的狄安娜》，描写狄安娜和仙女们的友谊。

有一次，宙斯意外地看到了其中一位叫做卡利斯托的仙女，狡猾的宙斯变成了狄安娜的模样，骗取了卡利斯托的童贞，并使她怀孕生下了孩子。狄安娜知道后，不但不同情和原谅卡利斯托，反而将她逐出山林，发誓永不见她，也不准她再在山林中出现。

狄安娜虽然是个贞洁的女神，但是她也有心上人，下面的这个故事即是月亮女神狄安娜和美少年恩底弥翁的爱情神话。

**浴后的狄安娜 / 油画 / 法国 / 布歇 / 1742 年**

## 恩底弥翁的美梦

夕阳西下时，黄昏带着它美轮美奂的面纱笼罩了整个大地。这时，月亮女神狄安娜照例由东方来到了天空，在银河畔漫步。她低头俯瞰人间，一片山谷映入眼帘，她被这个地方幽静的黄昏景色陶醉了，她想再也没有一个地方比这里更可爱的了。溪水潺潺地唱着歌流向远方；山岩静静地矗立，水中倒映着它们的雄姿，山间满缀着树木鲜花，葡萄藤缠绕着榆树，凌霄花高高地在榕树上面绽放。

狄安娜不禁自问："这里是什么山呢？这么美丽的景色。"

她来到山间，询问晚归的经过这里的路人，他们告诉她说，这是拉特摩斯山。

狄安娜在树林中穿梭，枝叶在黄昏的微光中颤抖着，它们仿佛为月亮女神的到来而激动了。狄安娜登上了山巅，在朦胧的微明中，望着山下美丽的山谷。她觉得很

狄安娜狩猎归来 / 油画 / 法国 / 布歇

沐浴中的狄安娜与同伴 / 油画 / 法国 / 科罗 / 1855 年

惊奇，即使在梦中，她都不曾见过这么美妙的山林景色。衬托在黄昏的面纱里，山林更显得隽妙迷人。

在这个风景美丽的地方，她又见到了一个比山谷比溪水更美妙的东西——这是山谷中央的一个湖。湖水在夕阳晚钟中有如一面明镜一般散发着银光。湖水的四周是高耸入云的树木，它们柔顺的长枝条在湖面上飘拂，湖水里倒映着它们的风姿绰约，还有天上的星星，狄安娜的月亮，几只半梦半醒的天鹅在湖水的一个角落里。在湖水的旁边，有一座白云石建筑的庙宇，石柱的微光如白雪一样在闪闪发光。无数白云石的台阶连接着庙宇和湖水，在这条街道两旁，宽大的棕树叶子舒展着腰身，绿荫遮阳，好像美人的白臂上披了绿纱。苍古的青苔，绿色的常春藤点缀其间。白水仙投影在湖水中，紫色的郁金香又叠映在白水仙上，淡蓝色的风信子在风中轻轻摇摆。

但是，比这一切湖光山色更为迷人的，是一位睡梦中的少年。他躺在庙前的石阶上沉睡着。他的名字就是恩底弥翁。他住在这个秀美的山谷中，快乐地生活着，终年不见黑云弥漫，不见狂风暴雨，他在这个幽静的黄昏时刻，躺在那里静静地睡去。狄安娜初看到他，还以为是一座逼真的石雕，她情不自禁为他的美丽睡姿和面容所打动，慢慢地向他走去。

她一步步走近了，越发觉得他的美丽：金黄色的头发覆在光洁的额前，双眼微闭，雪白的腿与足，微微伸屈着，他的左手握着几支标枪，马上就要滑出手去，他的右臂枕在头下，他的右手半遮住了他秀美的面庞。说不出来的美丽打动着狄安娜的心。她踮起脚尖，偷偷向他走近，生怕惊醒了他。她弯下身去，看见他的双颊和嘴唇像涂了蔻丹一样的红润，衬着一张嫩白的脸，这绝不是最美的石雕所能有的。他的呼吸柔甜均匀——“这是一个活着的少年！”狄安娜忘情地自言自语道，说完话立刻又捂住了自己的嘴，她的处女的心突突地跳着，脸上泛起了一阵红潮。无论是神还是人，她都没有见过这么美貌的少年。她想从他的身边走开，然而她的双脚却不听她的使唤，反

**狄安娜与卡利斯托 / 油画 / 意大利 / 提香 / 1556—1559 年**

而又走近了这个少年。她紧闭了双眼，轻轻俯下身去，在他的双唇上轻吻了一下，然后飞快地逃回了天空。

她的心依旧跳个不停，脸上还染着羞红，久久不褪。

恩底弥翁这时候正在做着美梦，梦见一个美丽的仙女在他的嘴唇轻轻地一吻，他刚要伸出双臂去拥抱她的时候，她已经翩若惊鸿地逝去了。他怅然地醒来，看见皎洁的月亮已经升到了中天，宛若含情似的向他透着银光，四周静悄悄地没有一个人。恩底弥翁轻柔地叹了一口气，知道这不过是一个美梦，便又入睡了。

第二天黄昏的时候，恩底弥翁仍旧睡在石阶上，狄安娜仍旧从东方升到了中天，接着她情不自禁地走下来，在他的唇上偷偷一吻，仍旧羞涩地逃开了。恩底弥翁旋即醒来，还是不见一个人影，知道不过又是一个美梦，便仍旧轻柔地叹了一口气，翻了一个身睡去了，希望能在梦中见到美丽的仙女。狄安娜渐渐地向西方去了，而她的目光还凝视着熟睡的恩底弥翁，直到东方渐露曙光，她才恋恋不舍地离去。

这样一天天过去了，恩底弥翁每天都做着这样的美梦，狄安娜每天都会从天空下来与他梦中相会，悄悄吻他一下就走。她不敢长久地逗留在这里，她怕天神们嘲笑，贞洁的狄安娜也会爱上人。然而有一天，小爱神背着箭袋四处游逛的时候，恰好看到狄安娜去到山谷，他扇动着白翅膀好奇地跟踪她而去，尖锐的目光正好看见狄安娜俯身亲吻恩底弥翁。他禁不住一笑，连忙跑回家告诉了他的母亲维纳斯。

第二天，维纳斯遇见了狄安娜，对她回眸一笑，狄安娜的脸上不禁泛起红晕。不久，天上的众神都知道了狄安娜有了一个人间的情人，狄安娜因此也不再隐瞒。有一天，维纳斯对她说："凡人的美貌是不能永久的，总有一天他会变得又老又丑。"

狄安娜心里为此忧愁，想不出一个好的办法使恩底弥翁的美貌永存。于是维纳斯微笑着说："我有一个办法：假使他长眠不醒，他便不会老了。"

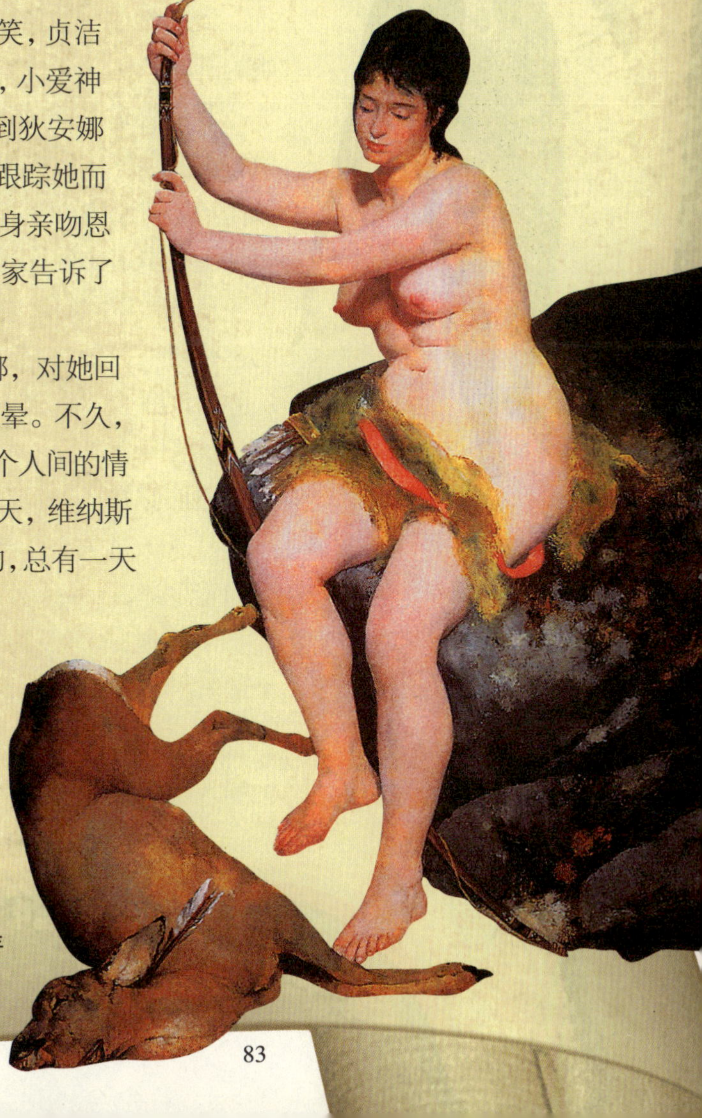

**狩猎的狄安娜 / 油画 / 法国 / 雷诺阿 / 1867 年**

狩猎女神狄安娜 / 雕塑 / 法国 / 乌桐

狄安娜恍然地展开眉头笑了。

她向她的父亲宙斯请求要恩底弥翁长眠。宙斯允许了她的请求。

恩底弥翁从此永远地沉睡在了拉特摩斯山谷中，永远做着他的美梦。狄安娜以这样的方式得到了自己的爱情，又保护了自己的贞洁名誉。每个月升中天的夜晚，她都会来到山谷中亲吻她沉睡的爱人。

一阵阵晚风簌簌地吹拂树叶，湖面上起了微波，白色的莲花俯下头来，在湖水中欣赏她自己的美姿，这时，恩底弥翁沉睡着，陶醉在他永恒的美梦中。

太阳升起来了，阿波罗的太阳车驰过湛蓝色的天空，这时恩底弥翁还是沉睡着，正期待着他的美梦到来。

一天天过去，一年年过去，恩底弥翁却不会变老，永远甜蜜地睡着。每到黄昏，他就会做一次美梦。

有人说，至今，拉特摩斯山谷的月光都比其他任何一个地方的月光要明亮要温柔。

擅长表现寓意和灵气的神话题材的英国画家华兹，有一幅《恩底弥翁》的油画即以此为题材。

这样美丽的神话是令人安慰的。狄安娜的爱情忠贞纯美，就像她所主宰的月亮一样恬静温柔，在永恒的期待里绽放着银光。

狄安娜与恩底弥翁 / 油画 / 法国 / 布歇 / 1765 年
狄安娜的沐浴 / 油画 / 意大利 / 委齐奥 / 1525 年

## 化做月桂树的仙女达芙涅

除了达芙涅，还有谁能和狄安娜的贞烈相比呢？恐怕没有人比达芙涅更加厌恶爱情和婚姻了。也许有女人恐惧、厌恶爱情婚姻，这在很多人眼里是一场悲剧，就像他们会用同样的眼光来看待下面这个关于阿波罗和达芙涅的故事一样。古往今来，几乎所有的人都会认为这是一个爱情的悲剧，也许吧，但是对于达芙涅来说，可能故事的结局是最好的。因为——不要忘了，无论人们多么摒弃和不理解婚姻爱情之外的女人，她们到底是存在的，她们坚守自己的信念，保持自己的处女之身，哪怕牺牲生命，如同这世界上存在着阿波罗这样的神一样天经地义。这个故事可能只是阿波罗一个人的悲剧，可能也不是，不像人们通常认为的那样，因为达芙涅只是他生命中的第一个女人，一个他永远都不会得到的曾经偷走他的心的女人。这有些像我们平常人的单恋故事——我们不能真正地获得对方，但是我们却曾付出真心。对于阿波罗来说，唯有这一点的心绪，才是有一点悲剧味道的。幸好有达芙涅这样的女人在男人们的视野里，不然我们怎么会明白有时候男人也可以这样痴情。

没有什么能比这样一个神话故事更能触动雕刻家贝尼尼那神经质的心灵了。这几乎是一尊众所周知的雕塑，《阿波罗和达芙涅》出自贝尼尼之手，它是那么惊心动魄。贝尼尼如果在今天，他一定会成为一名出色的电影导演，因为他那么善于抓住感情最强烈的时刻。一个人在爱的焦灼中，另一

**阿波罗和达芙涅 / 雕塑 / 意大利 / 贝尼尼 / 1622—1623 年**

个人却在爱的仓皇逃脱中，在拒绝和绝望中。

而对于美丽的水中仙女达芙涅，这样的一个故事是凄惨忧伤的，她为此要付出的是生命的代价。

神话总是喜欢给自己找一个合理的理由。阿波罗爱上达芙涅，是丘比特的恶作剧。我们姑且相信，虽然每个大人都知道，那只是一个比较合理的理由而已，事实上，那支金光闪闪的爱之箭，在阿波罗的心中。故事的开端是这样的：

洪水之后，大地复苏，各种生命生长起来，好的恶的。在恶的生命中有一条巨蟒叫皮同，阿波罗用自己的箭射杀了它。过去他的箭只用来射杀一些很小的动物，鸟啊羊啊之类的。杀死皮同，是阿波罗一个伟大的胜利。他因此很得意，沾沾自喜。为了纪念他的壮举，他竟然创办了皮同竞技会。男人总是这样，即使是漫不经心得到的意外收获，也可以肆无忌惮、大张旗鼓地宣传庆祝，哗众取宠。这个世界因此总是处于多事之秋。连阿波罗也不能免俗，不，应该说连神都这样又何况我们人类呢？

阿波罗对达芙涅的单恋悲剧就此埋下祸患，神话是这样说的，到底事实如何，只有阿波罗自己知道。不过他的洋洋自得的确伤人——这不，他肩背箭袋，手执银弓，趾高气扬地从森林中走来。他经过河边的一块大石头，正好看见丘比特坐在石头上，很认真地玩他手中的小弓箭，东比西试，久久不发一箭，玩得甚是开心。阿波罗用眼角瞥了瞥他的弓箭，走过来，站在石头边，耀武扬威地对他说道："嘿！你这贪玩好色的孩子，专门射人心灵的小顽神。快扔掉你那可怜的小弓箭吧，它有什么用处？你看我的银箭，多么气派，多么震慑兽心，飞禽走兽看到它都会浑身发抖的。就连皮同那样凶恶的巨蟒，都是它的囊中物。哈哈，如果是你那小小的弓箭，恐怕它可以一口吞下去也不一定呢。他们都说你的箭是专门燃起情人心中的情火的，我偏不相信你有那么大的本领，我也不屑你做的那些无聊的事情，反正没有人可以抢走我射杀巨蟒的荣誉的。哈哈！"

丘比特天真地笑了，他收起自己的弓箭，站直了身子对高大的阿波罗说："阿波

阿波罗和达芙涅 / 雕塑 / 意大利 / 福勒里比亚 / 17 世纪末

罗，你的箭百发百中，专射巨蟒怪兽。我的箭却能射中你，你不要那么自夸了，我的弓箭的威力你还没有见识到呢！”

说完，丘比特展开白色的双翅，飞上了天空，悄悄地落在山尖，笑嘻嘻地用他肥胖白嫩的小手，从箭袋里拿出两只性质不同的箭来。一只是燃起爱情的金箭，另一只却是拒绝爱情的铅箭。他轻轻地弯了弓，安上铅箭，向水中美丽的仙女达芙涅射去。又安上金箭，顽皮地向阿波罗射去。

一切都像是命中注定的，开始的时候就已经注定了结局。阿波罗无可救药地爱上了达芙涅。他的心中燃起了熊熊的爱火。然而美丽的达芙涅呢？她只爱那没有人迹的森林原野，以猎取野兽为乐，她把独身和田野生活看得比爱情重千倍万倍。事实上她不认为自己需要爱情。她的堇色的长发，像万缕泉水流淌山涧一样披散在她柔嫩的双肩上，她的明眸皓齿，纤纤身姿令许多男人为之倾倒。但是她却是那么惧怕爱情，惧怕男人。她怕讲爱情，怕与任何她父亲之外的男人接近。她常常独自一人栖息在幽静的山林，再不会想到什么爱情，什么婚姻，什么男人。她的父亲河神常常对她说：“我亲爱的女儿，那么多男人爱上你的美貌，难道没有一个使你中意吗？难道你不想为我生一个外孙吗？”

每当听到这样的询问，达芙涅都会感到是一种耻辱，她把这些看成是一种罪恶。一听到父亲的话，她娇媚的双颊就会泛起红晕，她一双手臂搂住她父亲的脖颈，撒娇地

阿波罗与达芙涅 / 油画 / 法国 / 普桑 / 1630 年

阿波罗追踪达芙涅 / 油画 / 意大利 / 提埃波罗 / 1758—1760 年

说："亲爱的父亲啊，请你允许我以处女终生吧！狄安娜的父亲也曾这样允许过她的。"

她的父亲不得已，便允许了她，但是他又隐隐地担忧：达芙涅那么美丽，怎么会有这样的愿望呢？有多少男人垂涎她的美色呢！

总有很多事情是违背愿望的。人如此，神仙亦如此。阿波罗对达芙涅那强烈的爱情是不可遏止的熊熊火焰，烧得他日夜不安，他渴望拥有她，想要得到她的爱情。可是虽然他可以给人类神谕，却不能逆转自己的命运。他踯躅在天上，偷偷向下望去，达芙涅正在森林中漫步，她那雪白的嫩颈若隐若现地在她那不经梳理的散乱的长发里，她的明亮的眼睛就像月光一样皎洁可爱。阿波罗凝望着她鲜艳欲滴的双唇，却感到仅仅凝望是不能满足的，他心中的欲火更盛了。他渴望触摸、亲吻那花瓣一样的唇。他赞美欣赏她的手指、白臂，他幻想她的裙衫下的肌肤将是多么柔滑光嫩，波浪起伏。他渴望拥抱那美丽的充满诱惑的身体。他呆呆地幻想着，不知不觉飞下天空，来到达芙涅漫步的森林。

达芙涅忽然感到一阵风吹来，她转身正好迎见阿波罗那痴迷的眼神，达芙涅大吃

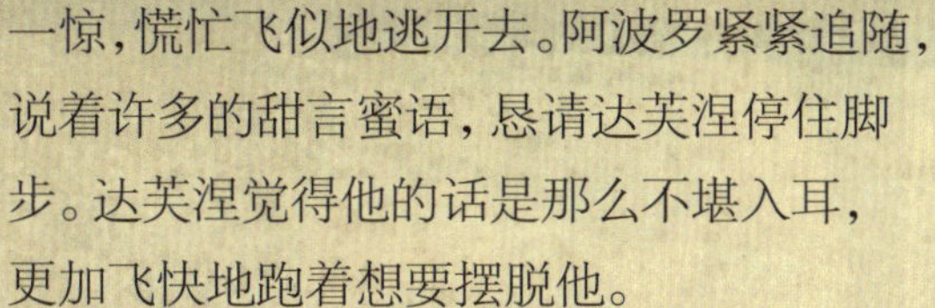

阿波罗爱上河神之女 / 油画 / 法国 / 布歇

一惊，慌忙飞似地逃开去。阿波罗紧紧追随，说着许多的甜言蜜语，恳请达芙涅停住脚步。达芙涅觉得他的话是那么不堪入耳，更加飞快地跑着想要摆脱他。

阿波罗心中的火焰炽烈，他伸出双手，想要拥抱住达芙涅："请你停步，美丽的水中仙女达芙涅，太阳神阿波罗并不是像敌人那样追逐着你。可爱的仙女，请你停步吧。羊群在狼前飞逃，惊慌的麋鹿在狮子前面奔跑，鸽子颤抖着双翼躲避鹭鹰的利爪，这些都是因为他们惧怕敌人的缘故。我追逐你却不是这样。美丽的达芙涅，请你停下你慌乱的脚步吧。你知道阿波罗是多么为你倾心吗？哎，我怕你失足跌了一跤，又怕你经不起创伤的嫩足为荆棘所刺。你选择的道路是多么崎岖不平啊。我求你不要那么快地奔跑吧。你慢慢地跑，我也将慢慢地追。你回头看看这个深爱着你、为你痴迷的人是谁吧。我不是山中的猎人，也不是原野中的牧人。鲁莽的仙女啊，你不知道你想要逃开的是谁，才这样逃避吧。可爱的仙女，我是阿波罗啊，我是太阳神，是天神宙斯的儿子。我在许多地方被人崇奉。我知道过去、现在、未来的一切事情。我的弓箭每发必中，我曾经射杀了巨蟒皮同；我发明了医药，世人崇拜我为医生的祖先。但是，唉，只恨恋爱不能用药来医治。我的药草历来能够使世间所有的病人摆脱苦痛，却不能医治它的主人心中爱的痛苦。美丽的仙女啊，除了你，再没有人能够浇灭我心中的爱火，治好我心中的相思。请你停下来吧，阿波罗是多么渴望得到你的爱啊！"

达芙涅惊慌失措，她想不到阿波罗竟然会那样深深地爱上了她，甚至，他还对她说了那么多让她脸红的话。她觉得世界末日都要降临了。她更加飞快地奔逃着，不顾他的絮絮叨叨的情话。他的情话和着风声断断续续地传进她的耳朵后就都消失了。没有什么样的甜言蜜语是可以动摇一颗守贞的处女之心的，她如今显得更可爱，大风将她的长衣向后吹开，显露出她的肌肤来，她的堇色长发吹散着，像堇色的瀑布在她的身上飞溅奔流着。她的飞逃更增加了她的美态。阿波罗看着近在眼前的裙角飞扬、长

阿波罗与狄安娜 / 油画 / 德国 / 克拉纳赫 / 1530 年
阿波罗与达芙涅 / 油画 / 法国 / 夏塞里奥 / 约 1846 年

发飘荡的达芙涅，简直意乱情迷了，他不再费时间苦苦哀求了，他为爱情所追，他的脚步加快了。迷途的羔羊总是躲不过猎人锐利的眼睛，一个没命地逃着，一个没命地追着。一个时时刻刻准备扑上前去抓住自己的猎物，间不容发；一个时时刻刻担心自己已被追上，慌不择路。他为爱欲而追，她为恐惧而逃。

但是柔弱的仙女又怎会是太阳神的对手呢？现在她听见他的脚步声紧跟在自己的身后了，现在她感觉到他急促的呼吸已经扇到她的长发了。达芙涅没有力气了，她的双腿软颤，脸色苍白。她悲哀的双眼溢满泪水，望着不远处静静流淌的河水——她的父亲河神的府邸。达芙涅疲惫恐惧的声音颤抖："父亲啊，救我，帮助我！大地，裂开了吞进我吧！或者将我这无穷祸患的身体变了样子吧！"

她刚刚说完了祷语，她的骨节便硬化了：她的身体变成了树干，头发变成了树叶，双臂变成了树枝，能奔善跑的双脚，生出无数树根深深地扎进泥土里。阿波罗正好赶上抓住她尚且有体温的身体，但是又有什么用呢？她的整个身体正在慢慢变成一棵桂树。她美丽的脸庞遮蔽在树荫中，留存着她的美丽与洁净。阿波罗眼看着这无奈的一幕发生，他心痛极了，他的双手紧紧地拥抱着树干，觉得她惊慌失措的心还在树干中扑扑地跳动，他亲吻着这棵新树。

他说道："我虽然不能得到你的爱情，我仍将你宠为我的树。我的发上、我的琴上、我的箭袋上将常常用你的枝叶缀饰。你将拥有胜利者的荣冠。我的头发是永久不落的，你的树叶也将常青。"

达芙涅变成的月桂树沉默着，或许她在庆幸，自己终于永远摆脱了爱情的苦恼。

希腊人用丘比特的两只箭解释这种爱——单恋的爱。金的——产生爱；铅的——逃避爱。不过这是不是有些太简单了？这个神话深深地触及人的灵魂。为什么达芙涅要逃跑？她害怕性吗？是的，无疑是这样，但是这又是为什么？或者她害怕阿波罗这个特殊的爱人？或者害怕他的力量，因为他是太阳神，和他结婚的人要进入他的光辉与明亮的包围中。或者她害怕神，害怕神圣而不可抗拒的力量？我们永远都不会知道真正的答案，不过这或许也没有什么关系，这个世界上本来就没有几件事情是值得寻根究底和经得起我们去寻根究底的。无论达芙涅害怕的是什么，她毕竟已经得救了。贝尼尼的雕塑不理会理由，他只是热衷于告诉我们一个不可思议的故事，人类历史不断重复的单恋的故事。

阿波罗把月桂树的枝叶做成花环戴在自己的卷发上，他用这种方式得到了他的达芙涅。这是她唯一能够接受他的方式，缠绕着他，为他加冕。

## 卢克丽霞的自杀

没有什么比恐惧和暴力更能摧毁一个痛失贞洁的女子的心了。我们知道很多关于这样的故事：一个贞洁美丽的女子，被一个可怕的恶魔强奸，因为不能走出那恶魔的暴力的影子，恐惧和羞耻时时占据女子的心灵，最终美丽的女子将手中的利剑刺向自己的身体。

这幅画中的卢克丽霞即是这样的一个女子。提香的这幅画名为《卢克丽霞的自杀》，讲的就是这样一个故事。

卢克丽霞是一个贞洁的妻子，她像苏珊娜一样，美丽忠贞，深爱自己的丈夫。但是好色的罗马国王塔奎因在一个偶然的机会见到了她，旋即被她的美色所吸引，他决定占有她。于是在卢克丽霞的丈夫外出的日子里，他以国王的身份驾临卢克丽霞的家，又用国王的淫威强奸了她。任凭卢克丽霞怎样挣扎，他还是玷污了她，玷污了她的身体和灵魂。

贞洁而坚强的卢克丽霞从此就生活在塔奎因暴力的阴影中。她感到耻辱，感到恶心。她不敢向她的丈夫诉说，她觉得那样只是在他们本来已经有了裂缝的婚姻生活上撒盐，她不能那么做。面对她深爱的丈夫，她常常欲言又止。每到黄昏她就独自落泪。

自画像 / 油画 / 意大利 / 提香 / 1508 年

她觉得自己失去了尊严，她痛恨塔奎因，但是她却不能报复他，因为他是国王，拥有无上的权力，她担心自己会连累自己的丈夫。卢克丽霞生来不是忍气吞声的女子，但是在暴力和恐惧面前，她选择了沉默，沉默地面对自己内心永不愈合的伤疤。日子越久，她越觉得沉重压抑。对于一个贞洁的女子来说，那个强奸者永远都不会消失，永远都在她心灵最脆弱的地方践踏杀戮，没有任何人性的摧残。

卢克丽霞愈坚强，她就愈不能忍受这种残忍的践踏。她恨极了自己心中那个魔鬼一般的国王。她再也不能忍受他的淫威的侮辱，她要杀死心中的这个魔鬼，她决定结束这样的生活。

于是在一个晴朗的早晨——这个早晨，东瀛的蝴蝶夫人在深情地充满期待地咏唱，因为她的美国情人告诉她说，天气晴朗的时候，他就会驾船归来；这个早晨，奥林匹斯山上丘比特与普塞克这对患难恋人终于举行了神界的婚礼，维纳斯也对他们举起了酒杯；这个早晨，大地鲜花刚刚苏醒，向日葵又看到了她心爱的太阳，玉簪花娇媚地低着头，花心里含着清晨的露珠；这个早晨，小天使们扇着翅膀飞过了卢克丽霞家的窗户。卢克丽霞拿起了丈夫的利剑，她目光坚定，神情凛然，金黄色的长发还在飘拂，美丽的面容依旧——卢克丽霞自杀了。她用利剑刺戳自己的罪恶身体和痛苦记忆。她心中的那个魔鬼绝望地闭上了双眼，卢克丽霞微笑着离开了这个明媚的早晨。阳光刚好照射进她的窗户，洒在她洁白的衣衫和殷红的鲜血上，此时清晨的阳光十分明亮和温暖。

## C/ 皈依女性

在基督教文化中，有一类特殊的女性，她们为了自己的信仰，不畏牺牲，甘受非人的折磨。她们就是那些以身徇教的圣女们。文艺复兴以后的艺术家们并没有忽视这个主题。人们通过那些惊恐、悲壮、忍耐、期待之类的情感和宗教情操，从更高层次的人性上涤荡着自己的灵魂。基督教的圣者耶稣投胎人间，生活于凡界，忍受着痛苦，拯救教民，直至受难而死，再从死中复活。他是神人一体，是有血有肉的自然存在。从神的自然性这个意义上来说，是基督教首先把肉体和精神的现实当作客观存在，表现为神本身的生平事迹，把它引到人间来，并且是为了拯救这个世界中陷于罪孽深渊的人类。因此，尽管肉体这种作为纯粹感性的东西在意识中处于否定的地位，却依然受到尊敬。圣女的行动，就是对耶稣受难的

圣芭芭拉之殉教 / 油画 / 法兰克画家 / 1420—1425年

一种心甘情愿的效仿。神以及神性的存在在客观世界和现实生活中显现出来了。然而，这些圣女徇教的奇异故事比耶稣受难似乎显得更加惨烈。那些甚至是从未与世间父兄之外的男子有任何接触的圣洁处女，竟然赤身裸体地面对着射出贪婪卑劣目光的异教徒、凶神恶煞的刽子手、五花八门的行刑工具，以及自己躯体被切割而汩汩流血的筋肉。她们自己正在受刑，但是却泰然自若地等待即将到来的死亡。这种圣女与异教徒，裸体与刑具，鲜嫩白皙的少女肌肤和皮开肉绽、鲜血淋漓共存的画面，对刚刚从中世纪禁欲、封闭状态中走出来的苦难众生的灵魂无疑是一种巨大的刺激——肉欲的和宗教的冲击。人的欲望和对神的恐惧在这种剧烈的震撼中得到了解脱，犹如从人格中来了一次模拟的否定，使自身既得到了欲望的满足，也求得了神的荫庇。

## 殉教圣女

基督教文化中所流传的圣女徇教故事，大多是一个模式。她们多半是良家妇女，青春年少，花容月貌，有的还是出身名门的闺秀。但是她们自出生即已经爱上了基督，并决心以身相许。然而就在她们准备终身侍父的时候，便会出现一个单相思的男子，对她的爱如痴如狂。往往少女的父母长辈，软硬兼施逼她委曲求全，甚至用世间的种种荣华富贵来诱惑她。可是她一心爱慕基督，对此无动于衷。有时，这些爱慕她的男子的身份竟是罗马总督或者判官之类，他们心怀邪恶的肉欲，当自己的私欲不能宣泄、计谋不能得逞的时候，他们便恼羞成怒，继而对善良的女子横加迫害，以致动用了残酷的刑罚。其中有刀割、火烤、反吊、挂在装有刀刃的车轮上旋转、用耙子撕裂等酷刑。甚至还有斩首、活埋、锯刑、割脖子、剥皮、身系石块坠水、扔至冰中冻死、放进铜壶中烧煮，或丢弃荒野中喂野兽等等死刑。总之，能想得出的刑罚无穷无尽。引人注意的是，这些刑罚并不是一下子就将圣女处死，而是轮流使用不同的刑罚折磨她。而更为离奇的是，这些少女不但能忍受种种非人的折磨，而且，遍体的伤痕往往一夜之间痊愈。

15世纪的一幅蛋彩石膏画《圣芭芭拉之殉教》，描述的就是类似的故事。芭芭拉

圣芭芭拉之殉教 / 油画 / 德国 / 克拉纳赫

是一个富商的女儿，从小对基督一往情深。但是她的父亲是一个异教徒，对女儿的举动非常恼怒。为了阻止她信仰并传播耶稣基督，芭芭拉的父亲把她关进了一个高塔里，最后又送到法院里。但是芭芭拉并没有因此而改变对基督的信仰，法官很恼火，强令她脱下衣服，用牛筋做的鞭子抽打她。等到打得她遍体鳞伤的时候，就在她的伤口撒上盐，再给她穿上衣服，关进监狱。不料次日再审时，发现芭芭拉的伤全都好了。于是法官又将她绑在柱子上，严刑拷打，用油灯烧她的腹部，但是芭芭拉依旧不屈服，最后她被用刀割掉了乳房，昏死过去。这时，神感应了她的祈祷，派天使拿来衣服遮盖着她的身体。画面中的芭芭拉显得异常脆弱。她双手被反吊着，上半身裸露在外，赤脚站立。她的旁边是两个凶恶的刽子手，其中一个正在用鞭子抽打她，另一个在割她的乳房，最左边就是残忍丑陋的法官，他正在对芭芭拉咬牙切齿、怒目而视。但是芭芭拉临危不惧，在默默地做着祷告。

**圣女芭芭拉 / 油画 / 尼德兰 / 罗贝尔·康宾 / 1438 年**

圣艾佳莎之殉教 / 油画 / 意大利 / 匹欧波 / 1520 年

16世纪的油画《圣艾佳莎之殉教》也是描述圣女被割去乳房的场面。艾佳莎被反手绑着，两边的刽子手用巨大的铁钳夹着她的乳头，一把锋利的刀摆在她的面前。她以坚强的意志忍受着这种痛苦，口中默默地祈祷着。也有艺术家从另外的角度描绘圣女。布里尼的《在狱中为圣贝德洛治愈德圣女艾佳莎》——画中的艾佳莎袒露着上半身，一位老者正在为她受伤的胸部治疗。艾佳莎的表情从容，身上的伤情反而增加了人们对她的怜爱。

另一个圣女加德琳也常见于艺术作品中。亚历山大的加德琳是一位公主，她品德高尚，修养良好，深受人民的爱戴。加德琳的神秘婚约的传说非常有名。传说她在梦中接受了一位隐者的施洗，与基督订婚。由于这种神的婚宴，当时的世俗权力根本无法动摇她的信仰。为了这件事情，她的父亲亚历山大皇帝曾经派了五十名哲学家同她辩论，想推翻她的信仰，岂料五十名哲学家反而被她一一驳倒。皇帝无计可施，只好把她捆在有刀刃的车上折磨她，企图以此使她屈服。但是车轮被天使的利器击断，最后加德琳被处以斩首之刑。她的尸体被天使送往西奈山，至今当地还有圣加德琳修道院。15世纪初的油画《圣加德琳之殉教》就是表现了这个故事。画中的加德琳双手合十在祈祷，她身上的衣服都被剥光了，下腹挂了一条完全透明的丝质方巾，栗色的头发披散在全身。人物的形体并不符合当时人的审美标准，腰腹部都比较粗，但是她的面部表情虔诚。三个天使分别握着刀、剑和斧头正在天上飞翔，带刀刃的车轮已经被他们劈碎。有的刽子手被这突然而来的袭击吓得在地上打滚，在场的亚历山大帝也呆若木鸡。16世纪中期蒋比耶多里诺的《圣加德琳》中的构图最是惊心动魄：占满了整个画面的是圣加德琳的上半身，她的躯体健壮，双臂交叉于胸前，两手紧

圣加德琳之殉教 / 油画 / 意大利 / 欧尔西 / 1560 年

圣加德琳 / 油画 / 意大利 / 蒋比耶多里诺

紧捂住丰满的乳房。眼睛凝视着天上翻滚的乌云和火光。在火光的照耀下，她的肌肤显出热烈的橙黄色，象征了神的力量。

17世纪里贝拉的《圣女埃各尼斯》描绘了另一个传奇的故事。圣女埃各尼斯被变态的异教徒剥光了衣服卖到了妓院，可是突然她的头发长得又浓又长，披下来完全遮住了她的身躯，后来天使又为她送来了衣服。画面中一个虔敬的少女正跪在地上，双手合十祈祷，与前面完全裸体的圣女形象完全不同，埃各尼斯被一头浓密而美丽的黑发从头遮到脚，手臂上还披着天使送来的衣衫，天使们正从后面把它舒展开来。这样的构图给人焕然一新的感觉。

一直到17世纪，圣女殉教的主题还延续不断。西班牙的梅赫拉达的《审问异教徒的情形》，画面上出现的是一个现实生活中窈窕少女的形象，在一片灰暗的背景色中，以明亮鲜艳的色彩突出了一个亭亭玉立、曲线优美的少女形象。两个大汉正在对她施以捆绑，一位神甫俯身低语劝她忏悔。少女以手捂面，羞恨交加。优美的体态与满屋子的刑具形成了鲜明的对比，给人强烈的印象。1897年，波兰的谢米拉斯基的油画《狄耳刻式之殉教》则把希腊的神话故事和基督教的主题糅合在一起了。狄耳刻是希腊神

狄耳刻式之殉教 / 油画 / 波兰 / 谢米拉斯基 / 1897 年

话传说中底比斯王吕斯科的后妻。吕斯科那以美貌而著称的妻子安提俄珀，曾经与宙斯生下了两个儿子，后来，吕斯科娶了狄耳刻，但是残忍的狄耳刻虐待吕斯科的两个儿子，并扬言要把安提俄珀挂在牛角上。安提俄珀的两个儿子长大后为母亲报仇雪恨，将狄耳刻绑在牛角上撞向岩石而死。谢米拉斯基把这个情节用在表现基督教的刑罚。画中描绘了一个美丽的少女与一头剽悍的牤牛绑在一起，牛因被标枪戳刺而疯狂奔逃，少女也随之备受折磨，最后筋疲力尽，人畜两亡。画面上牤牛和少女都躺在地上，少女的右手还捆在牛角上，双脚则绑在牛的腹部，左手的绳子已经松脱了。她软软地瘫倒在牛的身旁，瘫成一个优美的姿态，除了地上有一点不太明显的血迹之外，少女的肌肤完好无损，秀美的脸庞略带哀伤，身旁鲜花围绕，这个殉教的少女活脱脱变成了一个睡美人。

圣女殉教的故事，自文艺复兴以来就成为宗教绘画的热门题材。人们把那最富于感情的妙龄少女投入最残酷的刑场，把最富于神秘感的处女之躯暴露于最贪婪的肉欲目光之中，甚至于血淋淋的刀光剑影之下——这里充满了宗教的狂热，更混合了苛虐趣味和肉欲追求。这样题材的绘画，对虔诚的教徒煽动的强烈性是不言而喻的，而

审问异教徒的情形 / 油画 / 西班牙 / 梅赫拉达 / 19 世纪中叶

原罪：基督教重要教义之一。该词来自基督教的一个传说：在伊甸园中，人类始祖亚当和夏娃因受了蛇的诱惑，违背上帝命令偷吃禁果，这一罪过成了整个人类的原始罪过。基督教认为，此罪一直传至所有后代，为此需要基督的救赎。

对苦难众生的冲击同样巨大！尤其是那些深闺的少女们，当她们看到那些贞洁的肉体展现在面前的时候，甚至会觉得自己的千金之躯公开袒露在众目睽睽之下，是自己的皮肉正在被利刃割切，自己的身体正在被淫亵恶毒的目光蹂躏——人们既贪婪又畏惧，仿佛那反反复复的刑拷变成了一种神圣的仪式，变成了人的神化的象征。圣女殉教以及当年捕捉女巫的行动，是人类模棱两可的感情的体现。人们以处置处女的凶狠去责罚女巫，同时，也以洞悉圣女对基督的倾慕的好奇，去倾听女巫讲述她们与恶魔交媾的故事。整整一个世纪的神性统治在人们的灵魂中凝结成的信仰，以及那宗教自虐行为的痛苦所带来的精神升华在这里瓦解了。这种令人迷惑的性兴奋与叫人颤抖的血腥味交错在一起，使人们的心中产生了剧烈的冲突。那些美玉破碎的景象，在善良人的眼中是多么可怜，而在邪恶人的眼中，它无疑又成为了别开生面的色情大宴。梦寐以求的神人合一的境界，在对饱含肉欲的自然存在的否定的仪式中完成了。在贪婪与畏惧中，多少人因此虔诚地皈依了宗教或者是更加迷惑于肉欲的快感，这些圣女们本身的行为，是值得人们敬畏的。在她们身上，有一种凡夫俗子无法理解和企及的毅力，有一种巨大的精神力量在支撑着她们接受残酷的命运。单只这一点，她们就值得我们景仰。

## 抹大拉的玛利亚

在基督教文化中，除了圣处女殉教题材的绘画之外，还有另一类的皈依女性绘画。它就是原罪忏悔性质的宗教绘画，这样的故事中的女子原本是罪恶的，或者风流淫荡，或者是异教徒，但是她们感应了基督的神力，而决心弃恶从善，一心侍父，这一方面的代表是抹大拉的玛利亚和基督赦免罪妇。

抹大拉的玛利亚出自《圣经》中的《福音书》。她是一个一直让画家着迷的神话人物。她之所以成为艺术家的宠儿，或许是因为她的故事富于戏剧性，对于宗教派的画家而言具有莫大的启示意义。还有，她是耶稣身边最亲近的人。

没有人能够确切说出抹大拉的玛利亚的完整的故事。关于她的很多传说都是附会。《福音书》里短短的文字也是语焉不详。所以，对于今天的人们来说，她更多地在绘画中得到重视，得到体现。依据《福音书》的版本，抹大拉的玛利亚的故事是这样的：

她出生在一个贫民窟里，一个可怜卑微的生命在社会的最底层度过了她的童年。当她长成一个少女的时候，她出众的姿色为她的卑贱的生活开辟了一条虽低贱但衣食无忧的路。穷人的最大满足，往往只是能够填饱肚子，为此，他们可能去杀人放火，也可能去做妓女——如果能够做的话。这样，年轻的玛利亚经过自己的摸爬滚打，成为了一名出色老练的妓女。

她再也不必忍饥挨饿了，现在她可以锦衣玉食。她远近闻名，许多王宫贵族都是她的床上客。可是，这样的生活不但没有给她带来丝毫灵魂上的安慰，反而使她更加感到罪恶，于是她终于厌倦了这种放荡不羁的，没有灵魂寄托的日子了。一天，她听说基督正在西门家中作客，于是她带了盛满香膏的玉瓶来到西门的家里，请求耶稣赦免她过去的罪，她的眼泪哭湿了耶稣的双脚，她就用自己的头发擦干，又用嘴亲吻耶稣的双脚，并抹上了香膏，她向耶稣基督表现了最大的尊敬和自己改恶从善的决心。耶稣深受感动，终于赦免了她的罪，赶走了附在她身上的七个鬼，使抹大拉的玛利亚成为一个纯洁的妇女。从此抹大拉的玛利亚扔掉了她的绸缎，独自开始祷告，她一直侍奉耶稣。耶稣死的时候她在场，耶稣复活又在她面前显现。耶稣曾经说过，无论在什么地方传道，都要叙述抹大拉的玛利亚的事迹。实际上，抹大拉的玛利亚是耶稣一生中最亲爱的人，也是最富有感情的妇女。传说她到了沙漠，一个人住在那儿，全身赤裸，只披着

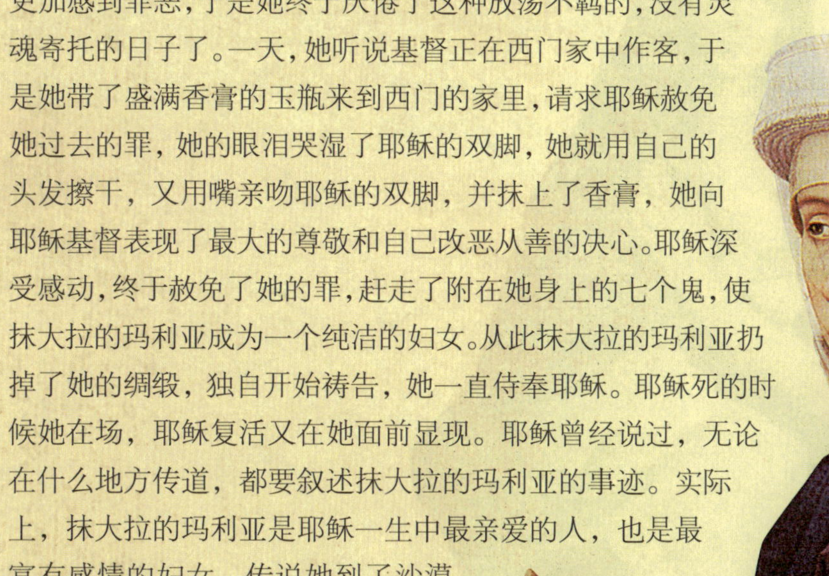

抹大拉的玛利亚 / 油画 / 佛兰德斯 / 韦登 / 1577年

格列柯：1545年生于希腊克里特岛的伊拉克利翁，1614年卒于西班牙的故都托莱多。他是希腊文化的代表人物，被誉为“西班牙画圣”，画风独特。

长长的头发，以热情度日。她有一种积极的热情，一种对善、美和全部的爱燃烧的渴望，一种我们内心都有，但也许我们因三心二意而无法严肃表达的热情。

圣伊涅莎/油画/西班牙/里贝拉/1641年

表现抹大拉的玛利亚的画有一个特点，画中除了一个少女作为抹大拉的玛利亚的形象之外，总还有一个死人的头盖骨。这画有两种处理手法，一种是纯粹宗教性的，以西班牙宗教画家格列柯的《抹大拉的玛利亚》为例，画中的抹大拉的玛利亚是一个面无血色的干枯的女子，在向主祈祷。另一种手法以里贝拉的《忏悔的抹大拉》为例，画中的抹大拉的玛利亚是一个充满青春活力的体态丰满的少女，她在怀念已经死去的亲人耶稣。这显然已经超过基督教神话的抹大拉的玛利亚形象，看起来更富于感情。

基督赦免罪妇的题材也是历代画家所爱。有一天，耶稣在圣殿里传道，一帮文士和法理赛带着一个犯了私通罪的妇女进来。他们吵吵嚷嚷地对耶稣说，依照摩西的律法，这个妇女应当被众人用乱石砸死。耶稣见到这个妇女，产生了怜悯之心，根本不搭理这些法理赛，只管在地上写字。法理赛们还是不住地询问耶稣，

抹大拉的玛利亚 / 油画 / 西班牙 / 格列柯 / 1577 年

油灯前的抹大拉 / 油画 / 法国 / 拉图尔 / 1640 年

自画像 / 油画 / 荷兰 / 伦勃朗 / 1640 年

而且已经有人动手要打妇人了。这时，耶稣立刻站了起来向大家说，你们中间谁没有犯过罪，谁就可以拿石头砸她。听了这些话，那些气势汹汹的文士和法理赛，那些老老少少的人，都偷偷地溜走了。因为他们全都犯过这样那样的罪过。最后殿堂里只剩下耶稣和那个妇女。耶稣就亲切地对她说："我不定你的罪，你回去吧。"这个故事与抹大拉的玛利亚一样，也是耶稣劝人改恶从善的典型事例。人文主义画家们都以这个题材来表现耶稣宽大为怀的气度。伦勃朗根据这个故事作了一幅著名的油画《基督赦免罪妇》。

圣女与罪妇，虽然路径不同，但是她们都通过自己的行为达到了对神的皈依和膜拜。在形形色色的女性中，也许她们是最具有神性和传奇性质的一类。

# D/ 女英雄——朱提斯、贞德

历来救国救民的英雄以男子为主，家天下是男人们当仁不让的责任。在人们的印象里，男英雄不计其数，女豪杰却屈指可数。其实不然，毕竟我们还是会听到“千百年来，肮脏尘寰，问几个男儿英哲？算只有娥眉队里，时闻杰出”的言论。为国为民敢于献身，赴汤蹈火的巾帼女子也是数不胜数的。大敌当前之时，给整个国家或民族带来希望和新生的，往往不是那些平日里威风凛凛、耀武扬威的将军元帅，而是在人民眼里弱不禁风的不起眼的女子。很多的历史事实都证明了这样一个常识，只不过当危机结束的时候，她们又功成身退，远离功名利禄，淡出人们的视线而已。

朱提斯与女奴/油画/意大利/卡拉瓦乔/1625年

这个故事讲述的就是古犹太民族女英雄朱提斯的故事。

在很久以前，住在尼尼微的亚述人君主尼布加尼萨王向住在伊克巴他拿的玛代人君主阿法扎得王宣战。玛代人领地周围的许多国家都加入了被称为“基洛代特”的两河流域联军，与亚述人的军队交战。为了能够取得这场战争的胜利，亚述王尼布加尼萨派使臣前往波斯人和犹太人居住的地区，以及周围的国家和城市，要求他们联合作战，但是遭到了拒绝。因为人们不相信尼布加尼萨王能够打赢这场战争。因而亚述王的使者一无所获，败兴而归。

这样的结果使亚述王异常愤怒，大敌当前，他虽然无暇顾及这些邻邦国家，但是在他的心中，却深深地埋下了仇恨的种子。

经过数年的苦战，尼布加尼萨王终于赢得了战争的胜利。他的军队摧毁了两河流域联军，占领了玛代王国，俘虏并杀死了玛代国王，还将玛代的国都，美丽的伊克巴他拿城掠夺一空，夷为平地。

**两河流域**：指的是美索不达米亚，希腊语的意思是两河之间的土地。美索不达米亚有广义和狭义之分。广义上，美索不达米亚东抵扎格罗斯山，西到叙利亚沙漠，南迄波斯湾，北及托罗斯山；狭义上仅指底格里斯与幼发拉底两河之间的地区。

得胜后的亚述成为最强盛的王朝，这时的亚述王想起周围国家拒绝参战时，对他的国家和使臣的侮辱，于是他决定派军队攻击他们，进行报复，以泄心头之恨。他召集自己手下的大臣和将领，向他们宣布了自己的决定，并命令领兵元帅荷罗菲尼斯，立即挑选精兵强将，组成强大的军队，去进攻所有曾经拒绝过亚述的国家，令他们无条件投降，俯首称臣，交纳水陆供品，否则要摧毁他们所有的城镇，杀光他们所有的军民。

亚述元帅荷罗菲尼斯率军出征，所到之处，没有任何国家敢与他们的军队抗争，均是开城迎接，给以热情的招待和富足的给养。他们还派出和平使臣来到尼尼微，晋见尼布加尼萨王，称臣纳贡，表明降意。

朱提斯与女奴 / 油画 / 意大利 / 卡拉瓦乔 / 1625 年

但是，当荷罗菲尼斯带领军队来到犹太边境时，却遇到了顽强的抵抗。居住在边境城市泊突利亚的以色列人为了保卫自己的家园，拿起武器准备迎战，他们封锁了山路，筑起了山头要塞，并在平原上设置了路障。荷罗菲尼斯闻讯暴跳如雷，他下令他的军队向以色列人的军队进攻。但是以色列人占有有利的地形，他们的阵地山势险峻，易守而难攻。每次亚述军队的进攻，都被居高临下的以色列人用抛出的雨点般的石头打退。亚述将领组织了一次次的进攻，也都无济于事，他们的军队受阻，不能前进半步。

第二天，亚述军的一些将领求见荷罗菲尼斯，向他提出建议。

“尊敬的阁下，我们已经察看过了我们所交

战的战场，特来向您禀报，希望您能够听从我们的劝告，以使您的军队不会遭受重大的损失。以色列人居住在高山上，他们的防卫不是凭借手中的武器，而是依靠山高路险居高临下。如今我们不去直接攻打他们，军队便不会遭到伤亡。他们的城堡虽然险要，但是山上却没有水源。他们为了饮水，还要出城下山。我们只要将城包围，切断他们的水源，待他们口渴至极的时候，自然会向您投降。”

荷罗菲尼斯和他的全体将领都很认同这个建议，他立即下令执行这个计划。

亚述军队不再进攻，但是他们已将泊突利亚城团团围住。过了三十四天，城中所有的蓄水池和贮水器均已干涸，人们没有了水喝，浑身软弱无力，守城的士气早已消失殆尽。他们找到城市的守城官大声地抗议。

“因为你们不与亚述人讲和，造成了今天的后果。如今我们筋疲力尽，快要渴死了，还不如赶快叫亚述军队来，向他们投降，让他们进城抢劫。我们宁愿做他们的奴隶，活下去，也不忍心眼睁睁地看着我们的妻儿老小活活渴死。”

见到这样的情景，守城官也没有了主意，

朱提斯 / 油画 / 意大利 / 波提切利 / 1472 年

荷罗菲尼斯的头被朱提斯砍下 / 油画 / 意大利 / 卡拉瓦乔 / 1598—1599 年

他们只好劝慰大家："我们坚守到今日已是非常不易，刚断水几日就自暴自弃也实在可惜！让我们再等五天，如果情形还是如此，我们就照你们的话去办。"

人们听了他说的话，妇女儿童各自回家，男人们返回自己的岗位，但是士气仍然十分低落。

泊突利亚城中有一名寡妇叫做朱提斯，三年前一场霍乱夺去了她丈夫的性命，如今她独自一人孀居在城中。她也听到了守城官的决定，回到家中，她的心中很不平静。她悄悄将守城官们请到家中，告诉他们自己的决定："我要去做一件事情，在你们允

朱提斯 / 油画 / 奥地利 / 克里姆特 / 1901 年

许投降的那一天到来之前，解救我们的城市和人民。希望你们不要问我去做什么，事后我会向你们解释明白。还希望你们今天晚上在城门站岗，以便我和女奴能够出城。”听到她的决定，守城官点头允许。

守城官走后，朱提斯脱下了孀居的衣服，她用家中仅存的最后一点水沐浴洗身，然后擦上最高贵的香料，穿上最华丽的衣衫，戴上最精美的珠宝首饰。朱提斯天生丽质，经过这一番梳妆打扮，更显得光彩夺目，容貌动人，足以使任何见到她的男子为之倾倒。夜里，她带着女奴来到城门，告别等候在这里的守城官，向亚述人的军营走去。很快，亚述军队的士兵就发现了她，并将她团团围住。朱提斯的美貌令所有的士兵吃惊，她平静地要求他们带她去见统帅荷罗菲尼斯。

朱提斯对荷罗菲尼斯说：“我居住在泊突利亚城中，虔诚地信仰我们的上帝，像城中的其他人们一样。但是当城中的水源断绝，人们便丧失了理智，做出了许多恶事，上帝已经震怒，要将他们毁灭。因此我逃出，来投奔你这里寻求保护。另外我也想请求你的允许，让我每天夜里去祷告上帝，一旦上帝决定毁灭城中的人们，我会立即转告你，你可挥军进击，定能一举取胜。”

听了朱提斯的话，荷罗菲尼斯点头同意，指示侍从要满足她的要求，并给她一座帐篷居住。一连三天，朱提斯在黎明之前带着女奴走出营房来到山谷，哨兵已接到荷罗菲尼斯的命令，允许她们在此出入。第四天晚上，荷罗菲尼斯设宴招待手下的高级将领，还让朱提斯到自己的身边作陪。朱提斯殷勤地为他倒酒，荷罗菲尼斯乐不可支，开怀畅饮。

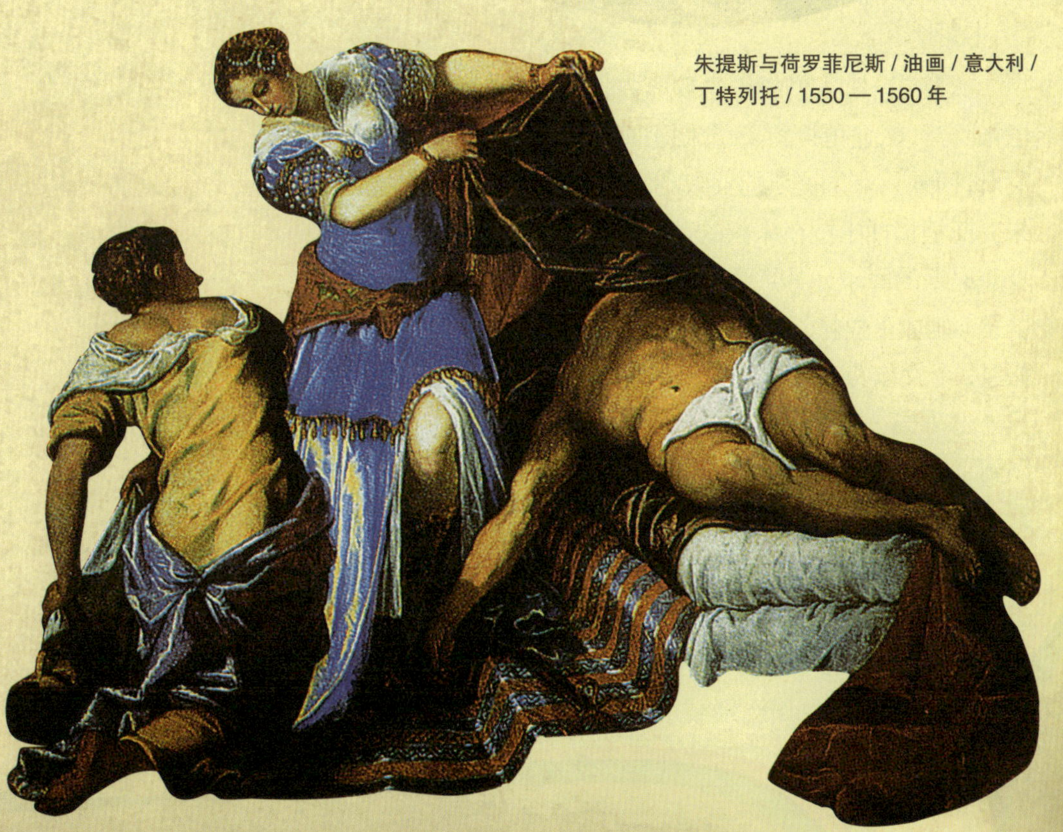

朱提斯与荷罗菲尼斯 / 油画 / 意大利 / 丁特列托 / 1550—1560 年

朱提斯砍下荷罗菲尼斯的头 / 油画 /
佛兰德斯 / 鲁本斯 / 1615 年

天晚了，客人们纷纷告辞离去，侍从们也都知趣地出帐回营，帐篷里只留下了朱提斯和醉卧在床的荷罗菲尼斯，门外只有朱提斯的女奴在守候着她的主人。这时，朱提斯悄悄抽出挂在床头的荷罗菲尼斯的宝剑，对着荷罗菲尼斯的脖子，竭尽平生之力猛然一砍，砍下了他的脑袋。她放下蚊帐，掩住荷罗菲尼斯的尸体，然后走出帐篷，令女奴将人头装进皮革口袋中拿好。两人便像每日外出祷告一样走出亚述营门，越过山谷，爬上山坡，回到了泊突利亚城的门外。守城士兵见她回来，急忙打开城门，并找来守城官。朱提斯取出荷罗菲尼斯的头颅，并讲述了杀死他的过程。顿时，全城民心振奋，大家准备好武器，天色刚明，便突然出击。

亚述士兵看到以色列人突然进攻，立即向统帅报告，却发现荷罗菲尼斯已经被杀死在帐篷中。失去将领，亚述军军心大乱，士兵们四散奔逃。以色列人乘胜追击，大获全胜而归。

朱提斯的凯旋 / 油画 / 德国 / 克拉纳赫 / 1530 年

**朱提斯与荷罗菲尼斯 / 油画 / 意大利 / 丁特列托 / 1555 年**

朱提斯的故事流传得很广，许多艺术家都以绘画、雕塑来歌颂这位巾帼英雄。乔尔乔内在他的油画《朱提斯》中，把这位犹太女英雄描绘成手持利剑、脚踏敌人头颅的胜利者。她挺立在一棵大树前，神态稳重端庄，好像一座雄伟的石雕。画中的朱提斯体态丰满，容貌秀丽，她那俯视的目光，微弯下垂的手臂，表现出外柔内刚的气质和魅力。乔尔乔内是意大利文艺复兴时期的画家。他是威尼斯画派进入鼎盛期的第一个代表人物。他的绘画富于层次，色彩清新，人物刻画有一种雕像般的宁静和音乐般的动态和谐。

1510年，威尼斯流行了一场可怕的瘟疫，才华横溢的乔尔乔内热恋着一位漂亮的威尼斯姑娘，而姑娘却染上了鼠疫，画家不知，继续和她交往，很快也被传染，最后被瘟疫夺去了生命。后人称乔尔乔内是“盛年夭折的天才”，他成为西方美术史上有名的短命画家之一。他的一生仅活了短短的三十二年，却为世界艺术宝库贡献了诸多的绘画传世佳作，《朱提斯》便是其中的一幅。

## 圣女贞德

1431年5月30日，法国卢昂广场上的气氛格外紧张，广场中央的空地上高堆着木柴，木柴堆的旁边搭起了两座平台，上面坐着大主教、神学院长、主教、官吏、英国军官。广场周围还有上万名群众和八百名全副武装的英国士兵。随着一阵骚动，只见一辆马拉的货车从远处而来，车上载着一位少女。她穿着雪白的长衣，头上戴着纸做的帽子，帽子上写着“异教徒”、“叛教者”。少女被粗暴的英军押送到广场正中央的火刑柱前，被绑在了柱子上。

英军队长下令：执行任务！木柴被浇上了油，点燃后的木柴发出噼剥刺耳的声音，火焰像蛇头一样从木堆中冒了出来。少女的白衣倾刻燃烧起来，红色的火焰映衬着少女苍白无惧的脸。这时群众中传来一片号啕的哭喊声。少女向天空呼喊：“卢昂！你难道就是我最后停留的祖国大地！我难道就要死在这里？我坚信侵略者除了被杀死外，统统都要被赶出法国！”这位少女就是法国19岁的民族英雄贞德。

贞德原名珍娜，1412年1月4日出生在法国一个偏僻的村庄。幼年的贞德是个勤劳的孩子。她会纺织羊毛和亚麻，常常到牧场去牧羊，以响亮动人的歌声，赞颂可爱的田园风光。可是，这种无忧无虑的日子很快就过去了。英法百年战争爆发了，法国大片领土已被英国占领。此外，法国国内还爆发了内战，勃艮第公爵背叛了自己的祖国，与英国勾结，使法军节节败退，人民遭受战火的洗劫。“葡萄园无人耕种，地没人翻，种子没人播，牧场不见牛羊，教堂和房屋……处处都是那烧毁的火焰遗迹。”

贞德虽然生活在一个遥远的小村庄，但爱国与宗教的热忱使这里的人们不可能过着与世隔绝的生活，他们以自己独特的方式

参与了这场战争。

1428年10月21日，英军又向法国大举进攻，东南部的重镇奥尔良成为双方争夺的战略要地。英军采取围困方式断绝奥尔良的粮食供应，并在城的周围建造了一千个左右的小堡垒。奥尔良告急，法国查理王子派了一支四千人组成的军队来支援奥尔良，但这支军队的指挥官意见不合，还没有行军到奥尔良，就被英军打败了。于是无援的奥尔良成了风雨飘摇中的烛火。

年轻的贞德出于对宗教的虔诚和忠君勤王的意识，将解放法国看成是上帝交付给她的光荣任务。她自称在梦中得到了上帝的神谕，上帝告诉她：法兰西将得到“洛林边境的童贞女”的拯救。于是，17岁的贞德女扮男装要求会见王子，参加解救奥尔良的战斗。

3月初，贞德身穿黑色胸衣、裤子及长袜，宽松的灰黑色短上衣，戴着黑色帽子，走进查理王子驻地的锡南宫中大厅，她的步子坚定而充满信心。

查理王子问道：“你叫什么名字？”

“亲爱的王子，我叫贞德。神派我来解救奥尔良，拯救全法国。”

于是，王子派人调查贞德的生平和家世，证明了贞德平时大部分的时间都用来祈祷，热爱自己的家族，做事一向光明正大，于是任命贞德为奥尔良援军总司令。

1429年4月27日，贞德率领一支约有六千人的援军去解救被围困的奥尔良，她身穿闪闪发光的铠甲，腰挂锋利的宝剑，骑着雪白的战马，手中拿着绣有耶稣和玛利亚圣像的小军旗，显得格外英姿焕发。

经过三天的急行军，贞德率领的军队来到了长期被围困的奥尔良城下。城里的人欢呼贞德为圣母的化身，汹涌的人潮一波又一波地欢迎着这位神的女儿，虔诚地愿随她赴汤蹈火。贞德进城后，除积极备战外，她还利用空暇来到医院慰问伤员和贫困受苦的人们。奥尔良市民看到另一支援军的到达，个个热情难抑，纷纷拿起斧头、铁棒、兵器冲向离城一公里处英军占领的圣鲁要塞。贞德闻讯后，急忙穿上盔甲，骑上马背，冲锋在前。在贞德的指挥下，士气大振的法国军队一举攻下了圣鲁要塞，保证了粮草补给道路的畅通。首次大捷，大大增强了奥尔良市民们的信心，为了庆祝这次胜利，奥尔良的钟声响彻大地。

理姆斯大教堂：建于1121年至1311 年间，堪称是法国规模最为宏大、装饰最为富丽堂皇的大教堂。这里曾经还是国王举行加冕仪式的场地。

圣女贞德像

此后，贞德率领的法国军队又接连攻克两座英军堡垒。5月7日，天刚刚发亮，贞德下令夺回托烈鲁要塞及其他地方。轰隆的炮声响了，军旗上的百合花在风中飘扬，贞德奋勇当先，她准备一口气冲上要塞。可是，英军司令率领五千名士兵前来支援，双方损失惨重，尸体遍野。下午，贞德军队逼近护城沟，五时左右，贞德跳进护城沟，把云梯靠在城墙上，开始往上攀登。英军箭矢如雨，贞德不幸中箭，跌入护城沟中，被一名骑士救了出来。贞德勇敢地拔出了箭头，裹好绷带，又回到了战场。贞德的英勇不屈大大激励了法军的士气，扭转了不利的战局。晚上，托烈鲁要塞终于收复了。英军死亡人数高达五百人。英军队长也投河而死。第二天，英军宣布撤退，解除城围。贞德忍着伤口的疼痛，骑着白马带着凯旋的队伍走过罗亚尔河上的大桥。这次胜利是百年战争的转折点，标志着法国人民爱国主义精神的伟大胜利。法国举国欢腾，推举贞德为反侵略者的杰出代表，人民为了表达对贞德的崇敬，把她称为“奥尔良姑娘”。但英军却视其为女巫，同时发誓不论死活都要捉到她。

奥尔良大捷后，贞德决定夺取理姆斯城，以便使王子加冕。按照法国的传统，一个合法的国王必须在理姆斯大教堂举行隆重的加冕礼。1429年6月27日，法军在贞德率领下势如破竹地收复了理姆斯等城市。7月17日上午，晴空万里，阳光普照。在理姆斯大教堂，按照法国王室的传统，大主教为查理七世举行了加冕礼，许多朝臣盛装

率兵出征的贞德

到场，向合法的新国王行臣服礼。随侍在国王身旁的正是贞德。她在银色的盔甲外，穿了一件绣满了百合花的白绢长袍，看起来是那样的纯朴、圣洁、崇高，在场的人看着她，不由得流下感动的眼泪。

仪式结束后，查理七世封贞德为贵族并特许她和皇室一样，自由使用百合花标志的徽章。贞德从来未向国王提出过任何要求。但是，这次她要求国王将故乡唐瑞米村的税金加以免除，查理七世破例答应了。

1430年5月23日清晨，英军和法勃艮第联军向理姆斯城左侧的军事重镇康边发动猛攻。贞德率领少数军队奔赴康边迎击敌兵。她跃马挥剑，深入敌区。但终因寡不敌众，被迫向康边城撤退。不料城防司令害怕敌军冲进城中，竟拉起吊桥拒绝贞德入城。贞德只得返身率部浴血奋战，将士伤亡殆尽。勃艮第联军一拥而上，贞德被拉下战马，不幸被捕。11月21日贞德被卑鄙无耻的勃艮第贵族以一万金币卖给了英军。贞德被送到卢昂，完全失去了自由。敌人把贞德关在铁笼子里，脖子和手脚都用笨重的铁链锁住，还有五名英国士兵如临大敌地时刻监视她的一举一动。

1431年5月24日，贞德被判决为“屡教不改的异端”、“违反教规穿戴男装”、“女巫”等罪名处以火刑。在西欧封建社会，女子穿男装是违反教规的。特别是贞德自称神的女儿，能和神直接通话，教会认为这是违背圣经的行为。教会指责她犯了“异端”罪。1431年5月30日，19岁的贞德在卢昂广场英勇就义。她的壮举当时极大地震撼了整个法国，也唤醒了法国人的民族意识，1453年法国终于取得了“百年战争”的胜利。

1456年，法国教会法庭推翻了原判，为贞德恢复了名誉。到16世纪，贞德的英雄事迹被广为流传，她开始被誉为“圣女”。今天法国到处有贞德的塑像。巴黎卢浮宫旁的奥尔良中央广场有贞德的骑马塑像，卢昂旧市场广场的贞德像也驰名世界。为了怀念这位解救法国的女民族英雄，法国把5月8日定为贞德祭日。罗马哲学康西塞罗说得好：“生命是短暂的，荣誉是久长的。”“奥尔良姑娘”贞德将永远活在法国人民和世界爱好自由与独立的人民心中。

受刑的圣女贞德

# 第三章

CHAPTER 3

# “恶”女人情怀

恶女人是魔鬼。她们淫荡成性，时时诱惑着身边的异性；
她们阴险嫉妒，常常为了芝麻绿豆的小事争风吃醋，尔虞我诈；
她们觊觎权力，不惜用自己的身体做诱饵，
去征服那些叱咤风云的王者；她们爱慕虚荣，
争做天底下最美丽的女人，即使为此付出血的代价。

娼妇的君临 / 油画 / 法国 / 罗朴斯 / 1896年

# A/ 魔鬼的诱惑

当丈夫出发去外做事的时候，妻子还站在窗口向他摆手，拉皮条的女佣人已经打开后门让心急如焚的情人进来。离开家的丈夫的身影刚在远处消失，她已经与情夫站在装饰豪华的床前，听任情夫的支配。即使离开家的丈夫事先安排了一个朋友来保持他的清誉，而且朋友监视得特别严格，妻子仍能和情人纵情享乐。如果是这样，那也没有什么可以让人惊讶的，因为经验早就证实："每天清早到地里去放牧蝗虫，晚上再将蝗虫收集起来带回家，一只也不可以丢，就是这样也比看管女人要容易很多。"

法国人有个讽刺的说法："谁要是不希望叫女人离他而去，那就不要总是离开她，得把她塞进瓶子里，隔着瓶塞享受她。"

大多数女人对爱情特别贪心，不满足于一个男人，或者是经常希望花样百出。我们也可以说，这常常是丈夫们自己的责任。他们对其他男人夸耀自己妻子的身体有多么的美，爱情的艺术是多么的高妙。为什么有些男人要说："我的丽莎的身体像雪一

清晨 / 油画 / 美国 / 里特曼 / 1913 年

样白，她的腿像两根挺立的柱子，她的乳房结实得如同大理石。”为什么另外一个男人要回答：“我的芭芭拉的手像丝绒一样柔软，她的爱情甜得像蜜糖。”丈夫们夸奖得越带劲儿，他们的妻子就对别人越有诱惑力，讽刺家们曾一次次地一本正经地说：“谁这样公开夸奖他的妻子，那就别责备他的朋友追他的妻子，别责备他的妻子因为虚荣心竭尽全力要证明丈夫说的全都是实话，并没有特地夸大她的美和她的爱情的艺术。”

大多数女人寻找情夫是因为丈夫无法给予，因为情夫会叫她们像喝醉了酒一样，让她们得到她们的丈夫无法给予的快感。安东·德·拉·萨尔证明：事实上，情形的确证实了她们的猜想，情人的确比丈夫更能使她得到爱情需求的满足。这是由于情人全部的心思都集中在达到他的目标上。他一直希望他的祈祷可以被听到。他的好奇心向来不会获得最终的满足，所以每次他在自己的情人面前表现得都是欲火如焚。他必须把握住所有对他有利的时机，所以他永远处于主动出击的地位，从不放过机会表明他的爱的能力。“如果妻子平时就认为丈夫很恶劣，那么现在便更加坚信他是绝对没有那个能力的”，更觉得自己有权背叛他。

按照安东·德·拉·萨尔等人的说法，在女人的眼中，情人还有别的数不尽的长处。在求爱的每一个阶段，比起丈夫来，情人都更加富有激情；他常常不像丈夫那么彬彬有礼；他会把从妓女那里学来的别致温存的乐趣传授给她；他更富有勇气更没有顾忌，这是最关键的。安东·德·拉·

欧仁·杜瓦杨夫人 / 油画 / 意大利 / 博尔迪尼 / 1910 年

克莱尔·德梅罗德 / 油画 / 意大利 / 博尔迪尼 / 1901年

萨尔讲过这样一段话："有时候，情人想与我聊一会儿天，但是又不愿意等待，于是他在夜晚偷偷地潜入进来，藏在地下室或者马厩里，或者，他根本约束不了自己，奔进我和丈夫睡觉的房间。有些女人对这样的情人什么都顺从，对他们的爱情也许还要更热烈，虽然他们有陷入绝境的危险。"

这样的勇敢常常为小说家提供可借鉴的题材，让他们写出了很多的讽刺笑话。薄伽丘、莫利尼、阿德尔福斯、弗雷等人就写过这一类作品。这些小说的焦点常常是情人错把丈夫当作了妻子，结果狠狠地挨了一顿教训；或者是妻子在紧急时刻果断地撒了个谎："那是老鼠在房间里乱跑呢！"等等，不但解救了自己和情人，甚至让情人能够接着在晚上访问渴望爱情的她。这种勇敢也被大量融入绘画的题材。例子有很多，16世纪发行的一部法国法律汇编中，通奸这一章正是以这样的绘画来展现的，由这里可以看到其他。

阿里奥斯托曾创作了这样一部作品来讽刺荡妇淫娃：贵族乔康多奉旨进朝，他与自己的妻子告别，离别之时十分缠绵。他一向觉得妻子既完美又忠贞。他刚一离开家就想到他把妻子临别时送给他的护身符落在了床上，于是又转了回去，不声不响地进入了卧室，不料乔康大失所望，他看见素来被当作是贞节化身的妻子正倒在一个仆人的怀里。他们没有察觉他进来。乔康多又不声不响地离开了房间。他特别伤感，无法忘记他所遭受的侮辱。

一天，乔康看见王后也睡在奇丑无比的侏儒臣子的怀里，他明白了国王也摆脱不掉这样的命运，于是他告别妻子去流浪。国王也告别了妻子，于是两人一块儿做伴到处流浪，还带上了一位女友。他们计划得十分周全，想着可以不用担心她背叛。但是他们又大失所望了。国王和贵族最后明白她骗了他们，坚信任何一个女人遇到强大的引诱都会对不住丈夫，所以俩人又返回家中。

劳伦斯在他的著名小说《查泰莱夫人的情人》中，真实地展现了一位在性欲上得不到满足的女性寻找肉体快感的经历：女主人公康丝坦丝与在战争中残废了的丈夫克里夫度过了一段无肉体接触的夫妻生活之后，突然在性欲方面觉醒了："她感到有种与日俱增的不安存在，因为她与外界隔绝，这种不安的感觉便疯狂似的把她占据。当她要宁静时，这种不安便牵动她的四肢，当她要舒服地休息时，这种不安便挺直她的脊骨，它在她的体内，子宫里，到处跳动着，直至她觉得非要跳进水里，用游泳摆脱不可，这是一种疯狂的不安。"

在丈夫根本无法平静她的这种性欲骚动的情况下，她跟剧作家麦克里斯互通款曲。但是时隔不久，她发觉麦克里斯缺乏人情味，倍感失望之时，她偶然碰到了卑微的森林看护人梅乐士，并很快投入了他的怀抱。从此，她跨越了身份的悬殊，品尝到了身为女人的喜悦，以及

妓女 / 油画 / 法国 / 鲁奥 / 1906 年

老娼妇 / 雕塑 / 法国 / 罗丹 / 1885 年

性爱的醉人："现在的她，觉得她已经到了她的天性真正的原始处了，并且觉得她原本就是毫无羞怯的。是她原来的、有肉体的自我，赤裸裸的、毫无羞怯的自我，她觉得胜利的羞怯差不多光荣起来！原来如此！生命原来如此！一个人的本来面目原来如此！世上没有需要掩藏的东西，没有需要害羞的！她和一个男子——另一个人，共享着她终极的赤裸。"于是，"她的整个生命的最美妙之处被触动了！一切都完成了，她已经不再存在了，她出世了：一个女人。"

在人的潜意识中，这种由于爱的不满足带来的渴望常常会无所顾忌地冲破意识的闸门，其汹涌之势令人震惊。

作为俄罗斯唯一的女"大帝"的叶卡捷琳娜二世，不但以其"文治武功"而享誉于世，而且在私生活方面的放荡不羁也是举世闻名的。她的孙子沙皇尼古拉一世曾经这样评价他的祖母："她是一个戴着皇冠的娼妇。"这一评价虽有些粗鲁，但也不无道理。

后人对待叶卡捷琳娜二世淫乱生活的传说，夸张至极，说她竟有三百个面首。的确，作为一国之君的女皇，她过着十分神秘的爱情生活。说她有三百个情人可能太夸张了，但在她的实际生活中先后登场的情人，有名有姓的就多达二十一个。

叶卡捷琳娜二世的丈夫彼得三世不断在外寻花问柳，

叶卡捷琳娜二世：德国人。14岁随母亲来到俄国，在一场政治婚姻中嫁给了俄国女皇叶丽萨维塔的外孙彼得，之后成为俄国女皇。

而冷落了自己的妻子。据说他们结婚多年，叶卡捷琳娜二世仍是一名“童贞夫人”。但叶卡捷琳娜毕竟是一个女人，也有七情六欲。她需要爱情、召唤爱情，在得不到丈夫的爱情以后，她只好把爱情撒播到周围人的身上。“我的不幸在于，如果没有爱情，我一个小时也受不了。”可贵的是，叶卡捷琳娜从不隐瞒自己的观点，她的情人走马灯似的更迭。

她首先在近卫军军官中找到了心爱的情人，就是帮助她发动政变的格·奥尔洛夫兄弟。她一边收买人心，结交拉拢为她搞政变的人，同时暗中物色情人，使自己的情欲有增无减。叶卡捷琳娜的爱不是专一的，她有时几乎同时拥有几个情人。其他有名的情夫包括萨尔蒂柯夫、车尔内舍夫、波尼亚托夫斯基等等。

其中，波尼亚托夫斯基是个波兰籍的风度翩翩的美男子，叶卡捷琳娜对他一见钟情，两人一拍即合。波尼亚托夫斯基曾这样描述过当时的叶卡捷琳娜的形象：“她那时是二十五岁，刚刚从第一次分娩中恢复过来，同那些美妇的通常情况一样，她的情韵当时正值高峰。她是个黑发女郎，但肤色洁白，两道长长的黑眉，希腊型的鼻子，两片嘴唇似乎在招引人们去同她接吻。美丽的双手和两腿，纤细的腰肢，高挑的身材，步履轻盈而高雅，音色优美，笑声愉快，一如她的性格。”根据这段描写，叶卡捷琳娜确实是美丽动人的，波尼亚托夫斯基对她是一往情深的。

一天，在主人的授意下，波尼亚托夫斯基怯生生地进了叶卡捷琳娜的居室（她分娩后，一直与丈夫分居），他们第一次接吻了。那晚，她穿一件轻薄如蝉翼般的短裙，身体的起伏和隐秘处都影影绰绰地显露出来，她看起来既光亮显眼又朦胧神秘，当下勾得小伙子无法控制自己的欲望。从此，她三天两头要外出幽会。她回忆道：“每一次幽会，都是在难以想象的疯狂中度过的。”而波尼亚托夫斯基则写道：“她越来越放荡，她对宗教的虔诚和对肉欲的兴趣与日俱增。她经常无节制地喝酒，这使她淫性大发，甚至连别人替她宽衣解带都等不及。她的衣裙是由宫女用粗针大线缝起来的，以便到时能三两下脱掉。”

据说，叶卡捷琳娜的第二个孩子，就是他们偷情的结晶。彼得三世在得知妻子第二次怀孕时，曾说：“天知道，她不知从哪里搞来的。我不太清楚这是不是我的孩子，应不应该算在我的账上。”

后来，波尼亚托夫斯基被俄国女皇叶丽萨维塔遣回了波兰。四年后，叶卡捷琳娜便发动政变登上了沙皇的宝座。波尼亚托夫斯基立即去信要求马上去彼得堡同女皇见面，重温旧梦。这时的叶卡捷琳娜二世，首先想到的是巩固权力，造成好的政治影响，便回信予以了拒绝。但是，叶卡捷琳娜始终没有忘记自己的这位昔日情人。在她上台的第二年，即1763年，波兰老国王去世，需要选举新国王。叶卡捷琳娜二世女皇指令俄国驻华沙公使，一定要设法使波尼亚托夫斯基选上国王。当波兰议会反抗时，叶卡捷琳娜二世便派出一万多名俄国士兵包围议会，把反抗者强行拖出议会之外，把一个亲俄的议员扶上议长宝座，硬是把波尼亚托夫斯基选为波兰国王。

叶卡捷琳娜二世的情夫中，和她在一起时间最长、名声最大的，恐怕要数格·波将金了。波将金是叶卡捷琳娜女皇时期有名的俄军将领，年轻时，他与叶卡捷琳娜的感情很深，关系亲密，不仅是她的情人，而且是她登上沙皇宝座的政治工具。叶卡捷琳娜二世即位后，波将金一直是女皇信任的高级将领，并一度主管过女皇的外交工作。他能征善战，为女沙皇实现侵略扩张的目标作出了重大贡献。当波将金取得了克里木战争的胜利，把克里木汗国归入俄国版图后，叶卡捷琳娜二世便将克里木半岛、黑海北岸和库班地区划为新俄罗斯边区，任命波将金为新俄罗斯边区的总督。波将金也不负女皇的赏识和深情，全力开拓边疆新区，建筑了一系列海军要塞和城市，成为黑海舰队的强大基地。而黑海舰队的建立为俄罗斯帝国的疆域扩大和争夺世界霸权立下了汗马功劳，为此，叶卡捷琳娜二世女皇特意授予波将金塔夫里达斯基公爵的称号。直到波将金老年时，叶卡捷琳娜二世还对这位元帅、昔日情人仍然关怀备至，为他在首都彼得堡修建了塔夫里达斯基宫。

关于叶卡捷琳娜二世女皇的风流韵事，传说是很多的。直到她67岁时，她还爱恋着情人，毫不顾忌人们对她的议论。她晚年时曾经说过："如果我年轻时遇到值得我爱的丈夫，我会做一个贤惠的妻子度过一生的。"

古罗马最后一位讽刺诗人尤维纳利斯把社会的混乱和男人的堕落归结为女人的性欲，他高喊："邪恶的女人，离得远远的！"尤维纳利斯无情地攻击皇帝尼禄的母亲、皇后阿格丽品娜，说她具有贪得无厌的性欲，是上层社会腐败的根源。他描写阿格丽品娜进一家妓院，在那里她——

"给人看她金色的乳头及繁殖英国人的地方，
用诱惑的手势勾引着顾客，
要价并收了钱，随后度过那销魂的夜晚，
当拉皮条的人让姑娘们回家时，她伤心地离去，
最后一个离开，情欲却仍然高涨……"

中世纪一位神学家断言："女人的性欲比男人强。即使一个男人数年如一日地跟同一个女人不分昼夜地性交，她也绝不会有满足的时候。她的性交欲望永远处于饥渴状态。"因此，性交的结果使女人心花怒放，却把男人搞得气虚体弱。法特纳·爱特·萨巴有一个公式："女人——裂缝——孔洞。"为压抑女人的性欲望，他们把女人禁锢在家中，宣扬女人是淫荡混乱的祸根。谁能想到，性无能的男人略施狡计就轻而易举地制服了性欲旺盛的女人。

宙斯与赫拉 / 油画 / 意大利 / 卡拉奇

# B/ 都是嫉妒惹的祸

爱的忌讳与悲剧之一是爱得不到回报。自己的爱无法付诸到具体的、活生生的对象身上，只好像游魂一样飘荡在漫无边际、广袤无垠的思念空间。一个人在爱情这种迷人的、充满美好和幸福渴望的焦灼状态中，最希冀的就是也能被人爱，或者自己的爱能够得到响应。响应得越热烈，也就越满足。如果得到的回答是冷漠甚至嘲笑，那么爱的一方必然感觉受到了伤害，于是，嫉妒之情油然而生。不转化为仇恨的外显行为，必压抑为自卑的内心体验。

莎士比亚在《奥赛罗》中说："这爱情统治的王国，以搬弄是非为能事的嫉妒，自愿充当着卫道士，它是一个告密者，一个不祥的奸细，是引起纠纷诽谤和烦恼的祸根，时而是谎言的传播者，时而又是真情的报信人。"

王者风姿 / 油画 / 法国 / 安格尔 / 1811 年

赫拉的婚姻 / 油画 / 佛兰德斯 / 鲁本斯 / 1621—1625 年

宙斯：希腊神话中的主神，第三代神王，奥林匹斯山上的最高统治者。他以好色著称，奥林匹斯的许多神和许多希腊英雄都是他和不同女人的杰作。

## 醋意十足的天后赫拉

宙斯真的是无药可救，不但人间的美女他毫不顾忌地得到手，即使是仙女，他也同样不放过。无怪天后赫拉会有那么强烈的嫉妒心，如果说赫拉是天上人间最善妒的妻子，那也只是因为宙斯是最风流的丈夫。这样无法无天的丈夫在自己身边，可怜的赫拉怎能不得一个嫉妒的名声呢？而更悲伤的则是那些无辜的可爱女子们，因为宙斯的风流和赫拉的嫉妒，她们的命运变得如此悲惨。

宙斯和安提俄珀 / 油画 / 法国 / 华托 / 1715 年

## 仙女卡利斯托

这个故事说的是宙斯变成女猎神狄安娜诱奸山林仙女卡利斯托，而因妒成恨的赫拉把她变成一只黑熊的故事。

宙斯在阿耳卡狄亚这个地方走来走去，偶然看见那里有一个美貌的处女，双眼便盯住了她，似乎骨头都要生出火焰，爆发出新的力量来。她的名字叫卡利斯托，她不在家中织布纺纱，做女孩子们常做的事情。她的鬓发凌乱，不加理饰，仅用一条白带束着。外衣紧紧地裹住曼妙的身体，手里有时执着银光闪烁的长矛，有时则执着一张轻弓。她是狄安娜的女伴，没有一个仙女比她更得狄安娜的喜爱。现在，太阳刚刚经过中天，她为了避开那热辣辣的太阳，走入一处茂密荫凉的森林中。她把箭袋从肩头卸下，把弓放在地上，就仰卧在绿油油的草地上，她的头轻轻枕在花纹精致的箭袋上。宙斯看见她这样独自躺在地上，心里自忖道："我去偷偷地拥抱她，我的妻子一定不会知道的；即使她以后知道了，难道我能因为她以后的愤怒而放弃眼前的幸福吗？那才是傻呢。"

宙斯得意地盘算着，随后他变成了狄安娜的模样，走到卡利斯托的身边对她说：

“美丽可爱的卡利斯托，你刚才在什么地方打猎了？”卡利斯托看到是狄安娜，高兴得从地上跳起来。宙斯心花怒放，他假装熟稔地用双手拥抱她，又热切，又有力，全然不像那位女神往常的神情。卡利斯托正要回答她刚才是在哪里打猎的，他却温和地抚摸她，止住了她的话，并更加用力地紧抱住她。后来宙斯的粗暴行动，把他的真面目暴露出来了。卡利斯托极力地反抗，但一个柔弱的仙女，怎么能够抵抗得了天神宙斯的力量呢？宙斯还是得到了卡利斯托的身体，最后他满足了欲望，回到天上去了。卡利斯托觉得一棵棵高大的树似乎长出了锐利的眼睛，看见了她的罪恶，她觉得心中一阵耻辱，随即飞奔出森林，完全忘记了她的箭袋和轻弓。

狄安娜与一班侍从的仙女们这时正从山中返回来，她猎到了很多野兽，心中十分骄傲。卡利斯托失态地冲来，狄安娜拦住了她。卡利斯托以为又是宙斯变成狄安娜来了，她吓得赶紧躲开。

狄安娜很奇怪：“我美丽的卡利斯托，你怎么了？难道没有看见我吗？”

卡利斯托看见了很多仙女，才确信她是真的狄安娜，于是立刻加入到仙女的队伍中。但是，卡利斯托心里的罪恶感反而更加深了。心中有了污点，一定表现在脸上，再也瞒不过人！卡利斯托的双眼总是羞愧地望着地上，不再像往常那样神采飞扬了，也不再在仙女们的前面第一个飞跑了；她默默不语，脸羞红不堪，这显然是做了亏心事而一反常态。然而今天特别高兴的狄安娜却没有注意到，但别的仙女起了疑心，可不好说什么，毕竟卡利斯托是狄安娜最喜爱的仙女。

明月圆了九度之后，仙女们来到一片森林。那里有一泓清澈的泉水在淙淙地流着，狄安娜对仙女们说：“这里多么寂静深幽啊，我们来脱掉衣服，在这清澈的水中沐浴嬉戏吧。”

别的仙女听了之后都兴奋无比地脱掉衣服，跑到水中；只有卡利斯托满脸通红，一个人默默地站在岸边，迟疑不决，不愿意脱掉衣服。

她的女伴嘻嘻哈哈地往她的身上泼水，强行给她脱掉衣服。卡利斯托一丝不挂地站在水边了，她的肚子挺着，她的罪恶被发现了。这时的卡利斯托神志混乱，她极力想用双手遮掩住她的圆隆的小腹，但是无济于事了。狄安娜怫然色变，厉声喝道：“快离开这里吧，不贞的女子，不要玷污了这里的圣水！”

宙斯调戏卡利斯托/油画/佛兰德斯/鲁本斯/1613年

卡利斯托羞愧难当，匆忙拾起自己的衣服。

“永远都不要再回到你的主人身边了，我不想再见到你这不贞的女子！”

这时，宙斯的妻子赫拉早已经知道了这件事情，她怒火万丈，发誓一定要报复自己的情敌，给宙斯一个教训。尽管她也知道宙斯永远都是风流不改，但是女人啊，一旦中了嫉妒的迷药，就再也无法自拔，哪怕是天后赫拉。又有谁能否认，天后赫拉是所有女人中最善妒的呢？偏偏我们的天神宙斯又是最风流成性的一个，他们之间有那么多的纠缠恩怨爱恨情仇也是在所难免了。

不久，卡利斯托生下了小阿耳卡斯。这无疑在为赫拉的妒火加薪，她脸若冰霜地望着新生的婴孩，叫道：“够了，下贱的淫妇，就这么一个小东西，已经完全证明了你给予我的伤害，以及我丈夫的卑鄙下流了！但是你逃不了我的报复，我要摧毁在宙斯眼里看来那么可爱的你的容貌。”

她一边说着，一边用手抓着卡利斯托的头发，把她拉到地上去。卡利斯托伸出双手哀求，但是她的白臂开始长出粗糙的黑毛来，她的手成为尖锐的利爪，她最为宙斯所喜爱的红唇，如今已经变成血盆大口了。赫拉还怕卡利斯托的祷告恳求的话会被宙斯听到，便将她说话的权利也剥夺了，粗涩可怕的号叫声从她的喉咙中发出。卡利斯托虽然变成了一只黑熊，但是她的心还是从前的心。她不住地号叫着，宣泄她的忧愤，还时时举起新生的脚掌朝向天空。

虽然卡利斯托不能开口咒骂宙斯，但是她想到宙斯竟然是这样一个忘恩负义的神，就非常地心痛。她变得孤独又寂寞，常常不敢一个人走进那茂密的森林里，那曾经给她带来无比欢乐生活和无限痛苦经历的森林。每天她只是在自己的屋舍中，流连在家门前的草地上，她不敢到河边去，因为她害怕看见自己现在的样子。只有她的猎犬陪伴着她，她已经很久都没有到森林中去打猎了，狄安娜和那些山林仙女们从来都没有经过过她的家门，她常独自垂泪。

"也许，我再也不能见到我的主人了，再也不能追随她去打猎了。天啊，往昔的快乐，美丽的卡利斯托啊，你到底做错了什么？要接受这样的侮辱和惩罚。是的，我的主人再也不会见我了，她亲口说出的话。她怎么能原谅我的不贞呢？可怜的卡利斯托，你自己也不会再去寻找你的主人，不是吗？你已经不再是美丽的仙女卡利斯托了，你是一只丑陋的黑熊卡利斯托。上天，万能的神明，让我如何接受这样的事实呢？可恶的宙斯，众神之主宙斯啊，为什么你要这样对待一个无辜的仙女卡利斯托啊？"

卡利斯托心里万分地悲痛，然而又能怎样呢？每当夜晚降临，她常常被她的猎犬的犬吠声引到山上，她还以为自己是一个美丽的猎人。她常常忘记自己已经是一只黑熊，所以看到别的黑熊她居然会很害怕，不知道那是自己的同类。她也害怕看见目光幽幽的狼群，怕听到它们凄怆的鸣声，不知道如今她可以不必害怕它们了。

她的儿子阿耳卡斯如今已经十五岁了，但是他完全不知道他母亲的悲惨命运。有一天，他带着猎网到森林中去，恰好经过他母亲的屋舍，惊动了她的母亲。卡利斯托看见他就站定了，目光炯炯地望着他，好像是看到了熟悉的人。他惊退了数步，不知道这是什么意思，也害怕那双紧紧地盯住他的明亮的眼睛。他以为她要伤害他——毕竟她是一只黑熊呀。阿耳卡斯举起长矛向她刺去。然而天神宙斯不容许这样的事情发生，到底阿耳卡斯是他的儿子，而卡利斯托是他儿子的母亲。于是他把他们两个都带

到了天上，让他们成为邻近的两个星座——大熊和小熊。今天，我们还能看见他们母子两个化成的星座。赫拉看到卡利斯托变成了星座，位置在天上，心里十分愤怒，但是也没有办法捉弄她了，因为这是宙斯的旨意，她如今也成了天上的神了。

## 伊俄

这又是一个因为宙斯风流、赫拉吃醋而使人间美女遭殃的传说。

彼拉斯齐人是古希腊最早的居民，他们的国王伊那科斯有一个美丽的女儿伊俄。她有天仙一般的容貌，雪白的肌肤。伊俄每天生活在舒适华丽的王宫中，锦衣华服，成群的宫女陪伴伺候着她，凡间的很多女子都羡慕她的荣耀，但是她却对此渐渐感到有些疲惫厌倦，盼望生活中出现一些意想不到的波澜。

少女心烦多半因为思春，只是她是公主，深宫门锁春无计，对自己的心事还不够明确。不过守不住本分的伊俄到底寻了一个空子跑出了王宫。

这一天，蓝天白云天气好，父亲外出参加邻国的政治会议去了，伊俄抛开宫女们，独自一人悄悄赶着父亲的羊群，来到草原上牧羊。草原的牧草茂盛鲜嫩，羊儿们咩咩地撒欢。伊俄来到一处长满绿草的山坡上静静地坐下来，向远处眺望——只见湛蓝的天空，雪白的云朵，碧绿的草地，乳白的羊群，天上人间，交相辉映，田园诗一般美妙的景色。伊俄从来没有见过这么开阔壮丽的田园风光，她觉得很陶醉，连日来的郁闷心情也消失了很多，只是好像还有一点点的不足，似乎少了一个人的陪伴。应该带一个宫女来吗？不，她早已经和那些朝夕相处，对她唯命是从的宫女们玩腻了。那么需要谁的陪伴呢？她想不出，或许是和一个她一样出来牧羊的少年吧，伊俄心里想着。微风吹来，拂起伊俄的满头长发，撩起她的衣衫，伊俄并没有在意。她独自一人漫步在这一望无际的草原上，让阳光肆无忌惮地洒满她的全身，轻柔的风在她云一样白的肌肤上掠过。一点点的惬意，一点点的寂寞，伊俄沉醉在自己的世界里。她没有想到，此时，一双贪婪的眼睛正盯着她诱人的身体。

不过这目光可不属于某个辛勤的牧羊少年，他是主神宙斯又来寻找人间美女作乐了。他在天上待得无聊，碰巧赫拉又不在身边，少了监视的眼睛，宙斯又按捺不住心

朱庇特与伊俄 / 油画 / 意大利 / 柯勒乔 / 1530 — 1531 年

中的欲火，俯身向人间窥视，搜寻姿色艳丽的美女。突然，宙斯把目光停在了正在草原上休息的伊俄身上，他像被磁石吸引了一般，目光紧紧地盯着伊俄被风吹起的衣衫下光滑如玉的身体。在茫茫的草原上，伊俄的身体恰似碧海中浮起的一枚诱人的珍珠，光芒点燃了宙斯心中的爱欲之火。

于是他立刻现身人间，来到伊俄的面前，对她说："美丽的姑娘啊，你这样的美貌，这样高贵的气质，为什么要在烈日之下受这样的辛劳呢？我是万神之主宙斯，我拥有无上的权力。我可以给你任何你想要的东西，只要你肯做我的新妇，你说什么我都会满足你的要求。"

面对突然从天而降的主神宙斯，伊俄大惊失色。她慌忙用衣衫掩盖住自己的身体，站起来转身想要逃走，要躲避宙斯的诱惑。但是宙斯选定的美女，他怎么可能轻易让她从自己的手中挣脱呢？宙斯用法力降下一团白云，将伊俄团团围住，伊俄看不见道路，辨不清方向，东跌西撞就撞到了宙斯的怀中。

这时在神山上，赫拉正好也在往下观望，她太不放心自己的丈夫了。碰巧，赫拉看到了宙斯抱住伊俄欲行其好事，她赶紧来到人间，准备阻止宙斯的风流行为。宙斯知道赫拉来了，一腔热情被沮丧的水浇灭，他怕赫拉伤害伊俄，就赶快将伊俄变成了一只雪白的小母牛。赫拉来到宙斯的跟前，发现他居然是和一头小母牛在一起，知道宙斯耍诡计欺骗她，但是她没有说破，还假惺惺地夸奖这头小母牛长得如何美丽可爱，并说自己非常渴望拥有这样一头美丽的小动物。困窘的宙斯知道，如果他拒绝赫拉的要求，只会令他自己更加地难堪，说不定还会危及伊俄的性命，于是他只好答应将可怜的小母牛送给了醋坛子赫拉。

赫拉得意地牵走了小母牛，她不放心宙斯就这么轻易放弃了伊俄，生怕他再找机会与伊俄相会。于是她找来自己的忠实奴仆——百眼怪物阿耳戈斯，命令他看管小母牛，不许任何人靠近，更不能让宙斯靠近。

阿耳戈斯带着小母牛到处逛荡，他的一百只眼睛可以看到四面八方，即使在睡觉的时候也只有其中的两只闭上，其余的依然睁得大大的，好像明亮的星星。宙斯根本没有机会接近伊俄，也不能将她变回人形。

伊俄被这突如其来的遭遇折磨得痛苦万分，苦不堪言。她想逃走，但是百眼

怪物盯得很紧；她想呼救，张开嘴巴却只能发出牛叫；她每天只能吃地上的青草充饥，喝河里的水解渴；她心中的痛苦委屈无法向人倾诉，她日夜思念着自己的父王和亲人。

看到自己的心上人受到这样的苦难，宙斯的心里也不好受。他想：总不能永远都这样下去吧，一定得找一个解决的办法。于是他找来众神的使者赫尔墨斯，命令他去杀掉百眼怪物，救出伊俄。赫尔墨斯装扮成一个牧人，来到百眼怪物监视伊俄的地方。可怜的小母牛正在吃草，多日的折磨和心力交瘁已经使她十分瘦弱且疲惫不堪，她的双眼流露出忧伤哀怨，时时有眼泪滴落。百眼怪物坐在离她不远的地方，众多的眼睛观望着四周，对于赫拉交给他的事情，他没有一丝一毫的懈怠。

赫尔墨斯在离他们不远的小树林悄悄坐下，拿出牧笛，吹起动听的音乐，轻柔的清风吹过，悠扬的笛声和醉人的花香飘向四方。美妙的笛声打动了百眼怪物，长时间的单调使命使他感到孤独和苦闷，他起身招呼赫尔墨斯："喂，吹笛的牧羊人，请到我这边来休息一会儿吧，这里要比你那里舒服一些。"

赫尔墨斯来到他的身旁，谢过他的好意，继续为他吹笛，还给他讲了一个美妙的故事。这种催眠术松弛了百眼怪物的神经，唤起了他多日的疲劳和厌倦，他的眼睛慢慢相继闭上，他想努力睁开，但是已经无济于事。赫尔墨斯的笛声越来越轻柔，最后终于使百眼怪物合上了所有的眼睛沉沉地睡去了。赫尔墨斯突然抽刀，砍下了百眼怪物长着一百只眼睛的脑袋。

在神山的赫拉立刻觉察到了赫尔墨斯的行动，气急败坏的她抓来了牛虻，命令这些飞虫叮咬伊俄，可怜的伊俄虽然摆脱了百眼怪物的监视，但是却更加痛苦了。牛虻的疯狂叮咬使她全身又痒又痛，仅靠尾巴的甩打根本无济于事。她四处狂奔，企图摆脱这些可恶的虫子，但是它们紧追不舍，扰得她日夜不得安宁，无心吃草也无心喝水。她终日奔逃，越过高山，游过大海，几乎跑遍了世界，又饥又渴，疲惫不堪，终于累倒在尼罗河边，再也不能起来。

宙斯看到赫拉竟然这样残忍地折磨一个凡间女子，再也不顾她的嫉妒心和对自己的监视，径直来到尼罗河边，走到伊俄的身旁。他心疼地看着这个因为自己的私欲而备受苦难的小尤物，心中升起了愧疚和怜惜之情。他轻轻地拍了一下牛背，转眼间，小母牛不见了。伊俄亭亭玉立，站在宙斯的旁边。她依旧是那么美丽，只是多了几分憔悴和成熟，还有无尽的哀怨。宙斯看着伊俄，心中升起百般的温情。

历尽苦难的伊俄见到宙斯，百感交集。在这片陌生的土地上，她环顾四周，举目无亲。自己的父亲，美丽的王宫，往日的生活都恍若隔世。她走投无路，身边只有一个对她尚存情意的宙斯。

就这样，在尼罗河畔，宙斯为伊俄安了家。伊俄为宙斯生下了一个儿子，并和自己的儿子统治着这片土地。这里的人民都尊敬她。一直到后来的许多年，人们依然把她作为神来尊敬和崇拜。

天上的赫拉看到宙斯救起了伊俄，知道他因为自己折磨伊俄而发怒，心中产生了几分畏惧，只得由他去。她来到百眼怪物被杀的地方，不禁为自己失去了一个忠实的奴仆而感到悲伤，她将他头上的一百只眼睛移植到自己的神鸟孔雀身上，直到今天，我们仍然可以在孔雀的羽毛上看见许多双眼睛的模样。

在鲁本斯的《阿耳戈斯与赫尔墨斯》的油画中，鲁本斯画出了惊心动魄的一幕：赫尔墨斯受主神宙斯之命来杀死百眼怪物，他的笛声已经使怪物闭上了眼睛睡去。赫尔墨斯不敢松懈，继续吹笛，另一只手已悄悄拔出利刃。他的腿已经蜷起，全身肌肉绷紧，似乎瞬间就要一跃而起，杀死怪物。树边，伊俄变成的小母牛在注视着这紧张的一幕，她的形象可爱柔弱，即使是牛的身体，我们依然可以从她的表情中看到一个绝色公主的心事，生出怜香惜玉之情。而柯勒乔的油画《朱庇特与伊俄》（在罗马神话中，宙斯被称为朱庇特），画的是裸体人形的伊俄，她身体圆润，正被朱庇特狂热的爱陶醉得如痴如醉。但是背景中浓黑的乌云翻滚和阴暗的氛围，似乎已经预示了她日后的可怕经历。柯勒乔在他的创作晚期以希腊神话为题材作了很多油画，《朱庇特与伊俄》是他精心创作的作品之一。

嫉妒是一种和爱情同样浓烈的感情，没有理智，不问是非。一个人为了爱情会神魂颠倒；一个人为了嫉妒，也同样会神魂颠倒。这都是一种强烈愿望，不但充满了想象，也充满了联想。所以世界上只有两种人不可救药，一种是正在恋爱的人，一种便是心怀嫉妒的人。一个人本来是非常聪明的，一旦恋爱起来，便变得糊涂不堪。同样的一个人，一旦嫉妒起来，也会照样糊涂不堪。

## 炉火中烧的克吕提厄

因为爱而产生的嫉妒不但会伤害到别人，更多的时候，也会伤害到自己。克吕提厄曾是阿波罗深爱的女神，她也很爱阿波罗，但是，因为维纳斯的诡计，阿波罗现在却爱上了仙女鲁柯莎。这使克吕提厄妒火中烧，因此有了这个悲剧故事。

可爱的鲁柯莎是最美丽的仙女欧律诺墨生的。她长大了，比她的母亲还要美丽，他的父亲是波斯的国王。

阿波罗因为维纳斯的报复，对鲁柯莎陷入了深深的苦恋之中。他每日驱赶着太阳车，照耀大地，他的心中却燃烧着另外一团无法扑灭的火焰。他的目光不再像往日那样喜悦地俯瞰人间，普照世界，只是出神地凝视着有鲁柯莎的地方。有时，他很早就在东方升起，有时，他迟迟不肯从西山落下。因为他总想多看鲁柯莎几眼，即便使冬天变得像夏天一样漫长。有时，如果他看不到心爱的人，他心里就会戚戚然若有所失，满脸忧伤的神色。他如今心里只有鲁柯莎一个人，再也不顾从前的爱人克吕提厄了。但是克吕提厄虽然被他抛弃，心中却仍然苦苦缠恋着他，即使在他深深思念另外一个人的时候，她还是渴望着阿波罗那曾经很温暖的拥抱。

阿波罗的太阳车来到西方的牧场，快要下山的时候，黑夜就要开始了。闲暇的阿波罗悄悄从天上来到鲁柯莎的闺房中，他看见鲁柯莎坐在灯边，四周有两个侍女围绕着。阿波罗变成她母亲的模样来到她的身旁，在她的双唇上轻轻地一吻："可爱的女儿，我有几句话要对你说，侍女们都退出去吧。"

侍女们听到命令就走出去了。

现在，闺房里只剩下阿波罗和鲁柯莎。浑然不知的鲁柯莎天真地望着她的"母亲"："亲爱的妈妈，您有什么话要告诉您的女儿呢？是不是您的女儿越来越漂亮了？"

阿波罗浅浅地笑着："是啊，可爱的鲁柯莎，你真的是太漂亮了，我简直都为你寝食难安了。"

说着，阿波罗变回了他原来英俊潇洒的模样："我是太阳神阿波罗，相信我的话吧，美丽的仙女，你的美貌已经震慑住我了。"

鲁柯莎颤抖着，她的心中十分害怕，但是她又觉得眼前一片明亮，她见到的是美貌年轻的太阳神阿波罗。她被他的英俊和真诚所打动，她默默无言地低下了头，阿波罗轻轻地拥住她。

克吕提厄知道了这件事情，心里又妒又恨。她是全心全意地爱着阿波罗的，阿波罗也曾经爱着她，而现在阿波罗却丢弃了她，投入了另外一个女人的怀抱。妒火中烧的她决定报复，于是她添油加醋地把这件事情告诉了鲁柯莎的父亲，说阿波罗如何勾引他的女儿，她的女儿又怎样半推半就。鲁柯莎的父亲听到后非常愤怒，虽然他不能将阿波罗如何，但是他可以处罚自己的女儿。于是残暴的君主父亲决定重罚鲁柯莎，鲁柯莎双手指向太阳，声辩说她是真心喜欢阿波罗的，阿波罗也是真心爱着她的。可是暴虐的父亲哪里会听这些申辩。鲁柯莎被活埋在土中，上面覆着无数黄沙。

阿波罗在天上看到了这件事情，赶紧来到鲁柯莎的身边，想将她救出，然而美丽的鲁柯莎已经不能抬起头来了，她被厚厚的土压着，躺在那里奄奄一息。慢慢地，她闭上了她美丽的眼睛。阿波罗痛苦万分，他竭力要用他的目光的热力，给她渐渐冰冷的身体注入温暖，但是太阳神也挣脱不了命运的捉弄。鲁柯莎不可能再睁开双眼了。

阿波罗在鲁柯莎依旧美丽的身体上洒上仙水，用美丽的鲜花围绕着她："我心爱的人，虽然你的生命已经结束了，但是我一定让你到达天堂。"

不久，鲁柯莎的尸体融化了，合着美丽的鲜花和圣洁的仙水都渗入泥土之中。于是乳香的种子植根在土中，生长起来。

阿波罗自此忧伤不已。不久，他发现这件事情是克吕提厄的预谋，他更是伤心欲绝，决定不再见她，与她断绝一切来往。克吕提厄后悔不已，但是已无可挽救。阿波罗不理会她，她抑郁成疾。她不再和仙女们说笑，只坐在荒郊野外，日夜不动，头发披散着，不食不睡，单靠自己的眼泪和天上的清露滋润着喉咙。这样过了七天，她已经不能从地上站起来。当清晨的第一道曙光从东山射来的时候，她便凝望着天上忧伤绝情的阿波罗，阿波罗看到了她的样子，但是他怎么能原谅她做的事情呢？直到他驱赶着太阳车从西山落下，他都不会正眼看一次克吕提厄。克吕提厄怅然地望着他离去，心中的悲痛令她肝肠寸断。

这样过了不知多少个日夜，克吕提厄的四肢固定在大地上，她的身体渐渐融化了，变成了一棵向日葵。虽然她变成了植物植根于地，她的身体不能移动，然而她的花朵却时时刻刻向着她深爱的阿波罗，从清晨到日暮。她虽为草木，但是她的爱情永存不灭。

不知道这样一个因嫉妒而发生的故事会不会因为克吕提厄的结局而有了心酸的效果。坦白来说，鲁柯莎的死大部分的过错应该归罪于她那暴虐的父亲，如果克吕提厄事前知道会是这样的结局，她或许不会去揭发他们的恋情，即使她嫉妒得发狂。但是一切为时已晚，化作向日葵是她自己甘愿受到的惩罚。从某种意义来说，她和鲁柯莎的结局是一样的。女人的悲剧在于爱不爱都是伤。阿波罗依旧在天上朝升暮落，做他的太阳神。有一天，他还会爱上别的人，因为他永远都是年轻英俊的太阳神，永远都能让女人迷恋。可是向日葵和乳香却不再是那幸运或者不幸的女子。

爱情和嫉妒像一条渐进的几何曲线，近点在爱情的身边，远点则永无归宿。我们赞美嫉妒，因为它是爱情生长的养料，是爱情佳肴的调味品；我们诅咒它，因为它是爱情陷落的泥沼，是置爱情于死地的鸩酒。

## 飘荡在清风中的普塞克

维纳斯是爱神，对于人间男女之间的爱恋，她始终是积极地支持，那是她的职责。然而对于她自己孩子的爱情，她却因为嫉妒而变得残酷无情。

妒火燃烧的时候，无辜天真的女子便成了牺牲品。普塞克和爱神的悲惨爱情故事就是嫉妒的母亲维纳斯造成的。在这个故事里，维纳斯不再是爱神，而只是一位善妒的母亲而已，或许还要加上残忍、冷酷的形容。

传说，西方一个国家的国王，有三个美丽出众的女

沐浴的普塞克 / 油画 / 英国 / 洛德 · 莱顿 / 1890 年

**丘比特与普塞克 / 油画 / 意大利 / 克雷斯比 / 1707—1709 年**

儿。第一个和第二个女儿的身材容貌已经是无与伦比，远胜世间的其他女子，但是他的三女儿更比两个姐姐漂亮万分：体态袅娜，神采奕奕，简直任何言词都无法形容她的美貌，只能说她的容貌惊为天人。她的名字叫做普塞克，她的美貌闻名全城，所有的百姓和旅客都以一睹芳容为傲。每天都有成千上万的人们拥挤着来到她父亲的王宫，要求见一见美丽的公主普塞克。他们惊诧于她的倾国倾城，甚至于崇拜她，尊敬她，甚至用敬神的礼物和礼节来侍奉她，都说爱神维纳斯恐怕也没有这样的美貌，或许她就是世间的维纳斯。

很快，她的美名传到了别的国家和城市，更多的人涌向她父亲的王宫。到处都在传扬着普塞克的名字。他们都以为她就是大海中漂来的维纳斯，要向对素来崇敬她的人们显示风采和神力，故而降临到人间来了。不然，就是大海受了新的感示，蓓蕾一般生长出一位新的维纳斯来了。这个观念一天天深入人心，普塞克的美名也像长了翅膀一样传遍了全世界。无数居住在很远的岛屿的人们跋山涉水，漂洋过海，为的就是要见一见这位光彩炫目

的“维纳斯”。渐渐地，人们对于真正的爱神维纳斯的敬礼都疏忽了，甚至于很少有人去瞻仰她的庙宇。她的雕像上的饰物东零西落，身上无人擦拭，布满灰尘，神坛也无人打扫，从前焚化的祭物的灰尘吹落在庙宇四周的角落。整个庙宇黯然失色，再也没有往日的门庭若市，香火缭绕。而普塞克每天早晨出门时，人们便献上礼物，预备飨宴，称她为维纳斯（她当然不是真的维纳斯），而且用最恭敬的礼节为她献上鲜花和花冠。

终于，天上的维纳斯知道了这些事情，她感到非常的恼火，自己的光彩竟然被一个小小的人间女子夺去了，而且夺得干干净净。她暗自揣想：“我反而被全世界的人们舍弃了，他们竟然去供奉一个没有任何神力的凡间女子。如果我能忍受这样的一个人在大地上假冒我的形体，夺走我的光辉，我怎么能称得上是天上人间最美的女人呢？看着吧，可恶的凡间女子，不知天高地厚，我一定要让你知道维纳斯的威严。”

于是，她唤来她的儿子小爱神丘比特，她带他到普塞克公主居住的地方，指点给他看：“我的儿，你看，就是这个不知道羞耻的凡间女子，夺走了你母亲的光辉。我要你下凡去报复这个虚伪不敬、危害我的凡间女子，让她爱上世间最丑陋、最穷苦的男子，使她痛苦不堪，变成世间最可怜的女人。”

维纳斯说完，吻了一下丘比特，自己向海里去了，并没有理会丘比特的态度。她想她的儿子一定会帮她达成心愿的，他原是一个喜欢恶作剧的家伙。

在这个时候，普塞克虽然美名传颂，为所有的人们崇敬，但是自己的终身大事却没有一点结果。她受一切人的惊叹和赞美，但是没有一个国王、王子或者其他的王族少年动过贪恋她的念头。是的，她真的是太美了，每一个人在她的面前都自惭形秽，她完美得如同大理石雕塑一般，没有人敢妄想得到她。她的两个姐姐虽然没有她漂亮，但是都已

**失神的普塞克／雕塑／意大利／提内拉尼／1822 年**

潘和普塞克 / 油画 / 英国 / 琼斯 / 1874 年

经各自嫁了自己喜欢的如意郎君，只有她，还孤独地待在父亲的王宫里。每当来朝拜的人们散尽，一种无边的寂寞和忧伤就会慢慢袭来，扰得普塞克心神都不得安宁。对于全世界的赞美，她也不觉得有多么值得骄傲了。她宁愿做一个普通的女孩子，被自己的心上人宠爱。这种高处不胜寒的寂寥根本就不适合她那怀春的少女的心。

她的父亲看出了普塞克的心事，他怀疑天上的诸神妒忌他的女儿，于是来到阿波罗的神庙，向阿波罗献上祭礼，祷告着，为女儿求一个知心的好丈夫。阿波罗给了他一首诗：

让普塞克穿上丧衣，
坐在前面高山的岩石上，
她的丈夫不是人间的种子，
乃是被毒视的可怕的蛇。
他展开双翅，
飞过布满繁星的天空；
他迅速地飞着，
降服了一切的东西；
无所不知的天神们，
在恋爱时也要服从他的权力。
黑色的河，苦痛的洪流，
也是属于他的。

国王听了阿波罗的预言之后，心里恐惧忧郁。回到王宫，国王告诉了他的妻子他们女儿的不幸命运，他们悲哀着，哭泣着，许多天都沉浸在悲伤之中，但是他们知道神明的意旨是不能违背的。

渐渐地，普塞克的婚期逼近了，一切准备都已经就绪，黑色的火焰已经燃着了，

丘比特营救普塞克 / 油画 / 法国 / 布格霍 / 1895 年

哀伤的普塞克 / 雕塑 / 法国 / 巴儒 / 1785—1791 年

欢乐的婚嫁歌换成了悲凄的丧乐。普塞克穿着丧衣，用她的面纱擦掉悲伤的眼泪。全城的人民都在哭泣。

依照神明的指示，普塞克被送到了高山的岩石上。当婚礼结束时，人们不把悲伤的新娘送进洞房，而是送她进坟墓。普塞克的父母哭成了泪人，普塞克镇静地转身对他们说：

“何必痛哭不已呢？

何必自寻烦恼呢？

这都是命中注定的。我的灵魂仍旧是我的。

为什么以泪洗面呢？

为什么用那样绝望的眼神看着你们的女儿呢？

为什么要扯你们苍白的头发呢？

为什么要捶胸顿足呢？

现在，你们才看到我的绝世美貌的代价了。

现在，现在，你们才看到妒忌的可怕了。

然而已经太晚了。当百姓们崇拜我，称我为新的维纳斯的时候，你们就应该哭泣，应该悲伤，当作我已经死了。

普塞克的诱拐/油画/法国/普吕东/1808年

我终于明白，我之所以到现在这样的地步，仅仅是因为维纳斯这个名字。我原不是什么维纳斯，却受到了像维纳斯一样的尊敬。这个名字送我到了山石顶上。我渴望终结我的婚礼，渴望见到我的丈夫，虽然他不是人。

我为什么迟延呢？我为什么要拒绝他这个毁灭世界的人呢？

我又怎么能够拒绝他呢？怎么能拒绝自己的命运呢？”

可怜的普塞克孤独地坐在山巅，哭泣颤抖。西风吹起她的衣衫，慢慢把她托起，将她送到了山谷里，她哭累了便躺在一丛花中睡去了。

醒来的时候，普塞克发现自己置身于一座美丽的宫殿里。这里应有尽有，每件东西都精致无比，比王宫里的陈设还要美。

一个声音对她说：“美丽的夫人，你或许惊诧于这里的一切，但从此以后，这里就是你的家了，你为什么不躺在床上休息一会儿呢？”

普塞克觉得心情放松，依照那个声音的指示，她休息了一会儿，然后又去沐浴。

黑夜来临的时候，普塞克独自睡去，她一个清清白白的公主，躺在那里，随即就有一个看不见的丈夫来到她的身旁。第二天天没亮，她的丈夫就离开了。

原来普塞克的丈夫就是丘比特，他接受了母亲可怕的命令，展翅飞向普塞克的家乡。但是当他看到了普塞克，还未射出金箭，自己反而被普塞克的美丽击中，顿时对普塞克产生了强烈的爱意。于是丘比特化作无形的精灵与普塞克结了婚，并为她在山林中造了一座美丽的宫殿，每天晚上飞来和他的爱人幽会。普塞克虽然看不见丘比特，但是丘比特对她温馨的爱，她是能够感受得到的，因此她觉得很幸福。

普塞克在她的宫殿里，快乐地生活着。但是她的父母却终日沉浸在悲伤之中。她的姐姐知道了妹妹不幸的命运，也怀着深切的痛楚，来安慰她们的父母。

有一天夜里，丘比特又来了，普塞克虽然看不见他，却可以感觉到他的眼睛、手足和耳朵，甚至身体的任何一部分。她含情脉脉地感觉着自己丈夫的温存，丘比特对她说："啊，我亲密的爱人，我的爱妻，你不久就要遇到很大的危险了。所以我要提前告知你千万要小心行事。因为你的两个姐姐，以为你已经死了，十分的悲凄，她们将沿着你走的路来到山上。如果你听见她们的哭声，一定不要回答她们，也不要仰望她们；要是你不听我的话，你不但要受到惩罚，连我也要和你一起接受沉重的惩罚。"

普塞克听到了，答应了她的丈夫。

丘比特走了之后，天亮了。这一天普塞克觉得很悲伤，往日的甜蜜生活和爱情也不能使她从那悲伤的情绪中解脱。因为她想到以后她都不能和人类说话了，除了看不见的爱人之外，偌大的一座宫殿只有她每日独守。连来寻找她的姐姐她都不能见。因此，她哭泣了整整一天。

到了晚上，丘比特回来了，他温柔地拥抱了普塞克，看到了她红肿的眼睛。

**普塞克第一次接收爱神之吻 / 油画 / 法国 / 热拉尔 / 1798 年**

丘比特与普塞克 / 油画 / 荷兰 / 凡 · 代克 / 1639—1640 年

"我的妻子啊！你难道就是这样实践你的诺言吗？你竟然终日哭泣。即使在你丈夫的臂腕里也不能终止你的眼泪吗？去吧，去做你想做的事情吧。即使接受惩罚，我也不愿意看到我深爱的人日日以泪洗面。"

于是，普塞克请求丈夫答应，允许她见一见她的姐姐们，安慰安慰她们。丘比特答应了她。但是他又说："我的妻子，你给你的姐姐们多少金银财宝都可以，但是你一定不能被她们的恶计所动，来设法看到我的形体，否则，你的好奇心将使我们两人都陷入痛苦的境地。"

普塞克十分高兴，全心全意地感谢她的丈夫，她深情地说道："爱夫啊，我宁愿死，也不愿意离开你；不管你是什么样的人，我总是爱你，将你藏在心里。犹如你便是我自己的灵魂一样。但我还要求一件事情：请你吩咐你的仆人西风，把我的姐姐也带到山谷里来，这样我和她们就可以相见了。"

说着，她和他甜蜜地吻别。丘比特答应了她的请求。真是娇妻难缠，为了她的快乐，她的欢心，即使受再多的惩罚，他也愿意。

普塞克的两个姐姐经过了长途的跋涉，终于找到了普塞克曾经坐过的那块岩石，她们高声地哭叫着，四山回应。她们高声喊着普塞克的名字，西风把声音传到了普塞克的耳朵里，普塞克走了出来，对姐姐说："你们看，你们为之悲凄的妹妹在这里，我很好，请求你们停止悲伤的哭声吧。"

爱神与普塞克 / 油画 / 法国 / 武埃 / 1627 年

普塞克吩咐西风带她们来到她的宫殿里，姐妹们互相拥抱、亲吻、哭泣。这时，她们把一切的忧愁和悲伤都忘记了。她的姐姐们在宫殿里尽情享受普塞克为她们提供的美食、珠宝首饰。

她们忽然对这一切产生了嫉妒，觉得普塞克不应该比她们幸福那么多。其中一个姐姐十分好奇，便问她的丈夫是一个什么样的人，谁是这座珠宝充盈、金碧辉煌的宫殿的主人。但是普塞克记得她对丈夫的许诺，于是编了一个谎话，说她的丈夫是一个身材修美的少年，有金黄色的头发，非常喜欢在山谷中打猎。她怕话说得太多了，露出破绽，或者被她们的问题难住，便连忙送了很多的金银珠宝给她们，命令西风把她们送回去。

但是她的姐姐们已经因为嫉妒她而生出了坏心眼。她们藏起了普塞克给的珠宝，哭着回到她们的父母那里。父母见了她们的样子，更觉伤心。而她们却怀揣着陷害妹妹的毒计，各自回家了。

丘比特与普塞克 / 油画 / 法国 / 大卫 / 1817 年

晚上，丈夫丘比特又对普塞克说："你不知道危险快要来了吗？要是你再不提防你的姐姐们，灾难就要来临了。你的姐姐正在设计要劝你看我的脸。但是如果那样的话我们就永世都不能再见面了。我已经告诉你不止一次了。我想她们一定会再来的。她们来的时候，你一定要当心，不要和她们说话，尽量让她们说就好了。如果你能保守我的秘密，你肚中的孩子就会成为一个神。如果你不能，孩子就是一个普通的凡人。"

普塞克十分高兴，因为她将要成为一个母亲，生下孩子来了。不久她的丈夫又警告她说："现在你的两个姐姐已经找出刀来要刺你了。唉，亲爱的普塞克啊，我请你怜悯你自己、你丈夫、你腹中的孩子，不要再去见你邪恶的姐姐，也不要听她们的话！"

普塞克忧郁地叹气："爱夫啊，很多时候，我已经听从你的话了。你的样子我虽然不能看见，我姐姐们我却不能不见。我恳求你允许我，给我点滴快乐吧。我真的不想

爱神与普塞克 / 油画 / 法国 / 弗朗索瓦—爱德华·皮科 / 1817 年

见到你的样子，不管白天黑夜，因为你就是我唯一的光明。”

丘比特为她的甜言蜜语和她的拥抱所打动，不得已而答应了她。

第二天，丘比特照常走了之后，普塞克的姐姐就来了。她们来到普塞克的家里，恭维她，用言语诱惑她。

“我们可爱的妹妹啊，现在你真是一个幸福的人，而且马上就要做母亲了。孩子生在这样的宫殿里，会有多么快乐啊！他一定是一个可爱的小家伙。”

她们好言好语哄得普塞克渐渐倾向了她们。

她们又问她的丈夫是谁，普塞克不想说，但是已经没有办法抵制姐姐的诱惑。

她们假装伤心地说：“你还以为自己是快乐的吗？安然坐在家里，一点都不知死亡就要来临了。我们却为你的事情四处奔波。我们怕你受害，因为我们听人说，你的丈夫乃是一条大毒蛇，前天，猎人们还看见他游过大河。说不定哪一天，他就会吞掉你和你的孩子。因为我们是你的亲姐姐才来警告你的。”

天真的普塞克相信了姐姐的话，她觉得很害怕，完全忘记了丘比特的话。

于是她的姐姐们教导她取一把利刃放在枕下，预备好一盏油灯。当他熟睡的时候，她就点灯割下他的头。她们教授了妹妹毒计之后，生怕有危险，匆匆回家去了。

普塞克一个人待在家里，心里久久不能平静，她越想越觉得可怕，决计按照姐姐们的计谋行事。可怜她已经完全被嫉妒的姐姐迷惑了。

晚上，丘比特来了，他睡熟之后，为噩运所操纵的普塞克向他下手。可是当她点灯来到床边时，她看到的却是一个美貌光辉的丘比特。她惊呆了，自己的丈夫竟是这样完美的人。心中的爱升腾，普塞克禁不住去亲吻自己的丈夫，正当她喜悦迷狂之际，手中的灯油滴了下来，烫伤了丘比特。

丘比特受了人间灯火的灼伤，惊醒之后就从他不幸的妻子眼前和双手中飞走了。

“可怜的普塞克啊。你看你是多么愚蠢。你自己想想看，我怎样不顾母亲的命令，她要我使你嫁给世上最鄙薄龌龊的人，而我却不顾一切地爱上了你，但是你居然怀疑你自己丈夫的忠告，永别了，我们都将因此而承受无边的痛苦。”

说完，丘比特飞到天空不见了。

普塞克倒身在地，悲切地痛哭着。她失去了自己的丈夫，她不能忍受这无尽的悲痛。她决定寻找自己的丈夫，为此她尝尽了辛酸苦痛。

而此时，知道了一切真相的维纳斯也在寻找普塞克。她决定亲自报复这可恶的凡间女子。这位凡间女子不但夺去了自己的美名，还抢走了自己的儿子，甚至烫伤了他。她怎么能受得了这样的恶气。

终于有一天，她们两人相见了。维纳斯见了美丽的普塞克，怒极而笑：“呵，女神啊女神，你终于来见你的婆婆了。是不是也想见见那个被你烫得半死的丈夫呢？”不容分说，维纳斯就命令侍从对普塞克一顿毒打。直到普塞克奄奄一息，维纳斯才又命令把她拖回来：“你还以为我看了你大腹便便就会怜悯你吗？你们的愚蠢婚姻将使我成为祖母。天啊，在我这样的年纪让我成为祖母，你认为我会快乐吗？不，你们的婚姻根本就不相配。”

在接下来的日子里，维纳斯想尽各种办法来折磨普塞克。一个妒火中烧的女神和母亲，对一个凡间的弱女子的虐待简直让人无法接受。但是，为了能够让维纳斯允许她见自己的丈夫，普塞克毫无怨言。这是多么坚强伟大的爱情啊，人神的婚姻也是可以这样惊天地泣鬼神的。

这时，丘比特被禁闭在密室中。他虽然看不见普塞克被

普塞克点亮了油灯 / 油画 / 意大利 / 祝奇 / 1589 年

爱神与普塞克的婚礼 / 壁画 / 意大利 / 丘里奥 · 罗马诺 / 1528 — 1530 年

母亲折磨的样子，但是他能够想得出，盛怒的母亲会怎样惩罚他在人间私娶的妻子，而且是她最痛恨的凡间女子普塞克。他已经治愈了自己的伤，再也不能忍受自己心爱的人遭受这样痛苦的惩罚了。于是他偷偷地从密室中飞出来，当他看到普塞克满身伤痕，疲惫地躺在地上睡着的时候，他的心都要碎了。

丘比特全心爱着普塞克，他知道母亲一定不会答应他们在一起，于是他便径直来到天庭，向宙斯控诉这件事情。宙斯拥抱了他之后，对他说："呵，我的小爱神。虽然你不大敬重我，常用箭刺我的心，然而我将为你作主。不过你要记住这次我对你的好处，以后你看到人间有绝色美人的时候，一定要把她的爱给我。"

于是宙斯下令给丘比特和普塞克办了一个隆重的婚礼。维纳斯也无可奈何了。

这对历尽劫难的恋人终于又在一起了。

自从希腊神话在欧洲文学艺术领域传播开之后，普塞克的形象引起了艺术家的注意。一个女子因为长得美丽，受到神如此残忍的惩罚，这显然损害了人类的尊严。文艺复兴以后，普塞克被艺术家们称为"人类灵魂的化身"。普塞克和丘比特这一对历尽艰险、坚贞不屈的恋人，受到画家无尽的歌颂。瑞典雕塑家谢尔盖的雕塑《丘比特遗弃普塞克》，表达了这对恋人不幸故事的开始。法国画家普吕东的《普塞克的诱拐》是一幅很著名的油画，它表现了普塞克在西风和小爱神的簇拥下被送向丘比特的宫殿。法国画家热拉尔的《普塞克第一次接收爱神之吻》更吸引世人的目光，是一幅极具诱惑力的作品，它直接表达了丘比特与普塞克之间的情爱。

# C/ 征服男人，问鼎政坛

这里有跋涉的艰辛，也有成功的快乐；有一时的失误，也有赌注式的冒险。波诡云谲，风云变幻，这就是政治的栖息地。几千年来，盛衰消长的历史长河有数以万计的帝王历尽沉浮，其中也不乏或逆流而上、或顺水推舟的巾帼女流。她们具有普通少女少有的坚定性和一贯性。一旦认准终身追求的目标，便坚定地走下去，不因挫折接踵甚至身陷险境而动摇。许下的诺言不是飘在风中，而是在人民的微笑中得到回响。她们都有一大法宝：自信。如果说白浪滔天、博大深远是海的魅力，层峦叠嶂、雄奇突兀是山的魅力，那么自信的人的魅力便在于随自信而来的潇洒举止、进取雄心。它犹如一泓澄明清澈的青春之泉，汩汩喷涌着晶莹的渴望，永远流淌着不息的追求。

## 埃及艳后克利奥帕特拉

提起埃及艳后克利奥帕特拉，可以说是闻名世界。她不仅是两千多年前埃及的一位迷人的美女和埃及王朝的最后一个女王，而且凭其倾国倾城的容貌和出众的才华，她先后征服了古罗马历史上两位叱咤风云的人物凯撒和安东尼。

关于克利奥帕特拉有着说不尽的话题，她的美貌、她的智慧、她对历史的影响，一直以来都是历史学家、文学家、艺术家、哲学家甚至影视创作者们研究和评论的对象。伟大的剧作家莎士比亚曾写过《安东尼与克利奥帕特拉》，萧伯纳则写过《凯撒与克利奥帕特拉》，海涅也曾用他的文学语言描述过这位埃及女王；而埃及、法国以及世界上许多历史学家对克利奥帕特拉女王的研究、评论就更加广泛和深刻了。

克利奥帕特拉是托勒密王朝的统治者，她生于公元前69年，因为在宫廷的阴谋及暴力斗争中长大，所以她极富才智和勇气，她成为了一个天生丽质、感情丰富、才华横溢、足智多谋的女人。公元前51年，托勒密十二世死后，他年仅十八岁的女儿克利奥帕特拉和弟弟托勒密十三世开始共同执政。但当时姐弟二人没有实权，王国实权

**凯撒**：或称凯撒大帝，公元前102年出身于贵族世家，卒于公元前44年，古罗马共和国领袖和军事统帅、军事家。

操纵在宦官重臣手中。克利奥帕特拉十分不满，决心和弟弟密谋夺回实权，但弟弟托勒密虽年少，却不愿受姐姐的控制和操纵。他不但不肯和姐姐同心协力，还与朝廷重臣波希纽斯串通一气，来反对和排挤克利奥帕特拉。

克利奥帕特拉被迫出走，逃到了邻国叙利亚。她在叙利亚招兵买马，组建了一支军队。公元前48年，姐弟二人在帕鲁修摆开了战场，准备为争夺埃及王位而战。就在这时，罗马帝国叱咤风云的人物凯撒介入了克利奥帕特拉姐弟之间。为了争取凯撒的支持，克利奥帕特拉和托勒密十三世各自寻找高招。凯撒有一个政敌庞培，妄图发动政变取代凯撒，庞培跑到了埃及寻求保护，托勒密十三世趁机杀死了他，拿着他的头颅作为向凯撒邀宠的见面礼。当托勒密十三世献完庞培的首级刚刚离开，有人抬着一卷巨大的地毯来到了凯撒军营。地毯在凯撒面前展开，克利奥帕特拉从里面跳了出来。仿佛是变魔术一样从肮脏的睡袋中出现了一个绝色美女，显得那样的神奇

安东尼与克利奥帕特拉

被送往凯撒行馆的克利奥帕特拉

而不可思议，这个美貌的女子一下子就抓住了凯撒的心。对于这件事，普卢塔克写道："使凯撒成为自己的俘虏，可以说是以蛊惑人心的姿态出现的克利奥帕特拉的谋略的第一步。"

凯撒帮助克利奥帕特拉恢复了她父亲在遗嘱中的安排，由姐弟俩共同执政。托勒密十三世极不甘心，发动了一场对凯撒的叛乱。凯撒凭借着他的骁勇善战和卓越的军事才能取得了这场战争的胜利。托勒密十三世从此下落不明。克利奥帕特拉于是和另一个弟弟托勒密十四世结婚，共掌政权。这当然只是形式上的婚姻，女王怀的是凯撒的儿子。她曾携同凯撒沿尼罗河溯流而上进行巡游，其目的在于让人们承认凯撒是自己实际上的夫君，同时又想让埃及民众认识凯撒的伟大。

公元前44年，凯撒被暗杀，继承王位的是凯撒的养子屋大维和他最忠实的朋友安东尼。埃及在安东尼统治的东方行省范围内，是一个最为富庶的地方。据说安东尼在担任克利奥帕特拉父王的驻罗马外交官卡西乌斯军队的骑兵队长时，就曾经见到过年方十四五岁的克利奥帕特拉。当克利奥帕特拉作为凯撒的心上人来到罗马时，安东尼曾经为之倾倒过。如今，在自己管辖的行省内，安东尼听说克利奥帕特拉曾向反对自己的卡西乌斯私下联系过。于是，安东尼便遣使召请克利奥帕特拉到小亚细亚的塔尔苏斯来说明此事的原委。克利奥帕特拉以凯撒的妻子自居，对作为凯撒部下的安东尼竟然敢诏谕自己十分不满。然而，由于对自己的女性魅力充满自信，她还是欣然前往。

克利奥帕特拉乘着一只装饰得金碧辉煌的大船，来到了塔尔苏斯，她的绝代风华震惊了当地的居民。当安东尼出现时，她盛情迎接，全无一丝低声下气的感觉，倒像是置身豪华盛宴的尼罗河王后。安东尼对女王的美貌早有所闻，但却没有料到会如此“倾国倾城”。这位古罗马武将屈服了，这又是一场以美色征服英雄的战争。

公元前36年，安东尼与克利奥帕特拉举行了婚礼，他们统治着埃及和小亚细亚的绝大部分地区，安东尼称克利奥帕特拉为“女王之王”。他把阿尔美尼亚和美狄亚等地给予亚历山大，把腓尼基、叙利亚、希腊给予波特来玛伊奥斯。安东尼这种把本属于罗马的领土随便给予埃及女王一家的做法，激怒了全体罗马市民。安东尼的对手

**威风凛凛的埃及艳后**

屋大维为了激起罗马人民对安东尼的仇恨，揭露了安东尼寄存在神殿中的遗嘱，攻击安东尼是“要把罗马赠送给尼罗魔女的叛贼”。

安东尼终于开始和屋大维决战。这场决战在希腊西海岸的阿克提乌姆海角附近的海面进行。因为埃及方面的船队参战，安东尼的舰队远比屋大维的舰队力量更强。在这场决战中，按理安东尼是不会输的，然而，不可思议的怪事竟然发生了。海战进行中，克利奥帕特拉突然率领自己的舰队扬帆逃离战场。一见克利奥帕特拉逃走，安东尼简直发疯了，他跳上一条小船，独自去追赶她，全然不顾自己的船队了。他的部下战斗了七天才力尽而降。安东尼和克利奥帕特拉却在亚历山大恢复了过去那种奢侈狂欢的生活。安东尼已经完全被克利奥帕特拉操纵在股掌之间了，但克利奥帕特拉还不满足，仍要折磨安东尼的感情。对此，莎士比亚在他的剧本中描写道，克利奥帕特拉问：“要是你那真的是爱，告诉我有多么深。”安东尼说：“可以量深浅的爱是贫乏的。”

**克利奥帕特拉之死**

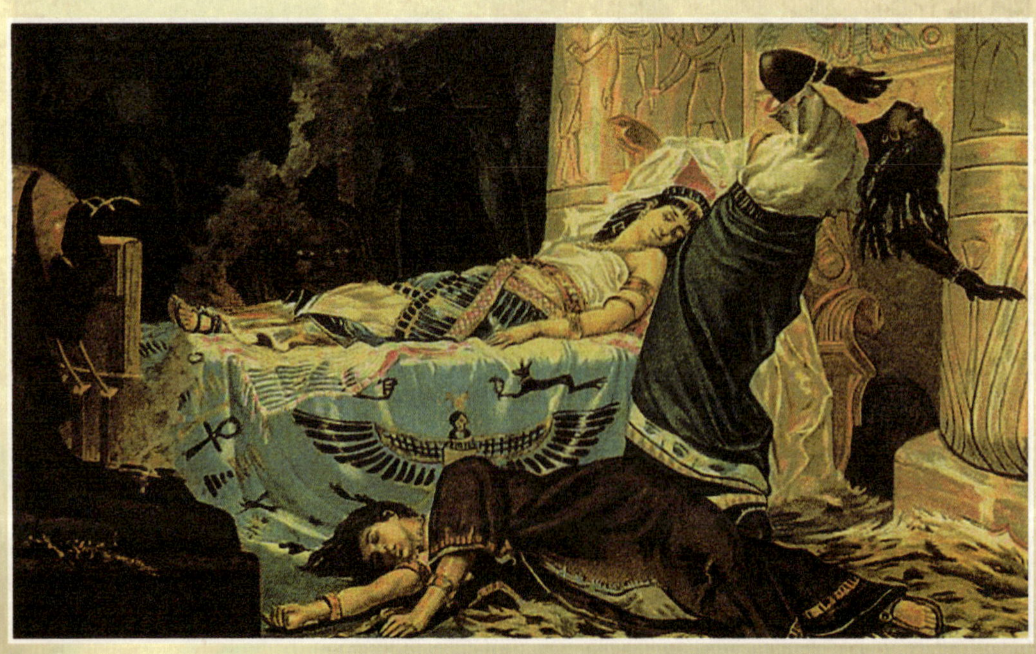

克利奥帕特拉又说:“我要立一个界限,知道你能够爱我到怎么一个限度。”安东尼答道:“那么你必须发现新的天地。”实际上,在克利奥帕特拉女王内心的天平上,王国的事业远远重于她和安东尼的爱情,但她却把王国的事业与安东尼一个人的存在紧紧地拴在一起了,这也导致了后来的悲剧。

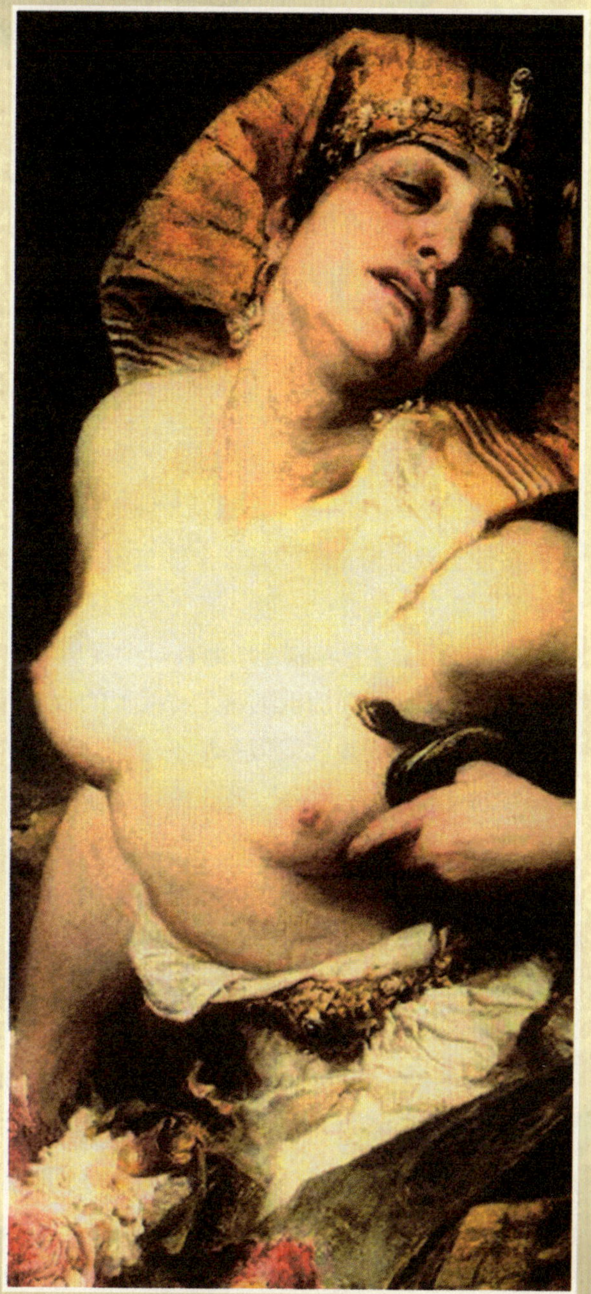

就在安东尼和克利奥帕特拉正享受爱情的时候,屋大维率军远征而来,这是安东尼最后一次喘气的机会,但他又失败了。这时又传来克利奥帕特拉自杀的消息,安东尼一时心胆俱裂,立即决定自杀,把短剑刺入自己腹中。

失去了安东尼的克利奥帕特拉无路可走,于是便向屋大维提出,以承认自己子女的王位继承权为条件,同意走出陵墓,回到王宫。可实际上,屋大维早已决定把她作为战利品拖回罗马游行,那对她来说还不如一死。怀着对人世的眷恋之情,克利奥帕特拉按照当时传统的自杀方式(让毒蛇咬啮自己的乳房而死),体面地结束了自己的生命。克利奥帕特拉以她的美貌、魅力和才智挽救了埃及，使埃及能在强大的罗马帝国的压力下生存。人民也没有忘记克利奥帕特拉女王。在埃及，与克利奥帕特拉女王有关的亚历山大市，现代市民们仍然对她的名字感到亲切并怀有敬意。

失去雄心的女人就像失去翅膀的鸟儿，很容易陷入生活的牢笼中。那些胸怀大志的女人总是向着更高的目标展翅高飞，只要有可能，她们就会乘势而起，不断向那些常人看来不可能实现的目标挑战。

女人的“雄心”更多的时候是女人的梦想，无论世事如何变化，如果一个女人始终怀有梦想，这个女人看上去就是精神抖擞、美丽优雅的。

## 从灰姑娘到女沙皇——叶卡捷琳娜二世

在统治俄罗斯帝国的几十个沙皇中，有两个最为出名的沙皇曾经获得过“大帝”的尊号，第一个是彼得一世，第二个就是女沙皇叶卡捷琳娜二世。这两个“大帝”不仅在俄罗斯历史上影响深远，而且对世界历史也产生过重要的影响。波兰的一位历史学家曾经说过：要摸清俄国这个“巨大的政治和社会组织”的底细，“首先应该研究叶卡捷琳娜，因为现代俄国多半不过是这位伟大国君的遗产”。

1729年5月2日，在德意志公爵克里斯蒂安·奥古斯特家中，一个女婴呱呱坠地，公爵夫妇大失所望，因为他们一心盼望的是个儿子。然而正是这个不受欢迎的女孩日后登上了俄罗斯帝国的皇位，统治俄国达三十四年之久。她就是18世纪使欧洲各宫廷惶恐不安的叶卡捷琳娜二世。

叶卡捷琳娜自幼勤奋好学、聪明能干、博览群书、学识渊博。这位美丽的日耳曼公主怎么会来到俄国呢？这主要得力于叶丽萨维塔女皇。这位女沙皇没有子嗣，为了确保皇位后继有人，就把在德国的外孙，十四岁的彼得接到俄国来，确定他为皇位继承人。而叶卡捷琳娜则作为彼得的未婚妻也来到了俄国。

1745年，彼得和叶卡捷琳娜完婚。为了能当一名称职的王后，叶卡捷琳娜开始拼命了解俄国的风俗习惯，学习俄国的语言和历史，她经常深更半夜起来，穿着内衣，光着脚，坐在笔记本前背诵俄语词汇。后来，叶卡捷琳娜在自己的《回忆录》中记述

正在视察俄国科学院的叶卡捷琳娜女皇

当时的情况和心情说："只有政治雄心激励着我，我内心有一股难以言传的力量使我一刻也不怀疑，我将自然而然地变成俄国女皇。"与她形成鲜明对照的彼得却整天不学无术、狂妄自大。彼得的全部时间几乎都在仆役的圈子里消磨掉了。

1761年12月，叶丽萨维塔女皇死了，彼得继位，称彼得三世。他上台后实行了一系列侵犯贵族利益的政策，招致贵族阶级的普遍不满。与彼得三世正好相反，叶卡捷琳娜聪慧过人，虽然"异常狡猾而野心勃勃"，但伪装得"很谦逊和忠诚"，很善于笼络人心和军心。于是叶卡捷琳娜利用贵族的不满，发动了一场兵不血刃的政变，当上了俄国女皇。

为了巩固自己的皇位，叶卡捷琳娜二世极力满足那些拥护她上台的贵族，首先是近卫军。那些拥立她上台的人都得到了大量的土地、农民、金钱和职位。她在位期间分给贵族的农民达八十多万人。为了满足贵族的利益，叶卡捷琳娜二世还将俄罗斯的农奴制推广到乌克兰、白俄罗斯和波罗的海沿岸被征服的地区，并把农民完全变成地主的私有财产。因此在叶卡捷琳娜二世统治期间，地主的横暴、残酷和胡作非为达到了登峰造极的地步。沉重的剥削和压迫，激起了农民的反抗。在叶卡捷琳娜二世统治期间，农民起义连绵不绝，其中普加乔夫领导的俄国历史上规模最大的一次农民起义，沉重打击了封建统治，强烈地震撼了女皇的统治。叶卡捷琳娜二世直接参加了制订镇压普加乔夫起义的军事计划，不遗余力地血腥镇压了起义，把普加乔夫及其战友处以绞刑。

1767年8月10日，在大主教季米特里的建议下，新法典编纂委员会授予叶卡捷琳娜二世"英明伟大的皇帝和国母"称号。她成为继彼得一世以后获得大帝称号的第二位沙皇，威望空前提高。

在对外扩张中，叶卡捷琳娜二世忠实继承了彼得大帝的衣钵。她在位三十四年，先后发动了六次对外战争——三次瓜分波兰的战争、两次俄土战争和一次俄瑞战争。打败了土耳其，攫取了黑海沿岸的大片土地。打败了波兰，并同普鲁士、奥地利一起瓜分了波兰的全部领土，从而使俄国的领土扩大了63万平方公里，奠定了俄国的疆域，为以后沙皇俄国称霸欧洲铺平了道路。如果说彼得大帝为俄国打开了面向欧洲的窗口，那么叶卡捷琳娜二世则把这个窗口变成了大门。

但是，这还没有满足叶卡捷琳娜二世扩张领土的夙愿，她梦想称霸整个欧洲。为此，她还把她的大孙子取名为亚历山大，想让他像古希腊马其顿的亚力山大大帝一样，建立一个横跨欧亚非的大俄罗斯帝国。

1796年11月7日，统治俄国三十四年之久的叶卡捷琳娜二世女皇突然患中风去世，终年六十七岁。

女皇生前就给自己拟定了墓志铭："这里安葬着叶卡捷琳娜二世，她于1729年5月2日生于施特廷。为了同彼得三世结婚，她于1744年来到俄国，十四岁时，她拟定了取悦自己的丈夫、叶丽萨维塔女王和人民三方面的计划。为了达到这个目的，她没有放弃过任何机会。十八年忧郁、孤独的生活，使她有可能阅读很多书籍。登上俄国皇位后，她为国家谋求福利，并且力图给自己的臣民以幸福、自由和财富。她轻易地宽恕别人，对任何人都不怀恨在心。她天性宽厚，不苟求于人，性格活泼，有着共和政体拥护者的胸怀和一颗善良的心，她有许多朋友。她在工作中得心应手，业余时间喜欢社交和艺术。"

这位风流女沙皇对自己的描述，与她同时代许多人记录的事实，无疑是大相径庭的。究竟如何评价这位女沙皇，读者心中自有一杆秤。

## 献身王国的处女——伊丽莎白一世

在英国有文字记载的两千多年历史中，先后共出现了九位女王。她们的命运沉浮与英国兴衰的历史紧密相连。在这九位女王中，有两位女王最为出名，就是伊丽莎白一世和维多利亚女王。她们不但在位时间很长（前者在位四十五年，后者在位六十三年），而且她们在位的时期分别被人们誉为英国的"黄金时代"和"光辉灿烂的时代"。维多利亚女王在位期间是英国的鼎盛时期，此时英国的侵略魔爪伸向了世界各个角落，但它强盛的基础却是伊丽莎白一世打下的。1900年，索耳兹伯里勋爵在歌颂维多利亚女王时，说她"具有伊丽莎白的精神"。

伊丽莎白一世像

伊丽莎白一世不仅是影响过英国历史进程的有作为的统治者，而且是对世界历史有着很大影响的人物。她不但具有政治、外交和军事才能，治国有方，而且一心扑在王国的事业上，终身未嫁。据传说，伊丽莎白女王自己讲过："要是我死后，在大理石的墓碑上能刻上'这位女王由于在这种时代治世，直到死还是未婚的处女'，我就没有什么遗憾的了。”这句话可以说概括了她光辉而又孤独的一生。

英国历史学家彻尼对伊丽莎白有过这样一段描写：“她学识渊博，精神活泼。其教育基础雄厚，除擅长英文外，尚知拉丁文、法文、意大利文，她亦阅读希腊文，知识广博。她具有幽默感，能和人谈笑风生。其临机应变和对答能力，有似其父；而一言一语、一举一动，皆有条不紊，小心翼翼，有如其祖父亨利七世。其青少年时代是在爱德华和玛丽统治下度过的。她屡遭厄运，幸免于难，从而养成了不轻信于人和谨慎从事的性格。”

出巡的伊丽莎白女王

高贵的伊丽莎白女王

伊丽莎白继位后，首先着手解决宗教危机。她释放大批在押新教徒，允许流亡国外的人归来，清除枢密院中的天主教信仰者；同时又尽量采取中间措施，对私下做罗马天主教弥撒或参加教派集会的人不予追究，甚至有时还限制清教徒的过分举动。1559年国会通过《至尊法令》，宣布女王为英国所有教会和宗教团体的最高领袖。

女王的婚姻一直是件棘手的事情。伊丽莎白继位之初，西欧各国帝王公侯的媒使穿梭往来，她都予以婉言谢绝。鳏居的姐夫、西班牙国王腓力二世也提出娶她，伊丽莎白都以国教不同为由拒绝了。伊丽莎白年过三十以后，国内外舆论一致认为她应该结婚，以解决继承人的问题。但女王不为所动，仍然我行我素，她甚至说："我无须再择佳婿，因我在举行加冕大典之日，已和全体臣民结婚。"

伊丽莎白统治时期，英国与西班牙的关系不断恶化。西班牙国王腓力二世为英国海盗的骚扰所烦恼，下决心派遣一支"无敌舰队"消灭英国海上势力。当时英国国力比不上西班牙，海军正规舰队在吨位和数量上均处劣势。1588年5月，庞大的"无敌舰队"出现在英吉利海峡。在这紧要关头，五十五岁的女王多次前往视察海防、部署海军力量。7月29日，伊丽莎白女王"满怀皇家的胆略，刚强，勇敢，就

正和宠臣们跳舞的伊丽莎白女王

像个亚马孙族女皇一样检阅她的所有部队”。女王来到阵地上，“上帝赐福你们大家！”她向士兵们高呼。这时，所有士兵都一齐跪下为女王祈祷。女王高车骏马，手握短棍，检阅了军队，观看了部队的模拟战役演习。她向将士们发表了措辞巧妙、激动人心的演讲，她说：“我可爱的臣民们，我到这里来不是为了消遣和游玩，因为现在是战役的高潮时刻。我已经把自己主要的力量投入到保卫我的忠诚的心地善良的臣民中去了，为此我来到你们中间。英国的所有臣民是生存还是灭亡，还是为上帝、为我们的王国、为我的臣民、为我的荣光和王族而倒下，甚至捐躯沙场，这个问题已经解决了。我知道自己所具有的是一个柔弱纤细的妇女之躯，但是我却有帝王的秉性与胸怀，而且还是一位英国帝王的秉性与胸怀。我准备与大家同生死，决心为了王国、臣民和我本人的名誉而抛头颅洒热血。我要亲自披挂上阵，担任你们的将军，在战场上评判并奖赏你们每一个人。我完全相信你们，以国王的名义说一句话：国家将会及时报答你们。”听了女王鼓舞人心的讲演，士兵们群情激昂，人人勇气倍增。

手拿扇子的伊丽莎白女王

在加来海战中，英军凭借自己舰队小巧灵活的优势，采取火攻，笨重的西班牙舰船被烧得七零八落，无敌舰队被迫退入北海。在绕道苏格兰沿海回国途中，无敌舰队又遭到台风袭击，勉强回到西班牙港口的船只已所剩无几，从此西班牙的海上霸权由英国取而代之。英国的开拓者和商人们一次又一次地横渡各大洋，发现新的贸易途径，开发市场和殖民地。他们在遥远的东方，建立起东印度公司，为英国飞速地发展海外贸易奠定了坚实的基础。在大西洋彼岸，天才的冒险家沃尔特·罗利在北美大地开拓了新的殖民地，每开拓一处即命名为“弗吉尼亚”。所谓“弗吉尼亚”，按字义解释，就是“处女地”的意思，这是为了纪念“处女女王”伊丽莎白。至今，美国尚存在着弗吉尼亚州，便是这一纪念的佐证。

伊丽莎白一世女王拉开了大英帝国辉煌历史的序幕，赢得了英国民众的爱戴。她在议会的最后一次演讲中，表现出她作为一位伟大女王所具有的优秀品质和良好

伊比利亚半岛：又称比利牛斯半岛，位于欧洲西南角，西边是大西洋，东部、东南部临地中海，北临比斯开湾，是欧洲第二大半岛。

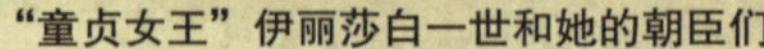

“童贞女王”伊丽莎白一世和她的朝臣们

素质。她说：“我不希望永远执政，因为我的生命也不允许我这样做。我执政永远是为了各位的幸福。过去，各位大概有过有魄力的贤明的君主；但我想迄今为止，还未曾有过像我这样爱护各位的君主，而且今后也不会有了吧。”她的讲演使英国贵族们长久以来念念不忘，也赢得了英国各阶层民众的心。正如索耳兹伯里勋爵所说的：“英国以有伊丽莎白而自豪！”

古往今来，历史上问鼎政坛的女流数不胜数，我们只是在浩瀚的大海中采撷了几颗闪亮的贝壳而已。

公元前9世纪后期的亚述女王萨穆拉玛特曾修筑闻名遐迩的巴比伦城、营建巍巍壮观的“空中花园”。而世界七大奇观之一的摩索拉斯陵墓，竟是公元前4世纪加丽亚王国摄政王后阿尔特米西亚掌权后的主要成就。

在伊比利亚半岛，身兼卡斯蒂莉亚和阿拉贡两王国之主的伊莎贝拉一世，曾于1492年亲率大军攻陷阿拉伯人在半岛上的最后一个据点，胜利地结束了长达七个世纪之久的收复失地运动，女王领导下的西班牙很快成为称霸欧洲的强国。

14世纪末叶的丹麦女王玛格丽特一世曾对庞大的北欧帝国施行强有力的统治，她的侄孙——一位男性继承人却因为对付不了国内的动乱，只得退隐到波罗的海占岛为盗。

汉诺威王朝的维多利亚女王长达六十三年的统治使得英国强盛到极点，殖民地遍及全球，被称作“日不落帝国”。

历史上名噪一时的波斯帝国创建者居鲁士大帝一生屡建奇功，占领过小亚细亚、两河流域广大地区，但是晚年却死在马萨盖特女王托米丽斯之手。

# D/ 争做天下最美的女人

或许是上天注定的，女人比男人更注重自己表面的光彩，每一个爱慕虚荣的女子都希望自己是国色天香或是出水芙蓉，迷死所有男人。如果几个美女凑在了一起，都自以为是古今无双，天下第一，那么问题就来了。

《帕里斯的审判》的故事讲述的就是这么一个很没有格调，但又非常普遍的主题。也许叫它希腊神话时期小型的选美活动也比较合适。神仙都来比美，难怪如今全世界的选美活动如火如荼了。

帕里斯的审判 / 油画 / 法国 / 雷诺阿 / 1913—1914 年

维纳斯贿赂帕里斯 / 油画 / 法国 / 布歇

帕里斯的审判 / 油画 / 意大利 / 司卡塞里诺 / 1590 年

这就是《帕里斯的审判》的故事：

天上的忒提斯王子和海洋女神结婚，举行了隆重盛大的婚礼。众神们都带着精美的礼物来祝贺。但是粗心的新郎新娘却忘记了邀请不和女神厄里斯。不知是真的粗心还是刻意回避这位女瘟神的光临，毕竟没有哪对夫妻希望自己以后的生活是不和的，神仙也不例外。大家都不喜欢好搬弄是非、制造矛盾的厄里斯。然而矛盾又总是难免的，邀请与否对于女瘟神已经不重要了。她早就准备好了能生是非的绝妙礼物。于是，在婚宴开始的时候，满脸诡气的厄里斯手托一个金色的苹果出现在大家面前。她旁若无人地来到餐桌前扔下了金苹果——上面刻着“送给最美丽的女神”，然后转身离去。她知道，一场好戏马上就要上演了。

诸位神仙果然围着这个苹果叽叽喳喳起来，完全忽略了婚礼的主角新郎新娘。赫拉最先拿起金苹果，大模大样地说：“我是众神的王后，当然有权得到这个金苹果！”

站在旁边的智慧女神雅典娜立刻接口说道：“智慧为美，我是智慧女神，金苹果应该属于我。”

既然是说美，岂能少了总是以美自矜的维纳斯，她毫不相让：“我是爱与美之神，最美丽的女神，金苹果不属于我还能属于谁？”

**雅典娜**：罗马名字弥涅耳瓦、密涅瓦，希腊奥林匹斯十二主神之一。在远古神话中，雅典娜是一位女天神，主宰乌云和雷电。

**帕里斯的审判 / 油画 / 德国 / 克林格尔 / 1886 年**

三位女神争执得不可开交，这回可真的有好戏看了，男神们乐滋滋地都等着看好戏。没有谁上前将她们分开。这时，自大风流的主神宙斯过来。赫拉立刻冲自己的丈夫发火："你看看，你的子民居然和我争一个金苹果，难道这天上还有比你的妻子更美丽的神吗？"

当然有，不然我宙斯也不会整日想着别的绝色美女了。不过这是宙斯的心里话，他可不敢对自己吃醋成性的妻子说出这样的话来。但是怎么办呢？雅典娜和维纳斯都不是好惹的，自己都有把柄在她们的手里，万一惹怒了她们两位，自己也没有好果子吃。

宙斯很为难，谁也不能也不敢得罪，于是他想出了一个没有比这个主意更蹩脚的主意，他清清嗓子说："哦，三位美丽的女神，不如这样吧，凭我主神宙斯的本领，再变出两个金苹果来，你们大家一人一个，岂不三全其美？"

赫拉首先撅起了嘴："这是什么烂主意，我一定要这个金苹果，谁要你变的。"

雅典娜和维纳斯也表示不屑，那样不等于没有比较嘛，到底谁是最美丽的女神还是未知数。不，一定要让大家公认我是最美丽的女神，三个人的心里都这么想。

事已至此，宙斯也没有了主意，可是他知道如果他不给她们一个满意的答案，他是不能安心的。毕竟是狡猾的主神，宙斯很快想到了另外一个主意，没有比这个主意

帕里斯的审判 / 油画 / 德国 / 凯尔希纳 / 1921 年

更惹是生非的了，不和女神的诡计都不及伟大的主神宙斯的妙计能搅得天翻地覆。自作聪明的宙斯眨眨眼睛说：“不如这样吧，你们看，这时大地上正好有一个少年在牧羊，我看你们三人去找他裁决，他一定会很公正的。他可是与你们没有一点关系的凡人，他的话自然可信。”

三女神听了，觉得这个主意不错，于是就答应了。但是，正是宙斯的这一主意，造成了日后很多的恩恩怨怨，甚至造成了特洛伊城的毁灭。

帕里斯可不是普通的牧羊少年，他是特拉亚国王的儿子，因为神预言他以后会毁灭整个特洛伊城，他的父亲遂令仆人阿革拉厄斯把他丢弃在荒山野岭，但阿革拉厄斯违背了国王的旨意，把帕里斯养大了。这时三位女神来到地上的伊得山，向牧羊少年帕里斯说明了来意。赫拉也把金苹果交到他的手里，大家等着他的裁决。突然得到众神的宠信，帕里斯受宠若惊，要不是金灿灿的苹果拿在手里，他真以为自己在做梦呢。他好不容易才使自己激动的心情平静下来，他揉揉眼睛，仔细看着眼前的三位女神。

第一位雍容华贵，仪态大方，她的周身都散发着不可一世的王者之气，威严的目光透着高傲和不得不令人臣服的神情。帕里斯心想，这可是世间最高贵的夫人了。看到帕里斯望着自己出神，赫拉不无轻蔑地说：“我就是宙斯的妻子，众神的王后赫拉。我拥有至高无上的权力，如果你把金苹果给我。我可以给你权力和威严，让你统治世间最富裕的王国。”

第二位女神聪慧清纯，秀丽又英武，明亮的眼睛闪烁着碧蓝的光辉，像海水一样深情。帕里斯被她的智慧和美丽打动。“帕里斯，”女神的声音清脆悦耳，“我是智慧女神雅典娜，我拥有无上的智慧和勇气。如果你能够让我胜利，我将赐予你神力，使你百战百胜，成为人类最智慧最勇猛的武士。”

第三位女神妩媚娇柔，体态婀娜多姿，容貌光彩照人。一对明眸秋波婉转，流露出无限的温情。这目光在他的胸中荡起涟漪。维纳斯说话了，她的声音甜美亲切：“我是爱与美的化身维纳斯。世间的爱情与美丽都展现在我的身上，金苹果应该属于我。你如果做到这一点，我将让世间最美丽动人的女子做你的妻子。”

听到三位女神的许诺，帕里斯心中展开了激烈的斗争。可见自古以来的选美活动

帕里斯的审判 / 油画 / 佛兰德斯 / 鲁本斯 / 1590 年

帕里斯的审判 / 油画 / 法国 / 库瓦佩尔 / 17 世纪前叶

特洛伊战争：它是以阿喀琉斯和阿伽门农为首的希腊军，进攻以赫克托尔、帕里斯为首的特洛伊城的十年攻城战，其目的是为了争夺世上最漂亮的女人海伦。

都是与许诺有关的，没有例外。至于胜负的结果，很大一部分与裁判对承诺的喜好有关。刚才帕里斯还在心里仔细比较哪一位女神更美一些，现在他只想着哪一个许诺对自己最有利。他在心中安慰自己：反正三位女神各有千秋，都很美丽，还不如比比她们的承诺，哪一个更符合我的心意。

帕里斯思量再三，觉得对他最有诱惑力的是一个美丽的妻子。好一个不爱江山爱美人的英雄。最终他把金苹果判给了维纳斯。维纳斯立刻容光焕发，得意地仰头向赫拉和雅典娜炫耀。她们两人愤怒地转身离去，她们发誓要对帕里斯进行报复。在日后的特洛伊战争中，她们都站在希腊人的一边，与特洛伊人为敌。

维纳斯也要离去。临行时她向帕里斯保证，一定实现她的诺言。果然，后来他让帕里斯得到了绝世美女海伦，为此导致了长达十年的战争，也应验了神的预言。

在希腊神话中，特洛伊战争是非常重要的一部分，而帕里斯的审判是关于这一战争起因的关键情节，尤为画家所描绘。欧洲有些画家把帕里斯作为美的裁判者的形象。鲁本斯的弟子凡·代克甚至把自己化装成帕里斯，作了一幅自画像。鲁本斯根据这个传说，绘制了油画《帕里斯的审判》。在这幅画中，鲁本斯表现了三女神等候帕里斯做出最后裁决的场面。帕里斯坐在树下一块岩石上，一手握着他的牧羊杖，一手拿着金苹果，正在凝神思考。他的身边是跟随三女神下凡的神使，他们面前是三位女神。最左边的是雅典娜，她身后的树上挂着她的红色披风，盾牌和长矛，她是智慧女神，也是一位处女神，画中的她站在陌生的裁决者面前，表情和体态都有一丝娇羞。中间的女神是维纳斯，她有闪光的金发，秀丽的面容和柔媚的身材，展现出爱与美之神楚楚动人的绰约风姿。她正用多情的目光看着帕里斯，期待着他的裁决。右边的就是赫拉，珠光宝气的头饰和耳环，华丽的绛紫大氅，更显出了她雍容华贵的气质，在她的脚边是她的圣鸟孔雀。

此外，拉斐尔、大卫、雷诺阿等画家都画过这一题材的画。1863年，马奈画成了《草地上的午餐》，在展出中引起轩然大波。原来人们发现马奈的构图完全来自拉斐尔的《帕里斯的审判》的一部分。画的中间不远处那位弯腰的女子，与前景中的三个人物组成了古典式三角形构图。马奈的这幅画开希腊神话近代阐释的先河，非常有名。

帕里斯与维纳斯 / 油画 / 荷兰 / 夸佩勒 / 1726 年

维纳斯的崇拜 / 油彩 / 意大利 / 提香 / 1518 年

**帕里斯和海伦 / 油画 / 法国 / 大卫 / 1788 年**

希望自己美丽迷人，这是女人最普遍的自恋心态，是古往今来女人们不改的虚荣本性。虽然《帕里斯的审判》讲述的故事足够发人深省，类似的事情也层出不穷。但是，女人们似乎并没有在这个故事中得到教训，所以选美还在进行着，女人的虚荣花样也日趋增多。

附庸风雅，是另外一种方式的虚荣自恋。爱虚荣的女人总是把各种各样附庸风雅的光环套在自己的脖子上，套在自己丈夫的脖子上，套在所有与之有关系的人身上，于是她自己便在这层层的光环包围下自我陶醉迷恋。一个虚荣的女人，或许她知道歌剧、油画、雕塑，其实她对艺术也不是真有天赋，她只是本能地觉得这些能够满足她

帕里斯的审判 / 油画 / 法国 / 华托 / 1720 年

的虚荣心。于是她泡在各种造作的艺术沙龙里，与艺术圈里那些同样名不副实的名人们周旋调情，她在这个圈子里如鱼得水。人人都快活而亲切地欢迎她，使她相信自己很美丽、很可爱、很了不起。别人恭维她的天赋，她也希望这些名人预言的大成就很快成为事实。不过很快她就会把这些名人忘掉，然后再结识新名人。她吊在她所爱慕的名人的脖子上下不来。直到有一天名人厌弃了她，觉得她老气过时，抛弃了她，她便只能接受这不可逆转的悲剧。

虚荣的代价是惨痛的。遗憾的是很多女人的性格中都有虚荣的成分，这成分较之男人比重之大令人咋舌，也令人无可奈何。

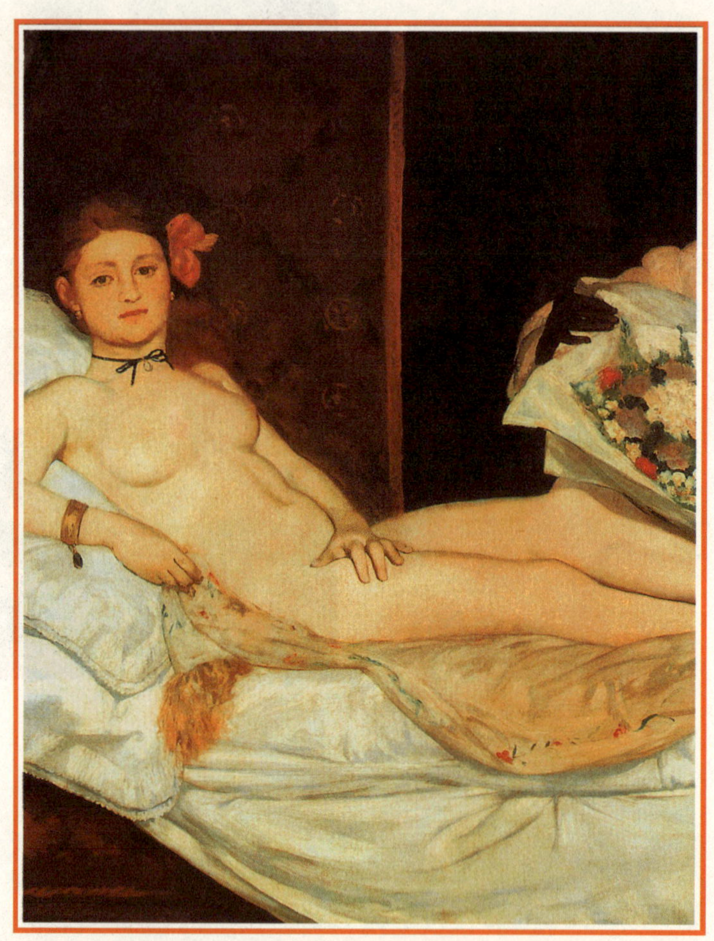

奥利匹亚 / 油画 / 法国 / 马奈 / 1863 年

# 第四章
CHAPTER 4

# 女人的情欲世界

女人的胴体是上天的杰作，蕴藏着丰富的宝藏。凹凸有致的玲珑曲线、圆润丰满的乳房、饱满性感的翘臀、神秘诱人的私处，都是她们吸引异性的利器。女人是神秘的，她是圣洁的天使，也是诱惑人的魔鬼，在情与爱的世界中，乐此不疲地与异性们纠缠不休。

# A/ 男性对女性的窥视与欣赏

一位西方著名先哲曾说过：任何一个裸像，无论它如何抽象，都会唤起观众或多或少的情欲，即便是最微弱的念头。如果不是这样，它反而是最低劣的艺术，是虚伪的道德。对另一个人体的占有或与之结合的欲念，在我们的天性中是本质的一部分，因而对于“纯形式”的评价也必然要受到它的影响。

任何含有性的内容的艺术作品都会对观众有不同程度的触动。只要我们被轻轻地触动，我们就会发现自己是个窥视者。男性最简单和最通俗的窥视对象是女性的身体。女性身体是欧洲艺术史上的重要描绘对象之一，她们一直以多种多样的面貌出现在西方艺术史的长廊中。

《旧约全书》中包括许多与性窥视有关的典故，其中《大卫和拔示巴》及《苏珊娜与老者》是两个最为知名的故事。这两个故事成为文艺复兴时期及后世艺术家经常使用的题材。

## 大卫占有拔示巴

《圣经》里记载的犹太王国的大卫王是一个英明成功的国王，他领导犹太民族走向繁盛。从世俗的角度来看，大卫治理犹太王国非常成功，他是一个很了不起的国王。

但是人非圣贤，即使是伟大的大卫王，也有让人不齿的地方。他至高无上的权力把他惯坏了，有时，他会恣意妄为。

大卫王在很多方面都是一个软弱的人。他心地善良，聪明和蔼，曾经收留了以色列国王扫罗的孙子，照顾他如自己的孩子。但是一旦涉及个人享乐，在对女人的渴望和占有欲的促使下，大卫王可以和最坏的臣民一样卑劣残忍。

大卫占有拔示巴讲的就是这样一个故事。

一个夏天的晚上，大卫王坐在王宫的房顶上乘凉——这是夏天炎热时犹太人习惯的乘凉方式，已经成为了风俗。远远地，大卫王看到了一个女人。

沐浴中的拔示巴 / 油画 / 意大利 / 布鲁沙索尔奇 / 16 世纪中叶

**大卫与拔示巴 / 油画 / 法国 / 马赛斯 / 1562 年**

那是一个很漂亮的女人。结实丰满的胸脯，修长肥硕的大腿，长发挽成髻在脑后坠着，像是随时可能掉下来散开拂满全身——而她的全身，是一丝不挂的。这是一个正在沐浴中的美丽女人。她丝毫没有注意到大卫王正在高高的王宫房顶窥看她，她在水边坐着，尽情享受着沐浴带来的清爽和凉快。

大卫王一下子就喜欢上了这个女人。他按捺不住欲望想占有她，娶她为妻，把她天天留在自己的身边。

于是，第二天大卫王便派人去打听这个女人是谁。打听的人回来报告了她的情况。原来她的名字叫拔示巴，已经嫁给了赫人乌利亚为妻。乌利亚是一名正在前线服役的军官。大卫王听了之后，顿时心生一计。他命人把乌利亚请到王宫中来，好好款待了他一番，并假心假意地夸赞乌利亚的勇敢："乌利亚将军，你真是我的得力手下。整个犹太王国的安全、强大都有你的功劳，身为国王我很感谢你为我们国家做出的贡献……"

伦勃朗：全名伦勃朗·马尔曼松·里因，17世纪荷兰现实主义绘画巨匠。自画像以及取自《圣经》内容的绘画是他最具代表性的作品。

浴后的拔示巴 / 油画 / 荷兰 / 伦勃朗

大卫王假惺惺地夸耀着乌利亚，并不停地劝他饮酒，直到把他灌得差不多醉了。乌利亚突然间得到国王这样的意外款待，受宠若惊，一杯连着一杯干。之后，大卫王就把乌利亚送回了前线，还让他捎信给自己的亲信约押。在信里，他命令约押把乌利亚安排在战场的最前线，好让敌人杀死他。

约押果然“不负使命”，他大肆吹捧乌利亚如何骁勇善战，说他应该胜任前线更危险的岗位。可怜的乌利亚信以为真，高高兴兴地担任了前线部队的指挥官。

当进攻开始后，大卫王的计划就这样付诸实施了。乌利亚冲锋在前，谁知约押却下令其他的士兵撤退，只留下乌利亚孤身奋战，很快乌利亚就被敌人杀死了。这样，他的妻子拔示巴成了寡妇，很快，大卫王就娶她为妻。

荷兰画家伦勃朗的名作《浴后的拔示巴》描写拔示巴收到了大卫王的信后，显得很忧郁。半老的肉体早已让她对自己的美失去信心，而命运却要使她的生命重现波澜。她的右手拿着大卫王的来信，正无力地放在膝上，似乎懒得去读信中的内容。

巴比伦：建于公元前2350年前，位于伊拉克首都巴格达以南90公里处，幼发拉底河右岸，是世界著名的古城遗址和人类文明的发祥地之一。

浴后的苏珊娜 / 油画 / 意大利 / 丁特列托 / 1550 年

## 沐浴的苏珊娜

苏珊娜是巴比伦巨富约吉姆的妻子。她长得温柔大方，为人善良贤淑，对丈夫忠贞不二。她很爱自己的丈夫，虽然她的丈夫经常因为生意忙碌而离家外出，但是独守空房的苏珊娜从来都是洁身自好，不曾越轨半步。当地的一些风流浪荡男子仰慕苏珊娜的美丽容貌，总想伺机调戏，但总是不得机会。

这一次，丈夫约吉姆又出门忙碌去了，很久都没有回来。苏珊娜独自待在家里，

浴中的苏珊娜 / 油画 / 法国 / 让・雅克・埃内

每日只和自己的宠物小狗、仆人为伴，日子悠闲自在。有一天，天气很好，花园里的树木花草都格外美丽，苏珊娜忍不住想到花园里的水池中去洗澡。往常，她为了躲避行人的目光，都是在晚上来水池洗澡。但是天气那么好，花园里鸟语花香，池水清澈见底，她决定白天去洗一次。池边的树林那么密，不会有人看见的，苏珊娜对自己说。于是，她吩咐仆人给她取来洗浴用品，然后支开她们，自己一个人脱光了衣服，跳进水池中，尽情地洗着自己的全身。她的皮肤是那么滑嫩，身体曲线是那么美丽。苏珊娜在水中自在地游着，甚至轻轻唱起了美妙的歌谣。她的歌声婉转清丽，连池边树上的小鸟都停止了唱歌，禁不住从树叶里钻出小脑袋，静静地看着苏珊娜洗澡，听她唱歌。树林变得静悄悄的，只有苏珊娜的歌声在花园里飘荡。

　　就在这个时候，在苏珊娜家花园外的路上，两个终日无所事事的

沐浴中的苏珊娜 / 油画 / 荷兰 / 洪托斯特 / 1655 年

老色鬼走了过来。他们知道约吉姆又出门了，所以想来看看美貌的苏珊娜。

“呵呵，哪怕就只是在花园的外面偷偷瞅上那么两眼，也算是饱了眼福了，谁让美丽的苏珊娜夫人偏偏是个贞妇呢？不然我们兄弟两个早就上手了，不是吗？”其中一个唠唠叨叨地，眼睛色眯眯地望向苏珊娜的花园。

“是啊，我多希望亲爱的苏珊娜夫人是个荡妇啊，哈哈！”另一个接话说。

忽然，他们听到了一阵动听的歌声，那歌声竟然是从苏珊娜的花园里传出来，这悠扬舒缓的歌声比小提琴还要美妙。两个老色鬼互相对视了一眼，不禁心怀叵测地笑了：“听听，约吉姆先生许久不归，我们美丽的苏珊娜夫人空房难守，又要保住贞洁的美名，实在是寂寞难耐，这会儿在花园里伤春呢！不知道她在做什么，莫不是在裸浴，哦，要是这样的话，她的池子里的水可有福了。”一个戏谑地说。

“别聒噪了，我们快偷偷去看看才好啊，说不定她真是在洗澡呢。”另一个说。

于是，他们两个悄悄地接近苏珊娜家的花园，从树枝的缝隙中望去。

天呐，这一看可不得了了，两个人的心都要跳出来了，口水也要流出来了。

原来苏珊娜夫人真的是在洗澡，而且已经洗好，正赤身裸体地从水中走出来：好一幅美人出浴图！老色鬼们再也禁不住诱惑，抓在手中的树枝不禁呼拉拉全松开了，打在苍老好色的脸上。

苏珊娜听到树林外有声音，吓得赶紧披上浴巾，颤声问：“是谁在那里？”刚说完，她便看见了两张充满欲望的老脸。苏珊娜一看是村子里最风流淫荡的两个老男人，感到万分羞耻，后悔自己一时忘情，被人窥见。

“美丽的苏珊娜夫人，你好啊！约吉姆先生还没有回来吗？看来你一个人在家里很寂寞啊，都不能鸳鸯戏水了。不如让我们兄弟两个陪伴你一会儿吧。别看我们的年纪比约吉姆先生大了，也没有他有钱。但是我们两个在女人身上可是最用心的，哪里像你的丈夫约吉姆先生，眼里只有他的金钱和生意。为了工作把你孤零零留在家里。要是我们，一定不会这样做的。怎么样，我们美丽的夫人，让我们来为你解闷儿吧。”

苏珊娜哪里听过这些不堪的话，她又羞又气：“不要乱说了，你们快走吧，不然我的仆人见了可不饶你们。”

“啊，夫人，千万不能让他们过来，否则您这一世的贞洁名声可就毁了。我们已经看

苏珊娜与长者 / 油画 / 荷兰 / 凡・代克 / 1620—1622 年

见你赤身裸体的样子了，难道你不想让我们更进一步地了解你吗？”说着，他们两个竟然有恃无恐地企图爬进花园，苏珊娜惊吓万分，顾不得穿衣，便离开水池跑回家里去了。

可怜两个老家伙眼看到手的天鹅飞走了，真是又遗憾又气愤。

“这个可恶的苏珊娜夫人，活生生撩起人的欲火来，她又跑了，这可怎么好？”一个色鬼闷闷地说。

另外一个摸着自己被树枝划伤的老脸，不无忧虑地说：“这还不打紧，还是想想我们怎么对付这个苏珊娜夫人和她的丈夫吧。他们可是有钱有势的人，如果她告诉了她的丈夫我们调戏她，那你我这两把老骨头恐怕就保不住了。”

“嗯，也是，怎么办好呢？这世界上有那么多秀色美女，我可不想这么快就没命了，要是让可怕的约吉姆先生知道我们的丑事，他一定会置我们于死地的。——有了！我们不如恶人先告状，就说苏珊娜夫人寂寞难耐，勾引我们。这样我们既洗刷了自己的罪名，又报复了可恶的苏珊娜夫人。”

“对，就这么着，两全其美。”

两人商定了计策，就又轻松地寻花问柳去了。

过了不久，约吉姆先生回来了。苏珊娜因为那两个老色鬼的事情，不敢向丈夫开口，表情讪讪，有心事的样子，不似往日约吉姆回来那样对他亲热。约吉姆正百思不得其解之时，那两个老色鬼来找他，说他的夫人苏珊娜在他离家的日子里怎样怎样风流不堪，大白天在花园洗澡，又怎样怎样勾引他们，说尽了苏珊娜的坏话。约吉姆本

苏珊娜与长老们／油画／法国／夏塞里奥／1839年

来就对苏珊娜的变化感到迷惑，这回有了理由，便真的以为妻子放荡不贞。约吉姆非常生气，决定惩罚苏珊娜。他把自己的妻子绑到法老的宝座前，让法老处死这个不贞洁的妻子。不贞洁是很严重的罪行，法老判处苏珊娜死刑。

冤枉的苏珊娜马上就要被执刑了。这时，埃及的先知但以理赶到，对约吉姆和法老说出了事实的真相。约吉姆知道自己差点冤死了自己的妻子，后悔万分，他请求法老恢复苏珊娜的名誉，严惩那两个心肠歹毒的老色鬼。法老放了苏珊娜，恢复了她的名誉，判处两个老色鬼烙刑。

贞洁的苏珊娜从此受到丈夫的加倍宠爱，受到所有埃及人的称赞，也成为希伯来神话里一个著名的女子。文艺复兴时期的许名画家都以此为题材做过画。

苏珊娜的典故被许多艺术家如丁特列托、提香、鲁本斯、伦勃朗等以各种不同的方式处理成艺术品。有时，她被描绘成并未发现自己被男人盯视的无辜女孩，虽然在画面之外的观众对这种窥视与被窥视的关系可以很容易地注意到。例如丁特列托的《苏珊娜出浴》，画面中，灌木、树丛并出的小道上，刚沐浴完的苏珊娜光彩照人。太阳透过稀疏的树叶照着她金黄色头发下呈浅玫瑰色的皮肤，树前显出沉着的

阿可托翁偷看狄安娜沐浴／油画／意大利／阿尔巴尼

橄榄绿色，与浅紫色的玫瑰花形成生动的图案式点缀。树丛屏障两头露出两只光秃秃的脑袋，那是好色老头正在偷窥。丁特列托还创作了《苏珊娜和二长老》，在淡淡的阴影笼罩下，苏珊娜的胴体显得光彩熠熠，前面那条淡蓝中夹杂着翠绿的浴巾，富有情趣的褶襞，把苏珊娜那青春的气息映衬得更加自然。她在夹道树木的橄榄阴影里，一脚伸入平静的小溪流里，对面树丛的玫瑰花射出绛色与紫色的光芒，远处有纤细的小杨树，调子轻淡，因为那是花园的亮处。美女跟前的镜子、珠翠、胸衣、香水瓶和化妆品之类，在水与镜子的反射中闪烁着若隐若现的寒光。苏珊娜在顾影自怜，镜内只反映出一只金色别针和苏珊娜拭脚用的浴巾端的流苏。左角树丛下面有一个鬼鬼祟祟偷看美女的老头的秃顶，后景左边的树丛边也有一个偷窥的鬼头鬼脑的老人站像。金发的苏珊娜的惊人之美，与左边两个不规矩的老人的丑态构成了不和谐音。

很多艺术家的作品中表现了当苏珊娜发现自己被偷看时，她表现得惊惶失措的情

狄安娜和猎人阿可托翁 / 油画 / 意大利 / 提香 / 1556—1559 年

景，但这同时也强化了观众的感受冲动。例如圭多·雷尼的《苏珊娜与长老》。画面中出浴的苏珊娜遭到了两位好色长老的突袭，她竭力维护了自己的清白。苏珊娜双眸清澈，面貌娇美，浑圆的乳房和丰润的肌肤具有诱人的美。两位长老中的一位已经把手搭在了苏珊娜的肩上，另一位正在拉开她的披风。苏珊娜流露出惊惧的眼神，她一边急忙用左手拉住身上的披风，一边用右手制止长老的举动。

那些作为窥视者而出现在苏珊娜身旁的老人们也被刻画成不同的状态。有时，他们被描绘成昏聩的老人，虽然表现出强烈的性欲和兴趣，但已没有行动的能力；但在更多的情况下，正如鲁本斯笔下的老者，他们紧紧地围绕着苏珊娜，用富于侵略性的目光地盯视着她的胴体。

古希腊神话也为艺术家们描绘窥视的冲动提供了很多的素材。有时候，当在窥视的男人被发现时，他表现出某种惶惶不安，提香的《狄安娜和猎人阿可托翁》就展

帕里斯的审判 / 油画 / 英国 / 瓦兹

示了这样的画面。女神们在发现阿可托翁的一瞬间，本能地用浴巾盖住了自己的身体，满脸怒容；阿可托翁也表现出为自己的鲁莽行为而手足无措的神态。

这些题材中，艺术家比较偏爱《帕里斯的审判》，它曾多次出现在欧洲艺术史上，它所展示的性含义令人十分着迷。

帕里斯不但成为观众欣赏三位漂亮女神胴体的中间人，而且还是三位女神鲜明的参照物。因为帕里斯总是身穿厚甲，而三位女神总是赤裸着诱人的胴体；另一方面，观众也很容易发现构图本身所传达出的意味，即男性的主导意识。帕里斯不仅是位道德偶像，而且作为一位男性，他又是不道德的仙女的审判者。

克拉纳赫曾经就这个主题创作了很多幅画，这幅《帕里斯的审判》是其中最富

帕里斯的审判 / 油画 / 德国 / 克拉纳赫 / 1528 年（右上）
处女 / 油画 / 奥地利 / 克里姆特 / 1912—1913 年（右中）
土耳其浴室 / 油画 / 法国 / 安格尔 / 1862 年（右下）

魅力的一张。画面上，三位女神的形象显然来源于古希腊的雕塑《胜利三女神》。不过，他改变了三位女神原先的动态和情状，这样不仅表现出她们的骚动不安，而且也表现出某种性刺激。左边女神的左手轻轻地搭在胯部上，右边的女神晃动着宽沿帽，而中间的女神将自己的双臂尽力向后伸，从而使她的胸脯显得更加坚挺。所有这一切和她们摆出的煽情撩人的动作都给人造成一种卖弄风骚的强烈印象。

作为艺术家经常表现的东西，性不仅与各时代的社会意识相关，而且还与人物的姿态密切相联。克里姆特的一些裸女素描细作可以明确地说明这一点。他的《处女》作品中，七个青春少女的躯干、四肢被动态地缠卷在饰纹华丽的绸带和纱巾中，玫瑰色调的肌肤被各种华丽的色彩衬托着，隐匿地传达出对情爱的梦境似的体验。

此外，装饰性的因素也会影响我们对艺术作品的反应，一位完全未穿衣服也没有佩戴任何首饰的裸体女性往往并不一定比半遮半掩的裸露更具性的诱惑力，其魅力甚至会减弱一些。克拉纳赫便是一位善于制造这种效果的魔术师。他所画的三女神佩戴着各种各样的饰物，她们腰际的薄纱反而引起观众对性敏感区的强烈关注。

艺术家强化女性裸体的性诱惑力的方式有很多种，有些是从人体解剖学上改变某些特

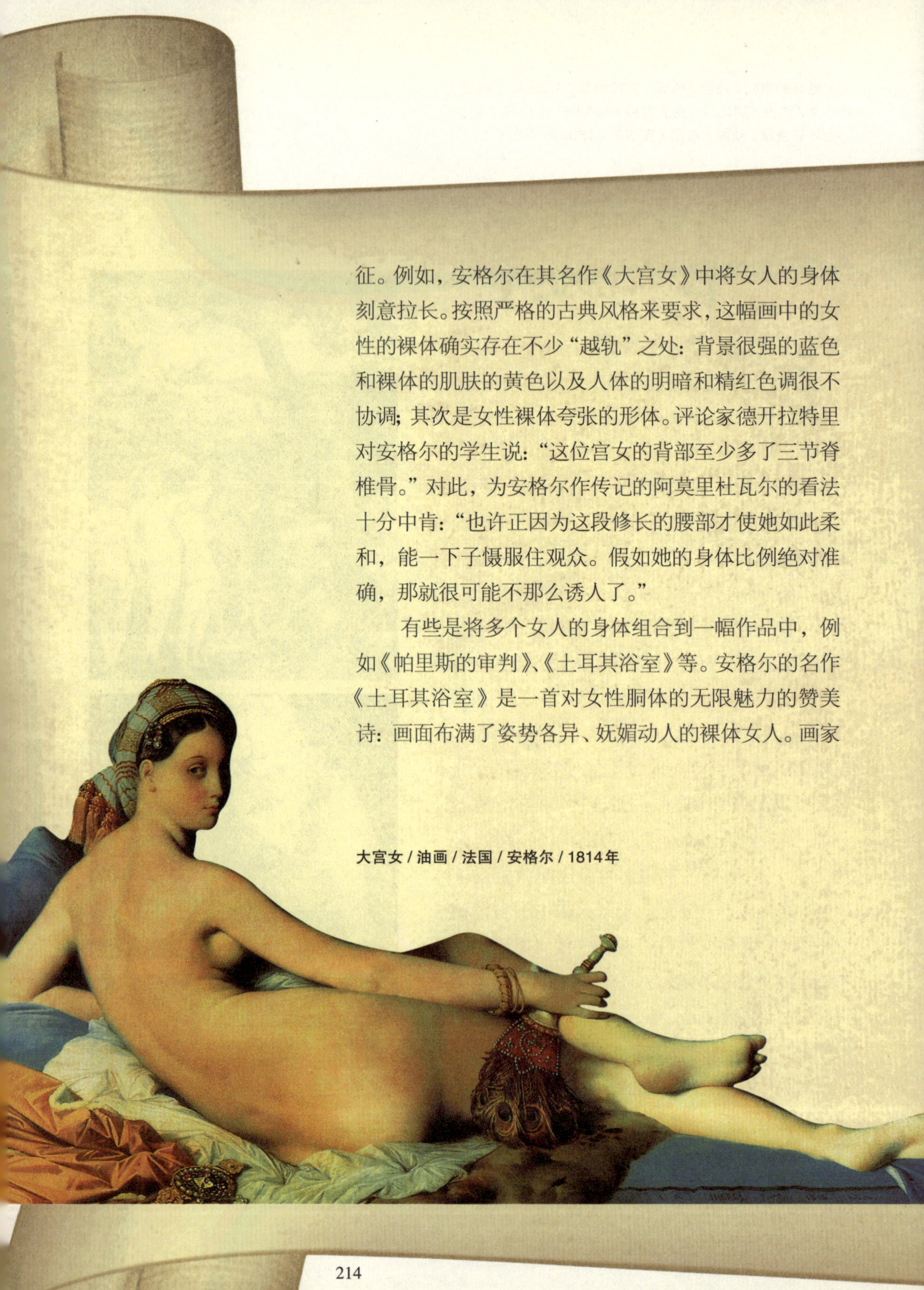

征。例如，安格尔在其名作《大宫女》中将女人的身体刻意拉长。按照严格的古典风格来要求，这幅画中的女性的裸体确实存在不少“越轨”之处：背景很强的蓝色和裸体的肌肤的黄色以及人体的明暗和精红色调很不协调；其次是女性裸体夸张的形体。评论家德开拉特里对安格尔的学生说：“这位宫女的背部至少多了三节脊椎骨。”对此，为安格尔作传记的阿莫里杜瓦尔的看法十分中肯：“也许正因为这段修长的腰部才使她如此柔和，能一下子慑服住观众。假如她的身体比例绝对准确，那就很可能不那么诱人了。”

有些是将多个女人的身体组合到一幅作品中，例如《帕里斯的审判》、《土耳其浴室》等。安格尔的名作《土耳其浴室》是一首对女性胴体的无限魅力的赞美诗：画面布满了姿势各异、妩媚动人的裸体女人。画家

**大宫女 / 油画 / 法国 / 安格尔 / 1814年**

浴女 / 油画 / 法国 / 弗拉格纳尔 / 1763—1764 年

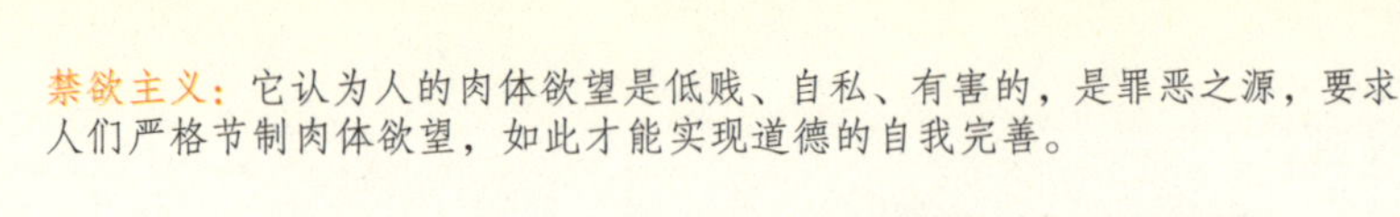

禁欲主义：它认为人的肉体欲望是低贱、自私、有害的，是罪恶之源，要求人们严格节制肉体欲望，如此才能实现道德的自我完善。

浴女/油画/法国/弗朗索瓦·勒穆瓦纳/1724年

对自己的创作充满信心，我们从中可以感受到安格尔的艺术理想是什么。这可以说是安格尔晚年集多年女性裸体创作之大成的作品。从这件作品中，我们可以看到《瓦平松的浴女》美妙的背部、《土耳其宫女与女奴》中土耳其宫女柔软的腹部、《安斯克与斯特拉托尼丝》中的斯特拉托尼丝的肩及头部。她们所传达出的性魅力十分复杂而微妙，甚至观众可以找到不少相互矛盾的因素。首先，这像是一个土耳其闺房或者女奴市场的主题的变体。这些女人们像动物一样被圈在一起，等待男人来找她们寻欢作乐。其次，作品是以明确的窥视者的角度来描绘浴室内的情景：因为我们看到了通常被禁止的，但男性特别希望看到的东西。最后，这幅作品的构图表现出某种活力，每一位裸体女性都以不同的方式清晰地向观众展示她们的风姿和魅力。

洛可可绘画的重要代表弗拉格纳尔在风俗画中常描绘男女间的风流韵事。他的《浴女》展示的是一群无忧无虑的少女在绿树掩映的河水里嬉戏的欢乐场面。画面上充满动感，少女挥舞的手臂，被风吹拂的树枝，奔腾的云彩，表现出狂欢的激情。女性轻佻而性感的姿势已经显示出洛可可绘画追求感官享乐的精神。

# B/ 男性对女性的掠夺与施暴

男性对于女性的爱是以情感的外衣包裹着性爱，性欲是爱情的生理基础，爱情是性欲的理智升华。

我们并不像弗洛伊德那样把性欲看作是人类一切行为的根源，但我们可以肯定性欲这种非理性的本能的力量，是人类行为最深刻、最强烈、最持久的一种内驱力。承认这个事实，丝毫无损于男性的尊严，也无损于人类的尊严。男性从性的觉醒进而发现女性的美；从性的成熟进而真正爱慕女性，坠入情网。

所以，美学家乔治·桑塔耶纳在那部《美感》的著作中指出："由于性欲的放射，美才取得它的热力。正如一个竖琴，手指一弹就振动，向四面八方传出音乐，男人的天性也是如此。只有对女性多情，他才能变得同时对其他事物也敏感，而且对每一对象都能够有温情。恋爱的能力给予我们的观照一种光辉，没有这光辉，观照往往不能显示美。我们审美敏感的全部感情方面——没有这方面便是知觉的和数理的敏感而不是审美的敏感了——就是来源于我们的性机能的轻度兴奋。"

弗罗姆在《爱的艺术》一书中指出："性欲渴望着融为一体，而且它不仅仅是生理的欲望，也是对痛苦紧张的缓和。性欲可以被爱情所激发，也可以被孤独的焦虑、征服或屈从的愿望、虚荣心、伤害甚至破坏的欲望所激发。"

禁欲主义扼杀爱情，鄙视情欲，使人的智力精神受到创伤，引起神经官能症和各种形式的心理变态症，甚至会浪费和消耗大量生命力。而性欲的活跃和实现，是人的最深刻的内在能力的实现。它会直接促使整个生命系统兴奋起来，使各种器官发挥出最大的潜能，使意识加快更新过程，使整个生命机体进入一个更和谐更美好的状态。

波兰胡梭巴道夫斯基院士在《人类的支柱》一书中说："性欲是人类心中一堆一点就燃的干柴。它是源泉，流布欢乐和痛苦。它繁衍人类，它使人类为之困惑。在原始与现实的不朽根基上，它巍然撑起了一角。即便在它摇摇欲坠的时刻，人类仍旧无法怀疑它无处不在的有效性及其永恒的力度。"

在绘画艺术中，对女性的掳掠是一个富于刺激性的题材。古希腊神话中，有不少掳掠女性的故事或情节，那是真正的抢，是劫夺，甚至还有血淋淋的厮杀。对于这个题材的表现，在古希腊时代就有不少，文艺复兴以后，人们兴趣更浓，各种各样的强暴场面经常被艺术家描绘出来。

在这些绘画中，大多直接在画面上表现男子对女性的粗鲁的劫掠。画面往往描绘着结实健壮的男人紧紧地搂抱着那些丰腴的女人。从那带有原始野性的情节中，从那男性的强悍野蛮、肆无忌惮与女性的纤柔娇弱、惊悸恐惧的对比中，从那男性的粗壮与女性的娇嫩的肉体的对比中，产生了强烈的艺术效果。波莱华罗的《抢夺得伊阿尼拉》就是一例。得伊阿尼拉是英雄赫拉克勒斯的妻子，一次他俩来到厄诺斯河岸，因暴雨刚过，河水急涨而无法渡河。这时，半人半马怪涅所斯自告奋勇驮她过河，但到对岸后却企图强行占有她，后来涅所斯被对岸的赫拉克勒斯用毒箭射杀。波莱华罗将人物置于长方形的画幅两边，中间隔着湍急的河水。涅所斯把得伊阿尼拉放在自己背上，当她发觉对方心怀叵测后奋力挣扎，而他则回过身来企图紧紧地搂抱她。这边的赫拉克勒斯见状怒不可遏，正拉弓搭箭瞄准涅所斯。波莱华罗是著名的雕刻家兼画家，可以说是文艺复兴时期最早以神话为主题而认真创作的作者。

再如《劫夺萨宾妇女》，其题材源自罗马神话传说：部落领袖罗穆吕斯建立了罗马城以后，城内居民甚少，尤其缺乏女性，以至于连子孙繁衍都可能成大问题。但邻近地方的居民又都不愿意将自己的女儿嫁给

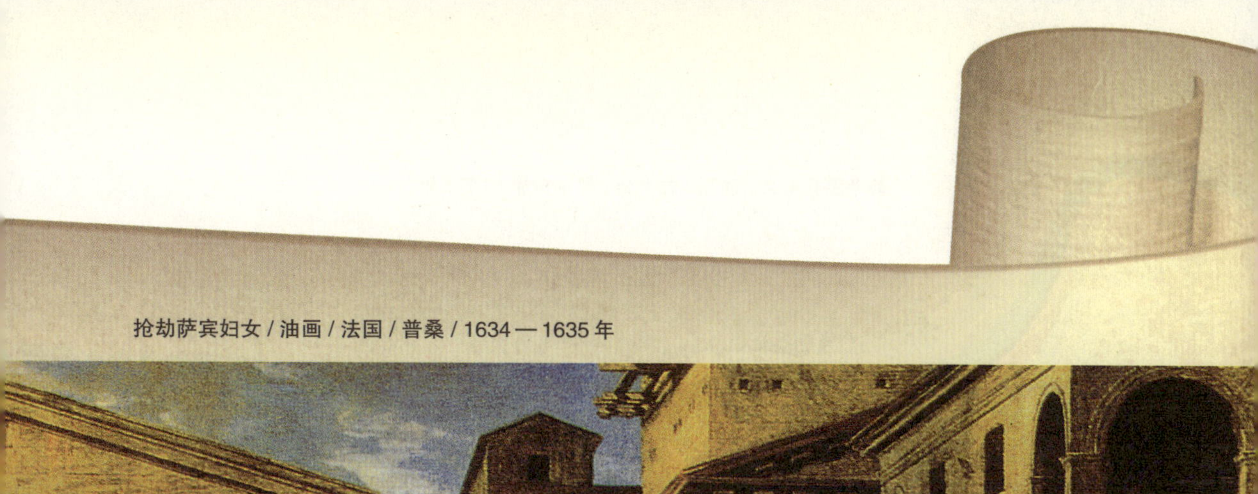

抢劫萨宾妇女 / 油画 / 法国 / 普桑 / 1634 — 1635 年

劫夺萨宾妇女 / 油画 / 意大利 / 科尔托那 / 1629 年

罗马人。罗马有国亡族灭的危险，这让罗穆吕斯忧心忡忡，他请来元老院共同商讨对策，最后他们决定使用欺骗手段去夺取人丁兴旺的邻地萨宾的妇女。萨宾人是居住在阿比奈斯山脉中央的一支古意大利民族。那天，罗穆吕斯邀请萨宾地居民前往罗马城参加狂欢节。罗穆吕斯显得特别热情，并以大箱大箱的好酒款待来宾。萨宾人喝得甚是欢畅开心。就在这时，大批身强力壮、年轻英俊的罗马青年人混进了欢乐的队伍里，把萨宾的许多年轻貌美的姑娘们连哄带拉，拐跑一空。萨宾国王塔提乌斯知道后勃然大怒，立即动员全国训练士兵，准备攻打罗马城，夺回萨宾的姑娘们，以报仇雪耻。经过多年的准备，萨宾终于向罗马发出了挑战，双方即将卷入一场血腥的战斗。

但是，被劫的萨宾妇女几年来已经逐渐习惯了罗马的生活。她们有的已怀孕，有的已生了孩子。战争一爆发，她们的丈夫都应征参军了。萨宾的妇女既不愿意萨宾的亲人遭到不测，也不愿意自己的丈夫死于沙场。她们集体去请求罗穆吕斯的妻子赫尔西莉亚。赫尔西莉亚当然不愿意自己的丈夫去打仗。于是她率领了众妇女带着孩子奔赴战场。战争就要打响时，只见大批妇女和孩子冒着枪林弹雨冲向萨宾和罗马军队之间，连哭带闹地苦苦哀求自己的丈夫们和萨宾父老们快快停止战争，免得使她们过悲惨的守寡生活。

很多画家表现过这个题材。意大利画家科尔托那创作了《劫夺萨宾妇女》。整个画面充满激情，动感十足。这幅画运用了对角线构图，人物主要集中在画面右下方。罗马斗牛士们身穿铠甲，强壮有力；萨宾妇女们愤怒绝望，奋力挣扎。女性洁白如凝脂的肌肤与罗马人深色的皮肤形成对比。

法国古典主义画家普桑强调理性，他的作品的色彩比较平淡，即使是在表现情感和暴力的《抢劫萨宾妇女》中，我们体会到的仍是普桑的理性主义。画面左侧一个士兵紧紧抱着萨宾少女，少女愤怒地反抗着，右侧一个士兵正在追逐逃跑的萨宾女人，中景中一个士兵正抱起四肢乱动、疯狂挣扎的妇女。罗马广场上的混乱与背景中富有秩序的建筑物形成了对比，女性白皙细嫩的肤色与罗马士兵发达的肌肉和棕黄色的皮肤形成了对比。整幅画的人物轮廓清晰，线条分明，如石刻一般，色调简练而鲜明，体现了普桑充满理性的色彩构思。

法国新古典主义画家大卫的《劫夺萨宾妇女》中，站在中央、用双手挡开鏖战激烈的敌对双方的萨宾妇女名叫爱尔茜里，她奋不顾身地走到前面，孩子已从她的怀里掉落在地，左右几个妇女抢步上来搂住幼儿；前景上右侧一个正欲投枪的武士即是罗马王罗穆吕斯，他背朝观者，与对方另一持盾拿剑、胸朝观众的萨宾王都斯，构成势均力敌的一对。画上所有人物都以裸体或半裸体展现，这是古典主义绘画的特点。为了显示绘画造型布局，画上不论远景还是近景，不论人物还是兵器，都按照黄金分割的视觉法则来构图。整个场面刀枪剑戟，杀气腾腾，气氛热烈。

## 哈得斯的抢劫

另一个常被使用的题材是佩尔塞福涅的故事，也叫冥王哈得斯的抢劫。

在希腊主神中，宙斯、波塞冬、哈得斯是三兄弟，他们三个分享着世间的权力。宙斯做了众神之王，统治着天上和大地。波塞冬成为海神，掌管着大海及河川溪流。哈得斯成为冥王，掌管冥界的一切事物。宙斯生活在天上，身边有高贵的赫拉相伴，

海神波塞冬 / 雕塑 / 希腊 / 公元前 460—前 450 年

还有众多美丽的女神相随，他还时时溜到人间，去勾引人间的美女。波塞冬生活在大海中，身边有众多美丽的海中仙女，她们个个容貌秀丽，娇媚温柔。波塞冬出游时，她们相伴相随在他的身旁，他回到自己的宫殿时，她们载歌载舞，解除他的烦恼和疲倦，为他带来欢乐和轻松。唯独冥王哈得斯，他生活在日月无光、漆黑阴暗的冥界，同飘忽不定的鬼魂们在一起，进出来去形单影只。他虽然是冥王，拥有无尽的权力，但他的内心仍然很孤独和苦闷，寂寞使他感到百无聊赖，不知如何打发在冥界里的漫漫时光。

哈得斯再也无法忍受这样的生活，他来到天上，与两位兄弟商量，他希望能交换一下权力和王位。既然是亲兄弟，幸福和欢乐就应大家分享，苦难和孤独就应该大家分担。哈得斯愁眉苦脸，宙斯和波塞冬也从他的话语中听出了不满和反抗意味。他们不愿意兄弟反目成仇，但是宙斯和波塞冬又都不愿意接替哈得斯去冥界苦熬那孤独黑暗的时光。最后，兄弟三个达成协议，宙斯和波塞冬帮忙，由哈得斯去挑选一位美丽的仙女，来做冥界的王后，陪伴哈得斯度过冥界的时光。哈得斯非常满意这个协议，因为其实他早已经看中了一位仙女，只是自己没有权力得到她罢了。

这位苦命的仙女是谁呢？她就是谷物女神德墨忒耳的女儿，名字叫佩尔塞福涅。她天生丽质，活泼可爱。她的母亲视她为掌上明珠，对她十分疼爱，十分娇宠。佩尔塞福涅不喜欢待在天上众神的宫殿中。她总爱来到大地上，和海中的仙女们，森林中的仙女们一起，在长满鲜花和绿草的原野上嬉戏游玩。她喜欢大地上一望无际的原野，喜欢碧草间美丽的鲜花，喜欢树林里悦耳的鸟鸣，喜欢蓝天上漂浮着的白云——她就这样愉快地生活着，无拘无束地过了一天又一天。玩累了，她就回到母亲身边，享受母亲的爱和关怀。她哪里知道因为哈得斯的迷恋，她马上就要面临悲惨命运。一个美丽的女孩子，因为自己的容貌博得了男人的欢心，而遭受被劫掠的结局，多么无辜和身不由己啊！

哈得斯得到宙斯和波塞冬的应允之后，便兴高采烈地去实施自己的计划。他选择了西西里岛的一片草原，草原上鲜花盛开，绿草茵茵。为了吸引佩尔塞福涅，他又特地请求大地女神在这里开出一丛奇异的美丽的鲜花。

在一个晴朗的日子里，佩尔塞福涅离开了母亲，想要来大地和仙女们一起玩。她的母亲一再叮嘱她要早些回到天上来，佩尔塞福涅满不在乎地说："好了，亲爱的妈妈，我又不是第一次出门游玩，你就放心吧。"其实她每次出去玩，都会很早回来，而每次出去前，她的母亲总要这样叮嘱一番。佩尔塞福涅总是给母亲同样的回答，这次也没有例外。

佩尔塞福涅高高兴兴地出去了。从天上往人间看去，大地那么美丽，到处繁花锦簇，鸟语花香，真不知落在哪里玩才好。忽然，她闻到一股奇异的花香——这就是大地女神开出的花的香味，它果然吸引了佩尔塞福涅。

佩尔塞福涅循着花香，来到西西里岛的原野上。她放眼望去：这里的景色美丽极了，蓝蓝的天空上飘着白云，碧绿的原野上百花争艳，蝴蝶纷飞。微风吹过，带来阵阵令人心醉的花香。这花香从不远处的花丛中飘来。佩尔塞福涅朝着花丛走去，她从来都没有见过这么美丽的鲜花，花丛里的花儿开满了白色的花朵，一团团，似云似雪，随风飘散的花香沁人心脾。

佩尔塞福涅来到花丛边，俯身下去，想采摘几朵鲜花。正当她伸出手时，身边忽然响起了雷鸣般的隆隆巨响。她惊恐地回身张望，发现大地裂开一条大缝：四匹骏马拉

**佩尔塞福涅遇劫 / 雕塑 / 意大利 / 贝尼尼 / 1621 年**

着一辆黄金战车从地底下冲了出来。冥王哈得斯驾驶着战车，他头戴金冠，满面胡须，身材魁梧强健。战车在惊呆了的佩尔塞福涅身边停下，哈得斯跳下战车，抱起佩尔塞福涅，将她放进战车。可怜的佩尔塞福涅拼命地挣扎呼救，但是原野上空无一人。哈得斯的战车沿着地缝向黑暗中冲去，佩尔塞福涅的哭声越来越小，地缝合拢，大地复原如初。这一切只有太阳神阿波罗看在眼里。这一天，月亮女神狄安娜正在自己的山谷中休息，大地裂开的隆隆声把她惊醒，她清楚地听到佩尔塞福涅的哭喊声，但是并不知道究竟发生了什么事。

在天上的谷物女神也听到了女儿的呼救声，但是她俯身向大地张望时，地缝已经合上，她什么都没有看到。可是这一天，到了很晚女儿都没有回来，她知道女儿可能出事了，于是打起火把到大地上去寻找。德墨忒耳找了九天九夜，走遍了大地的森林原野，山川河流，也没有找到自己的女儿，没有人告诉她任何关于女儿的消息。第十天的早晨，她遇见了巡夜归来的月亮女神狄安娜，狄安娜告诉她自己听到

德墨忒耳/油画/法国/华托/1712年

的可疑声音，并建议她去问太阳神。从阿波罗那里，德墨忒耳知道了事情的全部经过。她十分气愤，立即要去找哈得斯理论。但是阿波罗劝住了她，对她说："我之所以告诉你这些，是因为同情你寻找女儿的焦急心情。但是，这件事情是我的父亲宙斯的意愿。他为了我的叔叔能在阴间好好待着，答应让他自己选一个仙女做他的王后。再说你的女儿嫁给我的叔叔冥王哈得斯，也没有什么不相配。她将成为冥界的王后，统治宇宙的三分之一呢。"

可是德墨忒耳还是生气，女儿去那黑暗的世界，她怎么能接受呢？连宙斯都插手这个阴谋，这更使她愤懑。她发誓如果不见到女儿，就再也不让大地上长出一粒粮食，而且，她来到大地的人群中间，发誓不再回去众神的奥林匹斯山。

失掉女儿的母亲，她那深邃的眼里流露着忧伤黯淡的神色，眼泪已经流尽而苦痛却永无止境。谷物女神的愤怒，使大地一片荒芜，饥荒眼看就要把人类毁灭。天上的宙斯再也不敢袖手旁观了。于是他召来众神，告诉他们，如果没有人类，就没有人来尊敬他们，更不会有人向他们献祭。因此，宙斯要求众神轮番去找谷物女神，劝说她回心转意。但是德墨忒耳坚持自己的誓言，不见到自己的女儿，她决不回奥林匹斯山，也不让大地长出一棵庄稼。

宙斯没有办法，只得派人下到冥界，命令哈得斯将佩尔塞福涅送回到她母亲的身边。这时的佩尔塞福涅正在冥界的王宫里伤心落泪。她被抢劫到这里后，日日闷闷不乐，不吃也不喝。这时她听到宙斯传达的命令，脸上露出了喜悦之情。哈得斯也大概知道了谷物女神的事情。他听了宙斯使者的话，又看到佩尔塞福涅脸上的喜色，心生一计。他拿出冥界的一颗石榴，递到佩尔塞福涅的身边，脸上浮出假意的微笑："佩尔塞福涅啊，既然是主神的命令，我也只好照办。但是请你记住，哈得斯是真心爱你

的。自从你来到冥界之后，不吃不喝，身体早已经很虚弱。现在，你吃下这颗石榴，我便送你回到你母亲那里。”

听了哈得斯的话，佩尔塞福涅满心欢喜，赶紧吃完了那颗石榴，便奔向那辆通往阳间的黄金战车。哈得斯载着她，冲出了黑暗的冥界，把佩尔塞福涅送到了等候在裂缝处的谷物女神。

母女相见，泪水涟涟。但是德墨忒耳第一句话就问女儿：“你在冥界吃了什么东西吗？”

当佩尔塞福涅说她曾经吃过一颗石榴时，德墨忒耳欣喜的脸上又出现了忧愁。

“如果你在冥界没有吃任何东西，你可以永远不再回去。可是你吃了冥界的东西，那你就只能回到冥界去了。我可怜的女儿，为什么命运待你如此不公呢？”

德墨忒耳带着女儿来到宙斯的面前，生气地说：“万能的主神，我跟您说，狡猾的冥王让我的女儿吃了冥界的石榴，她不得不再回到冥界去。但是我绝对不会因此而罢休的。除非我的女儿能够和我在一起，不然，大地就别想长出一棵庄稼！”

“哦，这样的话，我该怎么办呢？佩尔塞福涅既然吃了冥界的东西，理所当然是属于冥界了。这是谁也无法改变的事实啊！可是如果你还是不让大地长庄稼，那么人类就要灭亡了。这对我们众神可没有一点好处。想想看，你自己也是众神之一啊，我骄傲的女神，让我们来想一个两全其美的办法吧，请不要这么坚持了，我为此已经焦头烂额了。”宙斯假装无可奈何地说，“呃——不如这样吧，我建议让佩尔塞福涅每年有一半的时间和你在一起，至于另外一半的时间，她就不得不回到冥界去了。你看我的主意如何？”

事已至此，德墨忒耳也没有什么可说的了。还有什么办法能比这个更可行呢？如果有的话，她也不会让步了。

佩尔塞福涅成为了冥界的王后，她同冥王哈得斯一起，统治着阴暗的冥界，但是她依然离不开自己的母亲，每年的春天夏天，她都回到大地，和母亲在一起。这时，谷物女神就让大地一片勃勃生机，庄稼生长，果实累累。但是当女儿又回到冥界的日子里，大地就会树叶枯黄脱落，大雪纷飞，一片荒凉，这就是我们的冬天。这样，佩尔塞福涅成了春神，与花神弗罗拉一起主宰美丽的春天。文艺复兴时期意大利画家波

春 / 油画 / 意大利 / 波提切利 / 1478 年

提切利画了巨幅油画《春》，电影般地展示了佩尔塞福涅带给人间的欢乐。春神左侧是象征丰收的美惠女神，右侧是花团锦簇的花神，画面充满生机。

贝尼尼的《佩尔塞福涅遇劫》，则以与真人相当的大小精确而细腻地表现了这一故事。这是天才的雕刻家二十几岁时的创作，在处理人物的姿态、动作上别具匠心。哈得斯抱着佩尔塞福涅向前奔跑，而佩尔塞福涅则以手用力推他的头，并号哭挣扎着。画家很好地继承了古典希腊的雕刻传统，同时又成功地表现了人物的动感和现实感。哈得斯用力搂抱着佩尔塞涅，其手指几乎要掐入佩尔塞福涅柔嫩的大腿肌肤，手指陷入肌肤出现的深深凹陷、佩尔塞福涅脸颊上流淌下来的一滴晶莹的泪珠等等细节处理，让观众忘却了这是一尊大理石的雕像。

## 丽达与天鹅

希腊神话里的主神宙斯，拥有世间的一切权力，他生活在众神的聚居圣地——奥林匹斯山上，享有一切荣华富贵。但是宙斯风流成性，贪恋人间的美色，经常千方百计地诱骗并占有凡间美女。达·芬奇的《丽达与天鹅》，其实就是丽达与宙斯的故事。

丽达是谁呢？丽达是斯巴达王廷达瑞俄斯的妻子，她是王后，也是一位出了名的美女。她的容貌娇艳，体态袅娜，气质高贵典雅又不失妩媚动人。宙斯对丽达的美貌早有耳闻，一直惦念在心，只是苦于自己那位妒意十足的王后赫拉日日严密监视，不允许他随意跑出去干那些风流韵事。同时，宙斯也在发愁找不到一个合适的机会与美丽娇媚的丽达相会。

丽达与天鹅 / 油画 / 意大利 / 达·芬奇 / 1510 年

丽达与天鹅 / 油画 / 意大利 / 朋托尔莫 / 1512 年

巧的是，偏偏在这个时候，丽达的丈夫斯巴达王廷达瑞俄斯在节日里向众神献祭的仪式上，粗心的他竟然忘记了爱美之神阿弗洛狄忒。女神怀恨在心，她发誓要报复斯巴达王。她早就知道风流成性的宙斯一直垂涎着丽达的美貌，于是便从中挑唆使计，怂恿并答应帮助宙斯实现他与丽达相会的愿望。

这一天，天气晴朗，万里无云，阳光明媚。华丽堂皇的宫廷花园中百花争艳，美丽的王后丽达正与宫女在花园里嬉戏游玩。慵懒娇弱的丽达与众宫女玩得有些累了，想一个人散散心，于是她支开了宫女们，自己袅袅地走去了，不知不觉间她便走出宫门，来到了一个美丽的湖畔。湖边长满了绿茵茵的青草，青草中间点缀着五颜六色的鲜花，好像仙女织就的美丽地毯。不，真是比仙女的花地还要漂亮一百倍，那些花草挤挤挨挨又各自舒展着四肢随风摇摆，铺满了湖边的大地。阵阵花草的清香简直比宫里的美酒还要醉人，清澈的湖水映照着丽达婀娜的身影，湖面涟涟的波光更使她的身影迷离朦胧，如梦如幻。丽达迷醉了，她禁不住褪下薄薄的轻盈华美的衣衫，纤纤玉足踏进清清湖水，让温柔清澈的湖水慢慢浸润了她柔媚的身体，继而她忍不住在水中尽情嬉戏起来。婉转欢乐的笑声甚至远远地传到了奥林匹斯山上，传到了终日无所事事的众神的耳朵里，当然也传到了有心的宙斯和阿弗洛狄忒的耳朵里。

丽达玩累了，笑累了，娇喘吁吁地来到草地上，静静地躺下来休息。调皮可爱的小野花在她的手边脸边的各个角落跳舞唱歌，温暖和煦的微风吹动着她美丽的长发，灿烂迷人的阳光轻吻着她雪白的肌肤，一颗颗晶莹剔透的水珠似珍珠般地在她的身体上滚动，又轻轻地不舍一般地滑落。丽达眯着陶醉的眼睛仰望天空，碧蓝的天上，洁白的云朵舒展自如，变幻万千，一会儿像温顺的绵羊，一会儿像白色的莲花，一会儿又变成了白色羽毛长颈的天鹅……丽达看得出神，忽然发现真的有一只洁白的天鹅从天上飞下来。丽达好奇地睁大眼睛，那只天鹅拍打着双翅直飞下来，它好像很惊恐的样子，顾不上扇落的片片羽毛，仓皇失措地向下飞。丽达越发好奇，不由得坐起来，这时她看到原来在天鹅的身后，一只巨鹰在紧紧地追赶。它的利爪眼看就要抓住天鹅的尾巴了，更多的羽毛飘落下来，丽达禁不住屏住呼吸，生怕天鹅给巨鹰抓住了，她担心极了。

丽达与天鹅 / 油画 / 意大利 / 柯勒乔

巨鹰越追越紧，天鹅无路可逃，径直飞下，落入丽达的怀中。丽达又是惊恐又是惊讶，但她还是本能地抱住了天鹅，用自己的身体护住它，她的双手还不忘去驱赶紧追不舍的巨鹰。奇怪的是，巨鹰并没有要再接近丽达和天鹅的意思，伸出的利爪也缩回了深棕色的羽毛里。更奇怪的是，巨鹰犀利的眼睛中居然闪过一道诡秘的目光，丽达迷惑地望着它，而巨鹰却在她的头顶盘旋了几圈，转身飞去，越来越远，终于闪进云彩里不见了。丽达长长地舒了一口气，低头看自己怀中的天鹅。

“现在你安全了，洁白美丽的天鹅，你可以自由地飞翔了。”

但是天鹅并没有飞走，它温顺地依偎着丽达，一副难分难舍的样子，好像在感谢丽达的救命之恩，又似乎有些别的什么在它的目光中。丽达觉得这只天鹅和王宫花园里养的那些天鹅不一样，但是又一时不清楚有何不一样。她仔细地端详着这只从天上落入她怀中的可爱的鸟儿，它全身雪白，羽毛光泽清亮，没有一点杂色，身体浑圆肥壮，结实矫健。它昂起头的时候，显得尊贵无比，简直比斯巴达王——她的丈夫还有威严还要高高在上，而它的目光中又闪出无限的柔情。丽达觉得很奇怪，自己看到一

丽达与天鹅 / 油画 / 意大利 / 佛兰恰比乔 / 1518 年

丽达与天鹅 / 油画 / 意大利 / 丁特列托

只美丽的天鹅怎么会想起斯巴达王一样的男子,忽然又想到自己是一丝不挂地坐在湖边的草地上，她不禁羞红了脸。

“美丽的鸟儿啊，幸好你只是一只美丽的鸟儿，不然我自己出宫在这湖边游玩嬉戏，那是多么不堪哪！”

丽达用纤柔的双手慢慢地抚摩着天鹅,为它理好刚才惊慌飞逃时弄乱的羽毛,说着一些安抚它的温柔话语。这只天鹅似乎很通人性，温驯地任她爱抚，眼睛充满深意地望着丽达。渐渐地，它竟然伸出了双翅，用柔软的羽毛抚过丽达凝脂般的肌肤，像是在回应丽达的温情抚摩。慢慢地，天鹅将全身贴近丽达，用橘红色的扁嘴和光滑的头颈在她的面颊和胸前轻抚，柔软的羽毛掠过全身，丽达产生了一种奇异的沉迷的感觉，身体的微痒变成了一种莫名的躁动，两朵红云浮上了她娇嫩的双颊，丽达突然心跳不已。她想拒绝想逃避，却又欲罢不能，她浑身酥软没有丝毫力气。她微阖双目，如痴如醉，一个奇异的迷幻的梦境进入她的脑海。这诱惑人的梦境扑朔迷离又似乎触手可及，丽达陶醉其中似醒非醒，眼饧耳热，身体就像湖水的涟漪一圈圈荡开去，飘飘欲仙，沉醉极了。

也不知过了多久,美丽的王后丽达渐渐清醒了,她微睁双目,扑闪着长长的睫毛。丽达越发觉得自己慵懒舒坦,四周静悄悄的,连鸟儿的歌声和微风的和声也听不到了,湖水蓝蓝地躺在它的湖床里，湖面像丽达的肌肤一样光滑，小鱼儿倦倦地缩在它的水

草里，那些水草又像丽达的身姿一样摇摆曼妙。丽达扭动了一下慵懒的身体，伸了一个舒服的懒腰，轻轻长舒一口气，手不由地想去抚住什么……

可是那只美丽的天鹅却不见了，丽达的心中感到一丝失落，她的身心里还留存着那难忘的温馨，缠绵不尽。无奈，她只有起身整理好衣衫，独自回宫去了。

过了不久，丽达生下了两只巨大的蛋。打开蛋壳，一只生出了一对孪生兄弟，卡斯托耳和克吕泰涅斯特拉；另一只蛋中是一对孪生兄妹，波吕丢斯和海伦。海伦长大后，成为绝世美女，成为斯巴达的王后，因为她而引发了著名的特洛伊战争。

其实，那只美丽的天鹅就是宙斯的化身。阿弗洛狄忒为了报复斯巴达王，特地化作巨鹰追赶天鹅，终于趁丽达外出王宫在湖中戏水的时候帮助宙斯达成了心愿，而自己也达到了报复的目的。

丽达与天鹅的美丽传说为古今众多的艺术家喜爱。画家达·芬奇、米开朗基罗、提香都以此为题材作过画，俄国诗人普希金根据这个故事写过诗歌。至于达利这幅《原子丽达》的超现实主义作品，除了有这样一个原始的神话传说之外，还有另外一个真实的深情感人的故事。

达利作品中丽达的形象，是以他的夫人卡拉为模特画成的。卡拉生于俄国，性格忧郁而又略带羞涩。认识达利之前，她已经嫁给了巴黎著名的超现实主义诗人艾吕亚。1929年，达利再次来到巴黎，认识了一批超现实主义艺术家，其中就有艾吕亚和他的夫人卡拉。性格怪癖、豪放不羁的达利对卡拉一见倾心，他开始狂热地追求已为人妇的俄国女人。年长达利十二岁的卡拉对这个贫困的青年艺术家也报以真挚的爱心和奉献。互相倾慕的两个人开始秘密幽会，很快便进入热恋。当年的秋天，在巴黎举办的达利个人画展开幕式上，当超现实主义的代表人物蒲鲁东宣布超现实主义阵营又升起一颗新星时，达利和卡拉却远远地躲在郊区的旅馆里，尽情地享受着浪漫时光。

对于达利和卡拉之间的恋情，巴黎的同伴们都以开明的态度给予宽容。但是在西班牙，达利的老父亲却是怒气冲天。这位生活在保守的天主教国度中的受人尊敬的律师，怎会允许自己的儿子去贪恋别人的妻子。他在给达利的信中，给儿子下了最后的通牒：要么仍作为这个家庭的成员，要么去与自己喜爱的女人一起生活。失去父亲和

家庭，对达利来说无疑是一个巨大的痛苦，父亲的严厉与慈爱令达利终生难忘，但是卡拉对于达利的生命实在是太重要了。在这沉痛的抉择中，达利剃光了头，将自己的头发包在海胆壳中，埋入地下，以此来表示将父母对自己的养育之恩送还和埋葬。

同家里断绝关系后，父亲停止了对达利的资助，达利变得一贫如洗。然而与卡拉的结合却完全改变了达利的生活，卡拉成为达利艺术创作的动力，她不断诱发出达利心灵深处的艺术灵感。同时她又是达利的专用模特儿，她的容貌不断地出现在达利的艺术作品中。1930年以后，达利在他的作品上屡屡地签上“卡拉·萨尔瓦多·达利”。在生活上，卡拉温柔体贴，陪伴着达利度过了从贫困的创业奋斗到名扬于世的艺术生涯。她的温暖胸怀，像一个避风港，常使生性乖张的达利从狂暴急躁的情绪中平静下来，继续他的创作。

达利的父亲直到 1950 年去世，也没有原谅达利和卡拉。而他们两人到 1958 年，才悄悄地避开所有的新闻记者，来到一处僻静的小教堂中补办婚礼。虽然这已经很晚了，但对他们之间深挚的爱情却无关紧要。五十多年里，他们相依为命，共伴终生。1982 年卡拉去世，沉重的打击使达利一蹶不振，从此他闭门谢客，深居简出，默默吞咽着孤独的苦果。从卡拉去世直至达利去世的七年间，达利虽然没有停下自己的画笔，却再也没有那种传世的佳作产生。卡拉去了，达利的灵感枯竭了。

1940 年，德军侵入西班牙，达利和卡拉转道葡萄牙来到美国，躲避战乱。在这里，他继续努力致力于他的创作，并拿出时间来研读爱因斯坦的《相对论》以及其他现代科学论著。达利的天性使他对新事物非常敏感，对科学非常关注。虽然很难说他能否完全读懂这些科学著作，但他却能意会，并能将其精神融入他的作品中，进而迎来了他艺术创作的又一个高潮，为世界艺术史贡献了一系列举世闻名的巨作。

达利认为，在现代科学的时空中，世间的一切都在运动着，到处游荡着分裂的原子核，漂浮的事物比固定的事物更能反映现实。用这种观点，他将丽达与天鹅这则脍炙人口的美丽传说绘进他的作品，而又给这古老的神话故事赋予现代的解释，画中的丽达就是他的卡拉，天鹅就是他自己。画中的人物、天鹅、基座 、三角尺 、书 、水滴等都如微观世界中的粒子，不断地运动，悬浮于空间。达利利用运动这一宇宙间永恒的规律，来表现人类社会中最美好的永恒主题——爱情，来表达他与卡拉之间的挚爱。他为这幅作品起名为《原子丽达》。

**达娜厄 / 油画 / 荷兰 / 伦勃朗 / 1638 年**

## 达娜厄

达娜厄 / 油画 / 尼德兰 / 马布塞 / 1527 年

宙斯为了得到他喜欢的女人，甘愿化作一只天鹅，这一次，他又有了新奇的办法。这幅画表现的就是宙斯化成黄金雨骗取达娜厄童贞的故事。

阿尔戈斯国王阿克里西俄斯和他的王后欧律蒂克有一个美丽的女儿，自幼就生得聪明伶俐，活泼可爱，深得国王和王后的宠爱，他们为她起名叫达娜厄。

达娜厄无忧无虑地生活在王宫中，她喜欢同美丽的宫女们在高大华丽的宫殿中和鲜花盛开的花园中嬉戏追逐，幽深的宫中常常传出她那银铃般的笑声。她还喜欢坐在老乳母的身旁，听她讲众神的传说和故事。她常常是入神地听着，脑海中展现一幅幅美丽的图画，好似自己也融入了这画中，与英俊的众神和美丽的仙女们一起在天界遨游。

阿克里西俄斯每日要处理繁忙的国事，但他回到宫中，总忘不了先看一看心爱的小公主。一见到她欢快活泼的身影和天真纯洁的面容，国王心中的烦恼和疲倦便会消失得无影无踪。

时光飞过，岁月流逝，眼看着达娜厄一天天地长大，已经成为一个容貌娇媚、体态婀娜的少女。国王阿克里西俄斯开始同王后欧律蒂克商量，为女儿挑选一个什么样的丈夫。连续许多天，他们绞尽脑汁也没能想出哪位青年与自己的女儿最般配。最后，还是王后一语提醒了国王阿克里西俄斯："为什么不去特尔斐请求神谕，看看神对达娜厄的婚姻有什么样的指示。"国王点头称是，立即命令侍从去做准备。

特尔斐建有太阳神阿波罗的神殿。相传在阿波罗降生时，天后赫拉因妒忌阿波罗的母亲勒托，曾派巨蟒皮同去杀害他们，多亏了海神波塞冬相救，他们才幸免遇难。阿波罗长大后，用利箭射死了皮同，在它盘踞的地方建起了一座雄伟壮丽的神殿。这就是特尔斐的阿波罗神殿。阿波罗的祭司们在神殿中向人们发布神示，当人们来请求神谕时，他们便按太阳神的旨意给予答复。这里的神谕极为灵验，所以前来求谕的人络绎不绝。

这一天，阳光明媚，阿克里西俄斯带领着大批的随从，浩浩荡荡地出了皇宫，来到阿波罗的神殿，向太阳神献上了最丰盛的的祭品。他在阿波罗的神像前虔诚地祈祷，祈求太阳神保佑他的国家和人民富强平安。接着他祈求太阳神给予神谕，为他美丽的女儿挑选一名中意的郎君。

“啊，高高在上的尊敬的太阳神啊，感谢您给予我们光明和一切。谦卑的阿克里西俄斯忠诚地向您祈祷。祈求您赐予我神谕，让我知道我那美丽的小公主达娜厄，她该嫁给哪一位英俊的青年。”

**达娜厄 / 油画 / 意大利 / 提香 / 1543—1544年**

过了一会儿，阿波罗的祭祀们双手捧给他神的指示。阿克里西俄斯恭敬地接过，充满渴望地去看，但是，当看到神谕时，他不禁大惊失色，木然呆立，许久也无法移动沉重的脚步。神谕警告这位可怜的国王：达娜厄的儿子将会杀死达娜厄的父亲。阿克里西俄斯看着神谕万般无奈，这是神的旨意，这是命运的安排，这将是不可抗争也无法改变的。阿克里西俄斯命令侍从们返回王宫，队伍同样是浩浩荡荡，但却失去了原来的气派。国王坐在车中，忧心忡忡，再也无法打起精神，他向外望去，春日阳光照耀下的鲜花绿树、蓝天白云都黯然失色。

阿克里西俄斯回到王宫，将神谕的内容告诉欧律蒂克。国王和王后呆坐在一起，默默地流泪，无言相对。他们终日苦苦思索，最后只好

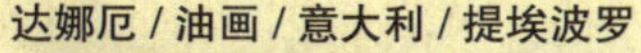

**达娜厄 / 油画 / 意大利 / 提埃波罗**

采用了一个狠心的做法。国王令人在宫中建起一座高大坚固的铜塔，将铜塔的顶层建成一间华丽舒适的闺房，让公主达娜厄住进塔顶，不许出来。每日只有上了年纪的宫女进入高塔，为达娜厄送饭、服侍她。

阿克里西俄斯认为，这样一来，女儿永远也不会遇到一个男子，也不会有外孙生下来杀害自己了。他心中虽然还存有一丝骨肉分离的苦痛和内疚，但是毕竟摆脱了对那可怕神谕的恐惧和焦虑。然而被囚禁在高塔中的达娜厄却终日在孤独和苦闷中受着煎熬，日渐成熟和丰满的体态使她愈加美丽，但这美丽始终为忧伤所笼罩，展现不出

达娜厄 / 油画 / 意大利 / 柯勒乔 / 1531—1532年

光彩。达娜厄送走了一个个无聊的白昼，熬过了一个个漫长的黑夜，她不知道这种生活到何时停止。她日日凭窗观看，只能遥望蓝天白云，高山大海，或是明月和万里星空。白天，只有太阳的光芒撒在她的身上，映射着她那美丽而忧伤的容貌；夜晚，月亮把皎洁的月光撒在她的身上，微风将鸟鸣声和大海的涛声送入她的耳中。她想象自己是大海中的一叶孤舟，她能远远看到的孤帆也有海鸟追随；她想象自己是蓝天中的一只孤雁，但是她发现空中的孤雁是在追逐远去的雁群；她想象自己是碧空中的一朵白云，却看到白云也在随风变换，一会儿分成两朵，一会儿又连成一体；她想象自己是夜空中遥远天边的一颗孤星，却又发现每颗星星都在顽皮地向同伴眨着眼睛……她常常在心中幻想着自己的白马王子，但这种幻想每次都是以伤心落泪而告终。

远在天庭的主神宙斯看到了高塔中的达娜厄，她的容貌让他动心，她的遭遇又令他同情。他在寻找时机，待妒意十足的神后赫拉对他的监视有所放松时，去与达娜厄相会。

在一个阳光明媚的日子里，达娜厄正伏在高塔的窗边，凝视远方，心中怅惘万分。突然间，狂风骤起，达娜厄回到屋里，却看见一阵黄金雨乘风从窗而入。黄金雨入屋并不飘落，而是随风绕屋飞旋，灿烂的光芒将达娜厄的闺房照亮。达娜厄感觉非常惊奇，同时又感到恐惧。渐渐地，黄金雨聚成一团，飘到达娜厄的身边，慢慢地绕她旋转，吹动她的长发，撩起她的衣衫，抚摩她雪白的肌肤。达娜厄开始的惊奇和恐惧慢慢消失，因为逐渐地，她感觉到一种奇妙的快乐，好似她许久以来的幻想已经成真。不知过了多久，达娜厄如同从梦中醒来，她环顾四周，一切如旧，黄金雨已经消失得无影无踪，唯有那种温柔和体贴的感受，依旧留在自己的身心里。

这团黄金雨正是宙斯化成的，他用这种方法避开了神后赫拉的耳目，去与美丽的达娜厄相会，并使国王惧怕的神谕成真。

日复一日，达娜厄的生活依旧，在这牢狱般的高塔中，她孤独地打发着难熬的时光。她常常想起那团黄金雨的到来，想起那种奇妙的幸福的感觉，她多么希望黄金雨会再次来临啊。但是它再也没有到来，而达娜厄的身体却渐渐发生了奇妙的变化，她的腹部在一日日地隆起。直到有一天，一个健壮可爱的婴儿呱呱坠地。

服侍达娜厄的老宫女立即将此事报告给了国王阿克里西俄斯。国王听后大吃一惊，赶忙派人将达娜厄和她所生的儿子装入一只木箱，抛入大海。宙斯在天上将这一切看得清清楚楚，他引导着这只木箱穿过大风大浪，并令海神用潮水将它送到塞里福斯岛。塞里福斯岛的国王波吕得克忒斯收留了达娜厄和她的儿子佩尔修斯。

佩尔修斯在塞里福斯岛成长为一名勇武健壮的青年英雄，他曾杀死妖女美杜萨，并从海妖手中救出埃塞俄比亚公主安德洛墨达。后来，他在去阿尔戈斯的途中，路过帕拉斯戈斯的王国。这里正在举行一场庆祝节日的盛大赛会，佩尔修斯便去参加了竞技比赛，但是他不知道，他的外祖父阿克里西俄斯也在这里。原来这位阿尔戈斯国王为了躲避神谕所言的灾难，逃到了这里，这天他正在台上观看竞技。佩尔修斯掷铁饼时，不慎掷偏，铁饼刚好落在阿克里西俄斯的头上，将他砸死。这真是命运的安排。

奥地利画家克里姆特用他独特的艺术风格描绘出这个主题，达娜厄似乎被包围在一片金色的贝壳中，背后是波浪般的轻纱，她那朦胧的面部表情显露出少女的秀美，同时微闭的双眼和微微张开的双唇形象地表达了性爱的迷醉感，而变了形的粗壮躯体，又使人想到她在孕育着主神宙斯之子——一个伟大的英雄。

克里姆特的作品大多表现女人和情爱，他的母亲年轻的时候曾幻想成为歌剧明星，然而后来却因受到刺激而发疯。这对克里姆特有很大的影响。从他的作品中和生活中都能看到这种影响。他终生未婚，对女性抱有一种异常矛盾的心理，既十分崇拜，又怀有偏见。在他的作品中，可以看到女性楚楚动人的柔媚体态，但是面部总带有一种冷漠的表情。他还多次描绘莎乐美以及类似的题材，力图表现出女人的邪恶。

## 欧罗巴被劫

在菲尼西亚的一个秀美的山谷中，有两个孩子：卡得摩斯与欧罗巴。他们和母亲住在一起。他们两个都是美丽活泼的孩子，不知道世间有什么忧愁。欧罗巴生得尤其娇媚可爱。兄妹两人天真烂漫，终日在田野中游玩。田野里的景色美丽极了，有各种各样的奇花异果。桔子在绿叶丛中发出夕阳般灿烂的明光；大堆的红枣从树

**欧罗巴被劫 / 油画 / 意大利 / 提香 / 1559 — 1562 年**

劫夺欧罗巴 / 油画 / 意大利 / 阿尔比诺

上垂下头来，好像在沉睡；香蕉树林发出迷人的芳香，吸引人远远地来到它们这里。卡得摩斯和他的妹妹经常在这些树林中玩游戏。有时，欧罗巴藏在树叶的背后让她的哥哥来寻找她，当卡得摩斯找到她的时候，他们欢乐的笑声总是响彻山谷；有时，卡得摩斯采到了美丽的鲜花，他就将它们编成花冠，戴在欧罗巴的头上，欧罗巴简直比仙女还要漂亮；有时，他们在山上奔跑，由山腰追到山谷，由河边飞奔到山顶。在山谷里，有许多绿草地，那里悠闲的牛羊成群结队，牧童们在追逐嬉戏，吹笛唱歌，老牧人在树下静坐，或给孩子们讲述一个个动人的传说。这些传说往往使孩子们充满了好奇和神往。卡得摩斯和欧罗巴常加入他们的队伍，要不就两人在树林和山野中游玩。有时，卡得摩斯骑着牛向田野中走去，欧罗巴则和别的女孩子采花、斗草，或倚着牛背说悄悄话。沿着河水走下去，就来到了大海，海滩上有无数迷人的贝壳，欧罗巴经常和女孩子们来到海边寻找美丽的贝壳。

有一天，哥哥卡得摩斯下山去了，欧罗巴和女伴们在海边嬉戏玩耍，宙斯经过这里，在云端看见了欧罗巴，立刻被她的美貌吸引了，似乎顽皮的小爱神又射了一支箭在他的心上，宙斯觉得自己爱上了美丽纯洁的欧罗巴，其实是不是在为自己的又一次风流寻找理由呢？宙斯自己比谁都清楚的，他原是见一个爱一个的。欧罗巴真的很不幸，被宙斯看到。此刻女伴们围绕着欧罗巴，宙斯不能接近，于是他想到了一个办法。

尊严和恋爱是不可以兼得的，宙斯深知这个道理。每当他要去与美丽的女子相会，他就会放下自己主神的威

欧罗巴被劫 / 油画 / 法国 / 布歇 / 1747 年

仪，而甘愿化成别的什么东西（例如动物，例如黄金雨），只要能和自己心仪的女子成欢。

这一回，我们的神与人的父，右手执着雷鞭，一点头就变成了一头牛，混在牛群之中，低着头，摇着牛尾巴，在草地上吃草。他是一头很漂亮肥大的牛，他的颜色是纯白的，连牛蹄也是洁白的，不粘一点灰尘泥土，他身上的白毛像轻盈的白雪覆盖，衬着棕黄的眼睛更显得柔顺可爱。他的颈部圆滚滚的，肉褶子由肩头层层挂下。他的双角很短，但很有光泽，好像被打磨过一样。他徐徐地走近欧罗巴。欧罗巴惊诧于他的美丽，又被他的驯良可爱打动："快看哪，这是谁家的美丽的牛，多么可爱啊！"

**欧罗巴被劫 / 油画 / 意大利 / 阿巴尼**

欧罗巴将手中采来的花朵放到宙斯的嘴边，宙斯满心欢喜，轻轻吻她的手，表现出万分的驯良和善解人意。甚至，他开始使尽浑身解数来讨欧罗巴的欢心。他简直没有休息的时候，或者跟着欧罗巴在草地上来回走动；或者在欧罗巴面前的沙滩上打滚；有时，他挨近她的身边，要她用温柔的手掌去抚摸他的胸部；有时，他低下头，让她把花冠戴在他的角上。

后来，欧罗巴竟然大胆地骑在牛背上。宙斯背着一个绝世佳人在身上，不禁心花怒放。他如孩童得到了糖果般快乐，他在草地上徐徐地来回走着，一点也没有停下来的意思。欧罗巴坐在他的身上，正如一个牧童骑在牛背上，在夕阳中缓步而归。她的女伴们跟在他们的身边，拍手欢笑。宙斯变成的牛一步步向海边走去，开始的时候，欧

欧罗巴被劫 / 油彩 / 俄国 / V.A.谢罗夫 / 1910 年

罗巴不以为意。后来，她骑着的牛的蹄子踏到海水上去了，她才开始惊骇起来，她用手握住他的牛角要他回身。宙斯哪里会顺从她的心意，突然，他四足一蹬跳入海中，如腾云驾雾一般在海上飞驰起来。欧罗巴惊叫起来，回望她的海岸，岸上的女伴也都在惊叫，但是却手足无措。

欧罗巴大声呼喊着卡得摩斯："哥哥，快来救我啊！"

但是卡得摩斯怎么会听得到呢？欧罗巴的声音很快被海浪吞没了。不到一刻，她已经看不见陆地了，她只好一手紧紧地握住他的牛角，一手紧抓着被风吹开的衣衫，她惊惶的神情更增加了她的美。她不得不常常抬起双脚，离开海面，以免双脚被打湿。宙斯却更加有意地沉入深海中，使她更加紧紧地抱住他的头。宙斯把她带到了海的对岸，并放下欧罗巴，恢复了原形，和她生了一子。

卡得摩斯从山上回来，听女伴们讲述了欧罗巴的事情，便跑回家告诉他的母亲，接着他们开始四处寻找欧罗巴，但是他们走遍了大地，最终也未能找到欧罗巴。

## C/ 为爱痴狂

拜伦在他的剧作《萨丹那帕露斯》(Sardanapalus)中曾有几句伤感的道白:"人类呱呱坠地的时候,就必须靠女性的乳房才能赖以生长,婴儿的牙牙学语也是由女性亲自传授,我们最初的眼泪是女性给我们温柔的抚慰,我们最后的一口气也大都是在女性的身畔吐出来,在一般男人犹豫不前时,她们出来为曾指挥自己的男人做临终的守护和关键的支持。"

伊丽莎白·勃朗宁在《抒情十四行诗》中描绘道:"……然而,因为你完全征服了我,因为你那样高贵,像个有尊严的皇帝,你能消除我的惶恐,用你的紫袍裹绕住我,直到我的心,跟你贴得那么紧,再也想不起,当初怎样独自在悸动。"

这两位诗人对男女爱情的咏叹,其实也是从人性的角度在印证一条物理学原理:异性相吸。是啊,哪个男子不钟情,哪个女子不怀春。异性相吸,这一平凡而伟大的真理,成了文学艺术的一个永恒主题,为古往今来万千的艺术家们所讴歌,为万千的少男少女们所敬慕,向往……

爱情会使一个女人的面容、身体变得分外美丽,会使她觉得即使她孩提的记忆和曾经流过的眼泪,甚至穿着打扮都恢复了它们的重要性,她因爱而变成了一个神奇的人,一个天使,浑身都散发出迷人的魅力。然而,仅仅只是转眼间,我们就看见她因爱而憔悴,因爱而疲惫不堪,伤心欲绝。

爱情有那么多的矛盾和陷阱,我们每个人为什么还是要继续去憧憬爱情,品尝爱情,留住爱情?爱情究竟有着什么样的魔力在吸引着我们?这个疑问大概古往今来谁也解答不了吧。正如这个传说,充满爱的痴狂和无奈的传说。

### 赫洛的最后眺望

合勒斯蓬托斯是一个分割亚洲和欧洲的狭小海域,西托斯和亚比杜斯是隔海相望的两个城堡。西斯托在欧洲海岸上,是美丽的仙女赫洛住的地方。亚比杜斯在亚洲海

岸上，是美丽的少年勒安德洛斯住的地方。这两位美丽的少男少女，虽然隔了一个大海，却热烈地相爱着。

他们俩都怕父母知道，所以勒安德洛斯只好每夜游过大海，到赫洛那里与她相会，天亮的时候，再游回来。

他们两个的第一次相会是这样的：天色刚刚黑下来，朦朦的薄雾笼罩了城堡的一切，勒安德洛斯从家中悄悄地出来，把一切恐惧连同衣服统统除去，纵身跳入海中。圆圆的月亮开始升起来了——这是和情人相会的好夜晚，银白色的月光照亮安静的海面，为勒安德洛斯指路。勒安德洛斯心中充满了虔诚的感激之情，他向月亮女神祈祷说："求你帮助我，光明的女神，求你照亮我幽会的路。我对你说，我所追求的女郎，她自己也是一位女神。她性情温柔，品格高洁。她的美貌简直可以和维纳斯相媲美。你如果不相信我的话，你可以自己看。正如你的银白色的清光，照得群星都黯然失色，她的美貌也足以使别的仙女失色。"

勒安德洛斯不停地向前游着，波光闪闪的海面静悄悄的，除了他自己划水的声音和祈祷的声音之外，没有任何动静。他的手臂一前一后地划着，柔顺的水波在他的旁边一圈一圈地荡开去。慢慢的，他的手臂累了，他几乎再也划不动水了，他抬起头，看见远处有一点灯光在闪烁，那是美丽的仙女赫洛窗口的灯光。勒安德洛斯重新恢复了力气，继续向前游着。爱情的力量在他的胸中燃烧成一团火，使他忘记了海水的寒冷。

他渐渐接近岸边了，马上就要与心爱的人见面了，心中的狂喜使他更加充满力气。远远的，在有窗口的灯光下，他已经看见赫洛正在那里等候着他了。他伸出手召唤他的爱人，赫洛看见了在水中的勒安德洛斯，很高兴地向岸边走去，要不是她的乳母牵住了她的手，她几乎要走到水中去了。

勒安德洛斯上岸来了，等候已久的两人紧紧地拥抱在一起，互相亲吻不已。这激情的一刻是值得渡海来实现的。赫洛由肩上脱下自己的外衣，给全身赤裸的勒安德洛斯披上，亲手为他拧干了头发。那一夜，他们觉得时间短促，一分一秒都是可贵的。他们的欢情，只有黑夜、明月和他们自己知道。现在，黑夜就要结束了，启明星不知不觉闪现在天空，月亮女神要回去安歇了，东方微白。勒安德洛斯和赫洛不忍离别，他们拥抱着，吻了又吻。怕出事的乳母一遍又一遍地催促勒安德洛斯快点走，两个相爱的人却互相拥抱着不分开，甜蜜的唇也不愿分开。

最后，勒安德洛斯还是不得不离开了赫洛，因为再不走的话，太阳便要升起来了，赫洛流着眼泪看着情人纵身跃入大海。勒安德洛斯在海水中还是频频回头看她，向她招手，赫洛也是站立在海边，深深地凝望着越来越小的情人的身影，直到什么都看不到了。

勒安德洛斯去幽会的时候好像是一个绝好的游泳高手，百折不挠，精力旺盛，回来的时候却像是挣扎在水中的失足的船客，唯有在水中挣扎而已。他怨恨大海隔绝了他们。他们情投意合，却被海水隔开。他们的心是一体的，他们的身体却在大海的两岸期待。勒安德洛斯想：如果赫洛能够住到亚比杜斯来，或者他住到西斯托去，那该有多好啊。然而世上哪有那么多天遂人愿的好事呢？

他们这样夜夜相会，勒安德洛斯把那片大海看得像寻常的平地一样了。可是，忽然有一次，海上却吹起了狂风，一连七天七夜都没有停止，浪高如山，惊涛怒号。勒安德洛斯因此被阻，不能再去与赫洛幽会。赫洛的灯光每夜都照在汹涌的海面上，可赫洛却看不到勒安德洛斯的踪影。赫洛独居孤塔，夜夜等候她的情人，她觉得一夜比一年还漫长，她的内心空虚。她唯有和老乳母交谈，怪勒安德洛斯为什么不来。回望咆哮的大海，又觉得海水的讨厌。有几次，她看到海面稍稍平静了一些，以为这次他一定会来了，但是等了一夜不曾合眼，勒安德洛斯依旧没有出现。她疑心他不想来了，他又喜欢了别的仙女，这时，她的泪水就会流满双颊。

赫洛在沙滩上寻找勒安德洛斯的足迹，仿佛黄沙会留下他的脚印，她常常吻着她代他披上身的那件衣服。白天过去了，她所盼望的黑夜又带着满天的星星来临了。赫洛在她的塔顶上燃起了火把，照亮依旧不平静的海面，可是海面上没有他的身影。她心中想的只有勒安德洛斯为什么不来？

"乳母，你说他现在已经离开家了没有？或者他的父母管束他太严了，使他不能出门？你想，他现在已经脱掉衣服跳入大海了么？"赫洛喃喃地对她的乳母唠叨。

善良的老乳母不停地点头应着赫洛的话，直到困得忍不住闭上双眼睡去。赫洛见乳母睡着了，便帮她盖好棉被，自己仍旧坐在那里，隔了一会儿，她又自言自语道："现在，他一定是在海水中奋力游来了。他的双臂一定感到累了。他快要看到我的灯光了。"

她时时向窗外凝望着，祈求大海给她心爱的人以顺利的航程。有时，她听见什么响动，就以为是情人来了，急忙跑出去迎接，可是茫茫的大海无边无际，哪里有勒安德洛斯的影子。就这样，夜晚快要结束了，她才会沉沉地睡去，仿佛勒安德洛斯就在她的身边。她看到他上了岸，他用湿漉漉的双臂抱着她的头颈，她自己则照常把衣服披在他的身上。他们热烈地拥抱亲吻着，正当异常缠绵的时候，勒安德洛斯忽然不见了，一下子离开了她，淹没在大海里。赫洛呼叫着睁开眼睛，才知道那不过是一个温存又可怕的梦。

有一夜，海水似乎很平静，海浪在赫洛居住的塔下轻轻摇晃，没有一点的威猛气势。赫洛很高兴，心想这一回勒安德洛斯一定会来的，可是她又一次失望了，她不禁更加疑心重重。她不知道为什么勒安德洛斯放弃了这样一个美好的夜晚，为什么以前他从来不怕什么海浪，而今却这样胆怯起来？她记得他第一次来的时候，海水也不比现在平静。赫洛不怕风浪阻止了他的勇敢，她害怕他对她的爱情已经改变了，他不再像从前那样深爱着自己。甚至勒安德洛斯已经有了新的情人，他正在与新的情人幽会，因此忘记了她，她怕有一个别的仙女抱住了勒安德洛斯的头颈。想到这里，她的心中充满了难言的悲哀，似乎真有那么一个仙女在自己和勒安德洛斯中间。

赫洛深深地叹了一口气，说道："他如果有了别人，我还不如死了的好！"

但是勒安德洛斯真的变心了吗？不是的，他那么爱赫洛，怎么会变心呢？但是情人之间如果很久都没有见面，猜忌总是会出现的。勒安德洛斯的焦急并不亚于赫洛；他每夜都坐在海边等候着，他皱着眉头，凝望着消失在海水中的对岸，他的心已经飞到对面去了，而他的身体却半步都不能移动。勇猛的海水咆哮着，好几次，勒安德洛斯将衣服脱下放在沙滩上，预备跳下海水游向心爱的赫洛，但是一个大浪就会把他打回岸边。海浪的力量似乎比岩石还要重，勒安德洛斯惊怯不已，只好呆呆地站在岸边，看海浪一层又一层地卷过来。

他这样等了七天七夜，海水依旧不能平静。他再也忍不住了，于是他请了一位勇敢的水手，送了一封信给赫洛，告诉她，无论这一夜怎样他都会来的。他在信中写道："即使海水还是这样凶猛，我也要游过海岸，来与你相会。或者我能够平安地到达你那里，不然就是死在海中——这将是我焦急热情的结局。即使我不幸死在海中，我还是愿意海水把我送到你的面前。你将哭泣，用你的双臂拥抱我没有生命的尸身，那就足够了。我多么希望海水能够平静一会儿，等我游到你的身边，然后随它怎样怒号，我们将永远不分离。请你将火炬燃起来等待着我，让我的这封信代替我自己，陪伴你度过寂寞的夜晚。我一定会在最短的时间里来到你的身边。”

赫洛回了一封信给勒安德洛斯，希望他来，又怕他被风波所苦。她回道：“我写这封回信的时候，灯花啪啪地跳动着，给我一个好的兆头。还有我的乳母，她向灯头上倒了一点酒，说明天一定要多倒一些，保佑你平安到来，说完她一口干了那杯酒。亲爱的，你不要害怕，爱神维纳斯一定会保佑你的——然而，每当我回头看到像山一样高的浪头的时候，我的心便禁不住颤栗，亲爱的，你还是不要来了吧。我多么担心你的安危啊！你知道吗？昨夜，我看到一只海豚为风波所苦，被抛到岸边死掉了，我好害怕。我希望你能够平平安安地到来，可是我的心又不能不为你的安危着想。你知道吗？如果你有什么不测，我只愿能够随你而去。”

这一天的傍晚，风浪似乎平静了许多，海面上只有一点白沫在晃动，岸边的树枝也只是微微地颤动。勒安德洛斯高兴极了，他飞快地脱掉自己的衣服纵身跃入海中，双臂奋力向前划去。

每当他的双臂感到疲倦的时候，他便鼓励自己说：“你的辛苦是有回报的，不久你就可以看到自己心爱的人了，你们就可以紧紧地拥抱在一起了。”

他这样勇敢地游向赫洛的塔，破絮般的黑云中，似乎有黄色的月光透出。远远地，勒安德洛斯已经可以看到赫洛在塔顶燃起的火炬。赫洛正在眺望着他啊！勒安德洛斯的心激动起来，然而忽然间，大海也像勒安德洛斯一样躁动起来。风波渐渐地猛烈了，天上的乌云也密合了，塔上的火光摇摆不定。浪高如山，一会儿把他抬到峰尖，一会儿又把他淹没在谷底。勒安德洛斯筋疲力尽了，他的双臂软弱无力，但是他还是坚持着，虽然巨浪不断地把他冲回打退，他还是努力向着火炬游去，似乎

罗曼·罗兰：活跃于20世纪前后的法国思想家、文学家、批判现实主义作家。1915年，被授予诺贝尔文学奖。此外，他还是音乐评论家和社会活动家，在世界上具有广泛的影响力。

火炬的光芒越来越近了，忽然又是一阵大风，火炬好像被风吹熄了。他如今一点方向感也没有了，不能进也不能退，他喃喃地呼唤着："赫洛，赫洛，我的赫洛。"最后他的双臂再也举不起来了，一个大浪盖住了他的身体，他被裹在海水里。勒安德洛斯觉得自己枕在凉柔的枕上，他的身体也像躺在冰冷的垫子上，失去了知觉。他真的就如同他在信中说的——以死来终结他的热烈的爱情了。

赫洛在她的塔上守了一夜，不曾合眼。老乳母陪伴着她，也一夜未睡。赫洛比往日更急切，她跪在维纳斯的神像前，祈求她保佑勒安德洛斯平安无事地到来。然而勒安德洛斯最终还是没有到来。已经过了午夜，海浪一刻比一刻剧烈凶猛，澎湃的声音如山崩地裂。赫洛的心头不禁产生了不祥的预感，她怨恨自己不曾阻止他前来，反而说希望他来的话。她现在开始祈求勒安德洛斯没有入海前来，但愿他的父母阻止了他的举动。不知什么时候，塔上的火炬已经被风吹熄。赫洛再次将它点燃，此时天色已经发白了。

随着曙色而来的是一个恬静的大海。赫洛憔悴疲倦的双眼凝望着海面，在岸边洁白的沙滩上，有一个熟悉的尸体——那就是她的勒安德洛斯！赫洛疯狂了，她冲出塔楼，奔向自己的爱人。这时，老乳母已经困意不支沉沉地睡着了。没有人牵住赫洛的手，阻止她的举动，于是她便和她的勒安德洛斯在柔和的沙滩上同眠了。

爱情是人类的永恒话题。爱情对女人而言更具有至高无上的位置。女人的爱情代表着女人的生活质量。女人的表情是由女人的爱情书写的，而男人的表情却由事业书写。正是如此，女人不仅会在爱情中找到感觉，同时也通过爱情来展示自己的地位和品位。

罗曼·罗兰说："爱情并不需要意志，至少真正的爱不靠它。"爱情的魅力就在于它的神秘性、自发性和神秘感。它可以不问缘由，不顾一切，不计利害。爱情从不考虑后果。"

雨果在《悲惨世界》中伤感地写道："爱情绝不走中间路线，它不护助人便陷害人。人的整个命运便是这两端论。这个非福即祸的两端论在人的命运中，没有什么比爱情奉行得更冷酷无情了。爱情是生命，如果它不是死亡。是摇篮，也是棺木。同一种感情可以在人的心中作出两种完全相反的决定。"

八戒：佛教专用术语，指佛教徒必须遵守的清规戒律。八戒内容包括：一戒杀生，二戒偷盗，三戒淫，四戒妄语，五戒饮酒，六戒着香华，七戒坐卧高广大床，八戒非时食。此外，八戒还是中国经典名著《西游记》中的人物。

# D/ 色情与邪恶

对于男性来说，女性是他们永恒的诱惑。

也许，那枚禁果太甘美了，亚当和夏娃被逐出伊甸园后，仍对它思念不断。最后，这种思念竟化作了一种基因，在其子孙们身上代代相传。

性的欲念对人类而言是永恒的，从类人猿到现代人直至未来人；性的欲念对人类个体而言是始终存在的，从诞生之日到成年至死亡之时。

只要有一刻的安定，只要有一点果脯之物，那么，女人就是女人，男人就是男人。性的欲念、冲动乃至行为、关系的产生就不是一件稀罕的事情。

《圣经》中说，是夏娃让亚当品尝了那枚禁果。佛家弟子“八戒”中有“一戒”为“戒淫”。上帝是男人，释迦牟尼也是男人。这就是说，无论是在西方还是在东方，只要男人成为社会的主题，女人就成了男人犯罪的教唆犯，成为男人们非远远避之不可的“灾星”。

当男人们扮演正人君子时，性欲是被斥为“兽性的东西”的。不过，一旦到了台下，男人们便可以肆无忌惮了。他们不仅仅以教唆，更以引诱、逼迫，甚至暴力强迫女人进行性的出卖。

男人们带着被社会强烈刺激所激起的性欲瞄着每一个女人，寻找可能的对象。电影大师卓别林在自己的回忆录中写道，他每见到一个女人都想到性的可能。卓别林以这种美国人特有的坦率使我们窥见了男人心灵深处对女人的渴求，对异性的那种深刻的攻击性。

社会规范的约束和选择的艰难给那枚禁果平添了一层神秘的色彩，于是，它就更吸引人，也更诱惑人。男人们也就更欲罢不能了——许多男人对女人都有攻击、侵犯史：强奸是对女人肉体上的攻击和侵犯，单相思是对女人意念上的攻击和侵犯。

法国哲学家拉美特里说过，追求新奇是男人不忠的根源。从这一角度讲，女人始终是男人追逐的猎物，尽管有许多并不能到手，男人的目光扫向每个女人——在性心理上，男人们力图剥光每个陌生女人的衣服，从而能彻底完全地了解这个与自己相异

在希律王前跳舞的莎乐美 / 油画 / 法国 / 莫罗 / 1876 年

的胴体。当然，决不是每个男人都会这样实践。然而，可以肯定，每个男人都会这样想，都产生过这样的意念。

女人对男人的诱惑力之大还有另一个深刻的原因——在意识的深处，男人将对女人的征服视为自我成熟的一个标志。

与女人不同，男人是不能“创造”生命的。因此，在潜意识里男人始终有一种熔缺憾、妒忌、羡慕为一炉的复杂的情感。作为一种补偿，社会把创造财富的重任交给了男人。但是，他们创造财富的活动恰恰每时每刻都在提醒他们缺憾的存在。于是，男人们开始惶惑了。在思考与探索中，男人们发现这种失落与惶惑不安均源于女人，只有征服了女人，才能彻底消除这种惶惑，填补缺憾，即成为一个真正的成熟的男人。为了表明自己的成熟，每个男人都想至少征服一个女人。可正由于每个男人都想至少征服一个女人，女人对于男人的诱惑就极度扩张了，女人对于男人也就成为必不可少的了。

绘画艺术中，女性恶这一概念形成于19世纪末期，最早始于法国画家莫罗的《在希律王前跳舞的莎乐美》和《出现》两幅以《圣经》题材创作的油画。

莎乐美的故事出自《圣经》，是关于施洗者约翰被处死的故事。而莎乐美就是那个诱惑希律王处死约翰的女人。希律王的弟弟腓力是以色列的王，他的妻子希罗底离弃了他，与希律王结婚。约翰为腓力打抱不平，对希律王说，娶弟弟的妻子是不对的，因此触怒了希律王，被关进了监狱。其实希罗底非常爱约翰，但是约翰不受他的诱惑，希罗底因此怀恨在心，从中教唆希律王，这也是约翰被关进监狱的原因。

希罗底有一个女儿名叫莎乐美，她容貌美丽，才艺出众，是当地著名的美女。有一天希律王庆祝生日，宴请达官贵人，希律王一时兴起，邀请莎乐美表演舞蹈，以娱来宾，莎乐美不从。希律王表示，只要莎乐美能当众舞蹈，他可以随她所愿，为她做任何一件事情。于是莎乐美当众表演了精彩的舞蹈。舞罢，莎乐美为了替她母亲报对

**出现 / 油画 / 法国 / 莫罗 / 1876 年**

约翰的私仇，要求希律王杀死约翰，希律王为了履行自己也曾的荒唐诺言，就下令杀死了约翰，并把他的头砍下，放在盘子上。据说，莎乐美自己也曾对约翰表示过强烈的爱意，但是约翰是一个虔诚的圣徒，所以拒绝了这个美人疯狂的爱，以至于莎乐美因爱不成而生嫉恨，施谋害死了约翰，但是她自己在得逞之后，精神上是非常痛苦的。约翰的死，一直被基督教徒们视为圣者殉教的典型，莎乐美无疑就成为了邪恶的女巫一样的人物。表现这个故事的绘画作品大多总是一个女人手中托着一个盘子，上面放着约翰血淋淋的头。

莫罗的《出现》突出刻画了莎乐美杀害约翰的愿望得以实现后的心情，幻觉中的约翰的头在折磨着她的心，强烈的爱情和已经铸成的大错，几乎使她站立不稳。莫罗的用笔非常独到，这幅表现《圣经》中这个邪恶女人的画也有着非常多的注脚：自1848年以来的写实主义绘画和文学不断创造出活生生的女性形象，摄影技术被广泛使用以后，更产生了无数的女性裸体形象，而且艺术和世俗的审美趋势越来越向官能刺激靠近，甚至直接表现性器官和性交；女性的色情意义和魅惑情致，被夸大到无以复加的地步。

莫罗这时候展示出的莎乐美虽然出自个人感情的厌恶，但是敏感的人们马上意识到，这位画家的思想代表了某一群体和阶层的性心理倾向。当时的报纸上，就有人指出莫罗的莎乐美作品使库尔贝先生寝食难安。这不难理解，库尔贝的一系列女性裸体绘画是油画艺术表现技法的一个里程碑，也代表了自文艺复兴以来正面赏析女性裸体绘画的最完美的阶段。那种对女性肉体魅惑力的赞美，在莫罗的画中却变成了反讽。也许，女性裸体的魅惑，从来都是正反两面并存的，不同的时期所挖掘的方面不同而已。莫罗憎恶女性虽然出自精神障碍，但是他代表了当时相当大的社会层面对邪恶女性的看法。他是个独身主义者，生活中唯一接触的女性就是他的母亲，母亲死后，他完全孑然一身。他画的神话女性甚至没有现实中的模特可以参考，而完全出自于他的内心。当然，他也解释自己作品中的女人们的色情、残忍、冷漠、淫荡等品质都出自现实生活中的女人。正因为如此，他的绘画不但迎合了社会情绪，而且他那高超的绘画技巧在表现着女性恶的同时，他所塑造的女人的官能美感却引出了一股强劲的色情艺术风潮。

《加拉蒂》是莫罗最后一次在沙龙中展出的作品，此后他深居简出，只以艺术支

撑着孱弱的生命。这幅画的题材取自奥维德的《变形记》，是以希腊神话为内容改编的。加拉蒂是海神波塞冬的儿子与仙女多丽思生的女儿，她清纯貌美，皮肤像牛奶洗过一样白嫩。她从小在西西里岛长大，长大后她爱上了牧羊的少年阿克斯。然而，西西里岛也是长相丑陋的独眼巨人波力菲莫斯出没的地方，他深深地被这个洁白如玉的美女迷住了，他想接近加拉蒂，但是加拉蒂害怕他的丑陋，总是躲开他。他为此憎恨阿克斯抢夺了他的爱情空间，他愤怒地向阿克斯大声吼叫，阿克斯吓得掉进海里，独眼巨人索性就用巨石把阿克斯砸死。阿克斯的鲜血不断地流，伤心的加拉蒂使岩石涌出一股泉水，与阿克斯的血汇成一条小河。后来阿克斯就成为河神。这幅画表现了独眼巨人在暗中窥视加拉蒂的情

**莎乐美 / 油画 / 法国 / 亨利 · 勒尼奥 / 1870 年**

莎乐美 / 油画 / 德国 / 斯托克 / 1906 年

景，从画面效果看，独眼巨人的爱情是深沉真挚的，但是加拉蒂对他毫不在意。

莫罗浓厚的浪漫主义气息、丰富的学识、对生活独特的认识，最终形成了他别具一格的艺术风格。他画的斯芬克斯、梅杜萨、海伦、美狄亚等众多的女性形象，虽然都是残酷的嗜杀者，但又都是艳女妖姬。他画这些女人一方面可以宣泄个人情感，一方面又代表了社会对女性恶的一种审美倾向。

与莫罗同时代的德国画家斯托克，更是全然毫无顾忌的女性恶的批判者。在他的作品中，女人就是专门引诱男人的动物，女人的性功能和性魅力都是邪恶的，他始终孜孜不倦地表达着这样的主题。1893年展出的《淫荡》惊动了当时的艺术界。一条巨大的黑蟒缠绕在赤身裸体的女人身上，更令人咋舌的是女人身上的蛇的神情充满魅惑，似乎在表明女人就是色魔，是淫欲之渊，是挑起男人相互争斗的元凶。《斯芬克斯》则完全改变了神话形象，他用一个现实中活生生的女人来代替人面狮身怪物，如果不是远处画了一瀑流水，这就只是趴在这里的女人，而这个女人又是如此的性感淫荡，充满诱惑。《色茜》也画得别出心裁，他选择了一个非常适当的模特儿，做出魅惑人的姿态和神情，端出能让男人变成猪的酒，黑暗的背景衬托着她那冷白色的肌肤，令人毛骨悚然。

可以说，斯托克是人格双重性的最典型的例子，他是那么认真地敌视着女人，但是他的生活和事业成功却得益于女人。他的妻子玛丽是个贵族家庭的女儿，她不仅在生活上照顾斯托克，在社交场合极好地维护他的名声，而且是他艺术上的好伙伴。在斯托克的许多作品中，都是玛丽做的模特，其中不乏裸体形象。在斯托克的艺术事业发展过程中，还有另外一个重要的女人，那就是现代舞创立者罗伊芙勒。她的舞蹈在当时被称作邪恶的舞蹈，她一反传统的那种优雅、温和和缓慢的节奏而大开大合，薄纱长裙的飞旋身姿若隐若现，极其性感。斯托克从中得到很好的启发，很注意女人身上衣饰的欲遮还露的效果，而更能激起人的情欲。

在19世纪末的观念中，最能使人体验到美女色情诱惑力带来伤害的非劳特累克莫属。在这种被女人诱惑、向往到实际接触的过程中，他逐渐形成了自己独特的艺术风格。莫罗、斯托克的女性恶毕竟还以她们的艳色为依托，劳特累克则完全去掉了所有的形象美的因素，直接表现这些女人的精神和灵魂状态，只提炼出她们的漫画特征，由此他画出了一系列的明星"母夜叉"。这真是艺术上的一个大奇迹!

劳特累克生于一个显赫的贵族家庭，他的父亲是一个热衷于声色犬马的浪荡公子，他的母亲虽贤惠善良，但根本不能管束丈夫的恶劣行径。劳特累克先天身体病弱，发育畸形，两条腿永远都像孩子，这造成他终生的心灵阴影和生理缺憾。与其说劳特累克后来放纵的生活是父亲的遗传，还不如说是当时的社会风尚熏染而致。他求学时代正是拿破仑三世提倡娇媚画风盛行的时候。他的老师公开给学生指点作品成功的秘诀：画裸女要鼻梁挺直、眼要大、嘴要小、脖颈要长、肩膀要圆、胸乳要鼓、腰要细，所有的自然缺陷都要略去。这种最直观的审美理论也是很容易产生作用的。不仅如此，劳特累克后来求教于德加，确实从中体验了社会的多彩画卷，他从社会这个大染缸里获得了兴奋色。当时，繁华的巴黎市中心之外流行着怀旧的气氛，这种气氛实际上比繁华更加欢乐自由。在蒙马特街上，有无数的咖啡馆、酒吧和歌舞厅，著名的有红磨坊、煎饼磨坊等歌舞场，都是当时的社会名流、绅士淑女和文艺圈名人聚集的地方。入夜之后，更是香魂飘荡的欢乐世界。在这里进行学术交流者有之，但猎艳女色者更多。劳特累克虽然出身名门，但毕竟生活在一个相对纯净的环境中，乍一领略社会生活还以为那不过是脸红耳热之际的玩笑。渐渐地，他明白并非如此，那些表面堂皇显赫的艺术家们关于女人的话题是永无止境的。他们互相交流对女人的体验，谈论经过手的女人和差点得到的女人，以及那种只要想要就可以跟你走的女人，谈女人的特性和如何享受女人的特性，更谈勾引女人的技巧，如何使女人失去羞耻感进而引发情欲，以致情不自禁地呻吟和狂欢的情态。总之，劳特累克对女性的体验向往或者说是欲念，是在蒙马特街上那些猥亵世俗的酒吧、舞厅和学校画室的那些模特的淫浪姿态的烘染下产生的。蒙马特街上的女人就像发情的猫，遇到心仪的男

人他们就钻到桌子底下成就好事，就好像这里才是她们的家。当然如果这些女人仅仅是些洗衣妇、三陪女和模特什么的倒也罢了，那样的女人来这里就是为了求生存。然而，事实并非如此，来这里的大多是中产阶级的名女人，她们选择这样的现代生活方式，她们来喝酒跳舞，只是利用店面上的合法招牌，真正的目的是舞蹈间歇的空隙之乐：暗中接吻和桌底下调情。

可怜的劳特累克正值青春期，他在蒙马特街二十号的一所房子里住了下来。这里既是他获得性爱的欢乐和痛苦的地方，也是他的艺术风格形成的地方。说性爱的痛苦是因为劳特累克不仅发育不良，而且其貌不扬，甚至连街头妓女都不会注意他。他选择了公开买色的妓院，在妓女们的公平态度中，他不仅体验到了性爱的快乐，也从这些下等妓女中看到了真实的生活。但他同样也没有放弃对上层名女人的追逐：歌星伊维特、艳舞女星埃伊夏、色情杂技女明星莫莱利斯等，这些女人都曾经出现在劳特累克的画布和床榻上。在他的生活里，有一个女人的名字更值得提起。她叫玛丽·夏尔露，这是一个街头妓女，她与劳特累克相识时不过十八九岁的样子。据说劳特累克为她搪塞过了警察的追捕。劳特累克深深被她那酥软轻柔而又充满野性的身体吸引了，他曾经试图改造她的粗俗气质，但是这个生于贫民区妓女的女儿，从十二岁就开始在公共场所出卖肉体了。她与劳特累克同居了一段时间之后，并不真心感谢他对她的关爱和帮助，而是处处向他讨要衣物钱币。最终，劳特累克发现这个女人是不可能和他有好的结果的，她在用他的钱去讨好以前的情人。

也许是由于感情的伤害，劳特累克由恨玛丽·夏尔露转到恨一切以美貌出名但行为不检点的女人。他把拉古吕画成苦笑不得的小丑；把让·阿雅利尔画成垂头丧气的干老婆儿；把姬尔贝尔画成可怜的怪物；把夏乌考画成臃肿的女堂倌；把马赛尔兰德画成白痴一样的女人。他渐渐看清了自己所处的这个肉欲的世界。这

跳舞 / 油画 / 法国 / 劳特累克 / 1895 年
摩尔人式的跳舞 / 油画 / 法国 / 劳特累克 / 1895 年
红磨坊的沙龙 / 油画 / 法国 / 劳特累克 / 1894 年

**红磨坊舞会 / 油画 / 法国 / 劳特累克 / 1890 年**

些只能在没有阳光的地方进行无休止的无爱的性行为的卖春妇早已个个变得毫无尊严了。她们在画家的面板前可以毫不顾忌地脱衣梳洗打扮，使画家更深刻理解了巴比伦时代就产生的卖淫业导致的人性的沉沦。劳特累克只能用性爱和酒精来麻醉自己，他所接触过的女人没有一个给他留下好的印象，且不论那些下等妓女，即使是那些有名望的艺术女明星，她们的社会声望也是基于人类最本能的生理需求之上的，根本谈不上艺术水平的高低，只因为她们都有一副迷人的脸蛋、性感的腰身和敢于公售私卖的勇气。正因为如此，她们在画家的笔下变成了令人恐怖的母夜叉，既像她们本身又不按自然面貌画出，拉古吕是何等美貌性感的女明星，但人们在劳特累克画的《拉古吕在红磨坊舞厅口》中看到的她却是惨不忍睹，然而，却又非常像她。在灯红酒绿的夜巴黎，活跃着几十上百个声望名气不一的女演员。她们以高价身体为本钱，为现代生活增添了炫目色彩，更有几万人的下等娼妓支撑着五颜六色的霓虹灯彻夜不灭。

# E/ 情欲世界里的生命悲歌

大多数女性都梦想经历一场轰轰烈烈的恋爱。然而爱情究竟是什么？是男人和女人可以一起达到的无限真实世界，还是仅仅是爱情中的女人的一种自我陶醉？拜伦曾说："男人的爱情是男人生命的一部分，是女人生命的整个存在。"爱情对于女人来说，不仅需要女人忠心，而且要求女人整个身体和灵魂的奉献，爱情是女人的唯一。而男人，假如他爱一个女人，他所希望的不过是得到她而已，而感情倒是其次。每一个女人最初都以为获得了一份永恒的爱，一个完美的男人，对他的缺点却缺乏了解，一旦发现真相，就会为之心碎，认为爱情不过是一场骗人的游戏。

每一个女人都希望得到男人的关注，可是任何时候，只要发现他在关注别的女人，她就难受，愤恨。每一个女人都希望完全占有一个男人，囚禁一个男人，虽然明知道这种尝试注定要失败；每一个女人都想让男人永远待在自己的身边，却又不希望他失去男人的责任感和男子汉气概……

为了所爱的人，女人可以完全抛弃其他一切，只为爱人的利益、事业、孩子而存在，心甘情愿地变成他的一个奴隶。难道女人在爱情中只会忘记她自己的存在，没有她可以爱的人，她就不存在了吗？

痴情的女人，有时为爱付出的是整个灵魂和生命，但是她的所获却很少，她成就了别人，却毁灭了自己。

## 痴情的卡米叶

相信20世纪80年代之前，没有多少人知道卡米叶的名字。谁是卡米叶？

诗人保罗·克洛岱尔这样描述："一副绝代佳人的前额，一双清秀美丽的深蓝色的眼睛，一张与其说富有肉感，不如说是傲气十足的大嘴，一大簇披散腰间的赤褐色的秀发——潇洒自然的举止，坦率真诚的态度，傲慢清高的风度，轻松愉快的神情。"

看看罗丹的著名的头像雕塑《沉思》吧。这就是保罗描绘的卡米叶，一位美丽却又充满莫名的激动和忧郁的姑娘。她头戴修女帽，低头沉思，没有任何表情又好像无限思索的面庞，引起每一个看她的人的遐思。一双充满灵气与惆怅的眼睛，蕴涵着激情、骚动、渴望与等待，而似乎一切又都是漠然的，绝望的。轮廓分明的嘴角流露出倔强、执著和不妥协的灵魂倾向，这是一个不可触摸的灵魂在石头上的活生生的写照。这是卡米叶，保罗的姐姐，罗丹的情人，一位不肯终生被大师的阴影遮挡但又无法胜天的天才女雕塑家。

1864年，卡米叶出生在法国东北部，她的童年是在维尔纳夫度过的。保罗这样描述这个离巴黎只有三个小时路程的小村庄：维尔纳夫是一个粗犷的、条件严酷的村庄——这里经常下雨，刮着令人感到可怕的狂风，钟楼上的风信标飞快地旋转，就连我们住的小房子的风信标也咯吱咯吱作响——那声音尖锐刺耳，至今仍在我的记忆中回响。在维尔纳夫壮阔的景色中，显示出某种潜在的悲剧，充满着威胁沉思的预言和呜咽。这样的成长环境，造就了卡米叶钢铁一般的意志，似乎也注定了她悲剧性的性格和人生。

好似有神灵在引路，卡米叶从六七岁就开始迷上了雕塑，十三岁的时候，她立下志愿要做一名雕塑家。没经过任何正式的训练，弟弟、妹妹和保姆都成了她的模特，维尔纳夫贫瘠的土就是她的材料，她小小年纪创作起来近乎疯狂，常常不顾一切地投入。亲人们甚至称她是“隐身撒旦”和“摩尔人”。维尔纳夫的土长不出好的庄稼，但是在卡米叶的手中，它却像获得了灵性一般成就了卡米叶的一件件优秀的作品。五年后，在老师布歇的引见下，卡米叶和她的雕塑《大卫和歌利亚》一起，受

到当时的国家美术院院长保罗·杜布瓦的接见。保罗·杜布瓦看了她的作品之后，立即断定："你曾经向罗丹学习过。"几年之前，当布歇第一次见到卡米叶的作品时也深有同感。但是，罗丹那时候并不出名，这个名字对于卡米叶来说完全陌生。但他们的作品已经如此惊人的相似，也许是上天注定的缘分，他们注定是同一个灵魂的不同实体，有着不同的命运。

第二年，布歇去了意大利，卡米叶成为了罗丹的学生；后来，她升为罗丹的助手，和布尔德尔、马约尔等人同窗学习和工作。

之后的一年，天才的卡米叶和天才的罗丹开始了长达十五年的缠绵悱恻、撕心裂肺的爱情。

以卡米叶为模特，罗丹雕刻了《晨曦》、《思》、《彩虹女神》、《吻》，在罗丹著名的《地狱之门》、《达那伊得斯》中也有她的身影，卡米叶的爱给罗丹以激情和活力。在他的《永恒的偶像》、《转瞬即逝的爱情》、《永恒的青春》中，这位"潘"神以热恋中的纯真圣洁的青年男子、女人的身体表达他对崇高的爱情的赞颂。他以轻柔的、含蓄的、温情的表现手法，代替了他以往粗犷雄健的雕塑语言，这是唯有恋爱中的罗丹才能拥有的情怀和作品。卡米叶给予他的，不仅是纯粹的身心，更是巨大的灵感爆发。此间，也是卡米叶创作的辉煌时期。她有了一系列优秀的作品《十八岁的保罗克洛岱尔》、《罗丹胸像》、《年轻姑娘路易斯》、《年轻的罗马人沙恭达罗》、《祈祷》等等。但是，卡米叶同

母与子 / 雕塑 / 法国 / 罗丹

达那伊得斯 / 雕塑 / 法国 / 罗丹 / 1885 年
三个美人鱼 / 雕塑 / 法国 / 罗丹 / 1888 年

时又处在对罗丹矛盾、深刻的爱里，痛苦而无法自拔。

“你的心我看不透，但是狠心的人啊，日里夜里，爱情在剧烈地燃烧着我的四肢，我的心里只有你。”这是卡米叶的内心独白。

在古老的印度有这样一则美丽的爱情故事。王族仙人和仙女的女儿沙恭达罗，与国王豆扇陀一见钟情。貌美绝伦的沙恭达罗在荷叶上用指甲刻下了爱情的诗句。在静修林中，两个相爱的年轻人结成夫妻。由于仙人的作祟，回到王宫的豆扇陀竟然不认识来寻找他的妻子。悲痛欲绝的沙恭达罗被母亲接回了天国。豆扇陀见到了定情的戒指，恢复了对沙恭达罗的记忆，日夜思念失去的妻子。后来，这一对历尽相思磨难的爱人，终于在天国中的若行林中团圆。

这个流传了1500年的东方爱情故事，激起了热恋中的卡米叶的强烈共鸣和创作激情。她的沙恭达罗抓住了天国中重聚后一对情人“忘我的爱的一瞬间”。在这座大理石石雕中，卡米叶倾注了自己的生命。一对互相拥抱的恋人，完全沉浸在失而复得的情爱中。在高不可攀的天国，在神秘莫测的若行林，拥抱的是肉体，结合的却是灵魂。在女艺术家的

手下，他们的肉体焕发着青春，他们的心脏和脉搏，也似乎在剧烈地跳动。他们的脸上，洋溢着寻找到彼此的归宿后的安祥。沙恭达罗与跪在地上的豆扇陀脸贴着脸，紧紧拥抱。他们的激情，在天国飘荡。

卡米叶雕塑的是沙恭达罗和豆扇陀，也是她和罗丹。

1886年，在香榭丽舍大街的美术馆里，卡米叶的《沙恭达罗》获得了鼓励奖，然而，就像往常一样，她的作品永远都在罗丹的巨大阴影之下。马约尔、布尔德尔都成为了著名的雕塑家，卡米叶呢？却永远都不能挣脱这个阴影。因为她是女人，是罗丹的情人。她厌恶被人叫做："谁的——那位的——"其实，罗丹并没有参与她的创作，她为什么摆脱不了这些令人生厌的人称代词呢？她就是她自己，她是卡米叶·克洛岱尔，她是雕塑艺术家，一个独具风格的女艺术家。

然而，只要她在罗丹身边一天，她就是人们心中、口中的罗丹的助手、罗丹的情人、罗丹的——人们不会认为她是一个有独立人格的人。

从一开始，卡米叶对罗丹的爱情就预示着一个惨烈的悲剧出现。

罗丹有自己的伴侣，虽然没有结婚，但是在卡米叶之前，罗丹已经与罗斯共同生活了二十多年。罗斯是一个愚笨的女人，年龄比罗丹要大，没有任何艺术才华。但是罗丹的生活不能没有她，罗丹需要她。早在罗丹还是一个被美术学院拒之门外的穷雕工的时候，罗斯就来到了他的身边。这个勤劳朴实的女子与罗丹共同度过了最为艰难的时光，为他无私奉献。为他养儿育女，侍奉老父，为他做模特，料理拮据的生活。当卡米叶出现在罗丹的生活中时，罗斯已经年老色衰，但是罗丹对她生活上的依赖已经不能解脱。罗斯是罗丹需要的女人，是他生命中不可或缺的一个人，他对她有深厚的感情。卡米叶呢？她年轻，漂亮，深爱罗丹。唯一不能给的就是罗斯给予罗丹的一切。因为她不仅要做女人，做罗丹的情人，她更要做艺术家，要做罗丹整个生活中唯一的女人。这正是罗丹无能为力的。强烈的自尊，执拗的个性，野性的意志，追求完美的性格，使卡米叶越来越不能忍受这种暧昧的生活状态，尽管她对罗丹爱得发疯，却也不能不屈服于自己的个性，在这场无望的角逐中寻求自我解脱。

在卡米叶1894年至1900年完成的组雕《盛筵必散》中，我们看到了一个无望

《命运三女神》：是帕提农神庙东山墙上右角末端的高浮雕，也是希腊古典时期著名的雕刻杰作之一。三位女神是指克罗托、拉克西斯和阿特洛斯。

无奈、痛苦万分的灵魂在哭号。从素描稿到小稿，是一幕幕卡米叶自身参演的爱情悲剧。

素描：老年女人，赤裸着全身，干瘪的躯体，挥舞着一把扫帚，像是在驱赶着什么，目光恶狠狠的。中年男子和年轻女人，紧紧地搂抱着，一条黑色的锁链缠住他们的全身。在锁链中禁锢的年轻女人仍然在奋力向上攀缘。为了挣脱锁链，获取自由，将男人留在自己的身边，她似乎在拼尽毕生气力。

小稿：一个男人被一个老妇拖拽着，身不由己地走向老妇；一个年轻的女人，跪在地上，抓住男人的另一只手，正在做最后的挣扎。男人的动态是在向前，重心却在向后。他的一只手无力地搭在老妇的肩头，头扭向老妇的一方任由年轻女子在做无望的努力。虽然是小稿，年轻女子的身躯却传达出无限的悲苦和哀伤。

青铜雕像：老年女人与男子已经全然合为一体，在老妇的控制挟持之下，他们共同向一方走去，青年女子屈身向上跪倒在地，徒劳地伸出双手，拼命地向前抓去，却怎么也够不着那男子了。这伸出的双手，在挣扎，在祈求。她茫然失神的眼睛，露出深深的哀怨。她赤身裸体，全无遮挡，痛苦的肉体，暴露在光天化日之下，那么无助，那么绝望。

这就是卡米叶与罗丹的爱情悲剧。

1898年，卡米叶与罗丹彻底决裂。她完全可以不做这种决定而继续留在罗丹身边，但是她的性格不容许她做这种中庸的决策，所以她毅然决然地放弃了长达十五年的爱情苦痛。但是在她的内心深处，创伤永远都无法平息，她一边目睹着罗丹的辉煌成就，一边独自吞咽着孤独的生命苦果，无所归依的灵魂带着累累伤痕走向注定的悲剧末路。

离开了罗丹，卡米叶继续创作了《克罗托》、《生活之路》、《美人鱼》、《帕尔修斯》等雕塑，艰难地一步一步走着自己的路。

在古希腊的神话中，有三位掌管人类命运的女神。最年轻的克罗托负责编织人类的命运线，拉克西斯决定命运线的长短，阿特洛斯负责剪断命运线。历代的艺术家对这三位女神都做过描绘，很多把她们画成年轻美丽的女子，例如范蒂尔登的《命运三女神》。但是在卡米叶的雕塑中，最年轻的克罗托成了一个面目可憎、龇牙咧嘴、笑容阴沉、居心叵测的老太婆。她的头上缠着松散绷带，肚子上带着明显的伤痕，肌肉突出的丑陋的双腿向前迈开步子，整体看起来非常的丑恶。卡米叶似乎在用手中的刻

巴黎罗丹美术馆：1929年正式开放，位于费城公园路与22街交接处。这里曾经是罗丹的住所。去世前，罗丹把所有作品都捐给法国，法国当局为了纪念他，就把这座大宅改成了罗丹美术馆。

刀向这位决定人类命运的女神表示不屑，宣泄她对命运的痛恨之情 。

卡米叶在孤独的日子里依旧勤奋工作，举办展览，以期得到公正的待遇，但总是事与愿违。她日夜劳作，又对自己的作品不满，她雕出成群的雕像，再逐个敲碎，一个不留。她时时感到罗丹的追赶和超越，一次次地离家出走。

这一切都太难了，一个仅仅三十岁的女人，在外界巨大的压力之下，她怎能承受得住呢？终于，她的精神彻底崩溃，被送进了疯人院。

1943年10月13日，阿维尼翁附近的蒙特维尔格疯人院里，一个形容枯槁的老妇，孤独地、默默地离开了人世。其实，早在三十年前，她的灵魂已经悲郁而亡了。七十九岁的卡米叶在疯人院里度过了三十年的寂寞光阴，没有雕塑，没有纷争，没有爱情，也没有灵魂。为了雕塑，为了爱情，为了艺术，为了得到完整的灵魂，她付出了毕生的代价，但是命运女神最后也没有眷顾她。

1984年，巴黎罗丹美术馆，一个展品达八十件之多的卡米叶雕塑回顾展开幕，法国人似乎在一夜之间发现了一位才华横溢的女艺术家。这一回，她的名字前面没加任何的定语修饰，她成了举世公认的艺术家。但是，这些对于卡米叶本人而言，又有多大的意义呢？或许，如果她来得及，她会想着把她所有的雕塑都一一敲碎。当世界选择罗丹的时候，卡米叶注定成为爱情悲剧里最悲伤的女人，成为艺术史上最寂寞冷清的雕塑家。

## 死生寂寞

有时，情欲世界里的死生寂寞，可以使人放弃生命所有。

这是希腊神话中一个“在天愿为比翼鸟，在地愿为连理枝”的爱情故事。人间冥界，生死异路，长歌之恨，悲切流离。

俄耳甫斯是个多才多艺的少年，他的父亲是太阳神阿波罗，母亲是缪斯女神。他继承了父母的文艺禀赋，受到他们的感染和熏陶，长大后成为一名出色的音乐家和诗人。当然，也成为了父亲那样的痴情男子。年轻的俄耳甫斯正直有为，他做了人间特拉喀王国的国王。

俄耳甫斯和欧律狄克 / 油画 / 法国 / 普桑 / 1649—1651 年

有一次，英俊的国王陛下在山林中打猎，无意中见到了林中仙女欧律狄克，很多天上的神和地上的人都说欧律狄克是森林中最美丽的仙女之一。

那是一次很美妙的相遇。俄耳甫斯只看了欧律狄克第一眼，就被她深深地吸引了，他确信眼中的这个美丽的仙女就是他此生此世要寻找的那个人，而今他找到了。欧律狄克呢？也被这个英俊勇敢的年轻国王吸引住了，当她向山林深处走去的时候，她多么希望能够回首再看他一眼，因为，可能以后都不会再见到他了。两颗互相期许的心，在刹那间合二为一。

第二天，俄耳甫斯又去了那里的山林，他已经无心打猎了，他背着弓箭袋，骑着骏马，在遇见欧律狄克的地方徘徊踯躅，松鼠和梅花鹿从他的面前飞快地跑入树林，他都视而不见：俄耳甫斯国王坠入情网了。美丽的仙女没有出现，他的心中怅然若失，双手攒住缰绳，站在原地，久久不肯离去。直到黄昏，急切盼望回家的骏马嘶鸣着提醒国王该回到王宫去了，俄耳甫斯还是怔怔的，不想离开。

正在山泉边和众姐妹们采花游玩的欧律狄克远远听到了马鸣，她的心中一动，觉

得这是意中人的马在召唤。欧律狄克的心怦怦跳起来，顾不上和姐妹们道别，她飞快地向森林中奔去。

俄耳甫斯心中的失望无法言说，他牵马回缰，准备离去。这时他的马却嘶鸣起来，拼命掉头拉住俄耳甫斯的步伐，俄耳甫斯心中奇怪，但是突然他意识到什么——再次回转身来的时候，欧律狄克飘飘的白色衣裙在枝叶间穿梭，俄耳甫斯呆住了，他几乎不能相信自己的眼睛——美丽的仙女正向自己跑来。

欧律狄克跑到俄耳甫斯的马前站住了：她娇喘吁吁，明亮的眼睛羞涩又充满欣喜地望着马上的俄耳甫斯，手中还拿着在泉边采摘的鲜花。它们都被树枝划得支离萎蔫了，花的汁水从欧律狄克的手里流出来。俄耳甫斯的马安安静静站着，看着眼前的仙女，似乎也在惊叹她的美貌。

俄耳甫斯悄无声息地下马，他来到欧律狄克的面前，猛然抱起了她，向森林深处走去。欧律狄克像一只温顺的小鹿一样躺在他的怀中，两只手紧紧搂住俄耳甫斯的脖颈，羞怯的脸深深埋进他温暖的胸膛……

俄耳甫斯的马静静地站在那里等待着，蹄下踩着肥美的嫩草，它只是看着主人离开的方向。

当俄耳甫斯和欧律狄克回到马的身旁的时候，天色已经很晚了。俄耳甫斯轻轻把欧律狄克抱上马背，自己一跃而上，忠诚的马儿迈着矫健的步伐向着王宫狂奔而去。马背上，一对幸福的恋人紧紧依偎着。

特拉喀王国的人民为自己爱戴的国王举行了盛大的婚礼，整个城市欢乐升腾。英俊的国王和美丽的王后在子民的声声祝福中走向红地毯。国王亲自为前来祝贺的臣民弹起竖琴，琴声悠扬，每一个人都感受到了尊敬的国王陛下琴声中的绵绵深情。欧律狄克陶醉地依偎在自己的丈夫身边，她多么希望这样幸福的日子永远下去啊！每一个人都在心中这样期许着。

月光皎洁的晚上，欧律狄克和俄耳甫斯漫步在月光下的花园里，清风徐徐，神庙的晚钟悠悠。

欧律狄克合掌祈祷："万能的美丽的爱之神啊，愿您保佑我们的爱情像长春藤一样长青，我们的家庭像玉簪花一样和美，我们的王国像向日葵一样欣欣向荣。"

“会的，亲爱的，众神都会保佑我们永恒的爱情和国度的。”俄耳甫斯低下头亲吻自己的妻子，在她的耳边轻轻安慰道。

他们幸福地生活着。不久，欧律狄克生下了一个小公主。又过了一年，他们夫妇又有了一个可爱的小王子。整个王国为小王子的诞生而狂喜，到处笙歌燕舞，一片狂欢景象。

然而，在人们尽情表达着他们对国王和王后的祝福的时候，谁也没有想到欢乐背后的悲剧发生了：一天晚上，王后欧律狄克在花园里与孩子们玩耍的时候，被藏在灌木丛中的毒蛇咬了一口。她哪里知道那条毒蛇的厉害，还以为只不过是一条不起眼的虫子咬着了她。可是很快，她的伤口变得痛痒无比，随即她开始头晕窒息，等到宫女们报告了俄耳甫斯，他匆匆赶到的时候，欧律狄克已经昏迷不醒了。俄耳甫斯万分惊恐，呼喊着妻子的名字，但是欧律狄克再也听不到丈夫的呼喊了，她的身体慢慢变冷，终于没有了任何声息。

**俄耳甫斯 / 油画 / 意大利 / 乔凡尼 · 贝里尼 / 1515 年**

失去了心爱的妻子，俄耳甫斯陷入了悲痛的深渊。全国的人民也因为王后的不幸离去而悲痛哀悼，仿佛一夜之间，狂欢的音乐变成了丧痛的哀鸣，特拉喀王国陷入了前所未有的哀伤与死寂之中。大臣们无心料理公务；农民们放下了手中的农活；姑娘们头上的鲜花换成了素净的白布带；小伙子们不再喝酒唱歌跳舞；懵懂无知的小孩子们也不再唱欢快的儿歌了；年长的老人们坐在街角的太阳光里，口中喃喃地为死去的王后祈祷。最悲伤的莫过于俄耳甫斯了，他整天坐在妻子死去的花园树下，一声不吭，在自己的默思哀想中回忆着妻子的音容笑貌和他们生活的点点滴滴。

没有妻子的俄耳甫斯度日如年，当王国的百姓们终于从悲痛中解放出来，开始正常的作息之后，俄耳甫斯依旧无法自拔。他决定亲自到冥界去寻找妻子，请求冥王哈得斯归还欧律狄克。于是他带了竖琴长途跋涉，向无底的地府走去。在冥界的入口，守门的怪狗拦住了他的路，不准他进入冥界。俄耳甫斯拿起竖琴弹奏了一曲，悲伤真切的旋律感动了怪狗，它默默地退到一边，为俄耳甫斯让路。

俄耳甫斯急切地来到地府的大殿，见到了冥王哈得斯和冥后佩尔塞福涅，他说明了自己的来意，但是冥王哈得斯认为他的举动很荒唐。

“俄耳甫斯，你知道你在做什么吗？欧律狄克既然已经死去，就是冥界的一员了，这是她的命运，谁都无法改变，我劝你还是早些回到你的王国去吧，虽然你是我的外孙，但是我也不能因为这样就答应了你的要求。我怕如果那样的话不但你不能救活你的妻子，连你的性命都有危险啊。”

可是爱妻深切的俄耳甫斯哪里听得进哈得斯的话，他又拿起竖琴弹奏起来：琴声诉说了他对妻子的真挚爱情，弹出了他失去妻子的深深痛苦。如泣如诉的琴声感动了冥后佩尔塞福涅，她同情这对恋人的遭遇，于是在冥王哈得斯面前替他们求情。冥王深爱自己的妻子，听了她的求情，也觉得俄耳甫斯和欧律狄克之间是不可分割的，所以他答应放回欧律狄克。俄耳甫斯感激万分，叩头致谢。

“但是，痴情的俄耳甫斯，有一件事情你必须清楚。冥界与阳间是不同的。你的妻子已经死了，如果她还想回到阳间的话，在回去的路上你不能看她一眼，更不能和她说话，否则她永远都不可能再回去了。你必须记得这件事情，不然后悔的是你自己。我冥王也帮不了你了。”

俄耳甫斯答应了冥王，冥王命侍从们把欧律狄克带来。俄耳甫斯谢过冥王冥后，拉起欧律狄克的手，径直往冥界之门走去。跟在后面的欧律狄克见到自己的丈夫，惊喜异常，想要和丈夫诉说离情别苦，但是她发现丈夫竟然不看她一眼。

“为什么？为什么你要带我走，却不肯看我一眼，不肯和我说一句话？你告诉我呀！”

俄耳甫斯强忍住眼中的泪水，不让自己回头，急急地向阳间奔去。

丝毫不知内情的欧律狄克看到丈夫这样对自己不理不睬，以为丈夫已经变心了，心里很痛苦。

“你已经不爱我了是吗？你甚至连一眼都不愿看我，既然这样，我还回到光明的人间做什么呢？我宁愿留在这里，你一个人回去吧，我已经死了，不要再管我了。”说着，欧律狄克干脆不走了。可怜俄耳甫斯有口难辩，他多想回头拥抱自己朝思暮想的妻子啊？可是不能。不然她就永远都只能是一个幽灵了。眼看就要走到冥界的大门了。欧律狄克偏偏不走了。这可怎么办才好呢？俄耳甫看着冥界的大门，怪狗已经在门口准备打开大门放他们出去，曙光从门缝透进来。穿过这所大门，欢乐的时光就会重新回到身边了。俄耳甫斯再也忍耐不住，转身想去拥抱欧律狄克——和她一起逃出地府！——然而，悲剧再次发生了。

俄耳甫斯的双臂空空，什么都没有抱住。欧律狄克像轻烟一样向地府深处飘去，后悔莫及的欧律狄克徒劳地伸着手，试图抓住丈夫拥抱的臂膀，可一切都太晚了，没有谁能够背叛命运的法则。

俄耳甫斯只身回到了大地，从此他更加消沉。他每天都沉浸在对妻子的怀念和后悔不堪中，王国里再也听不到他悠扬的琴声，他再也不爱别的女人了。但是特拉喀王国的女人们不愿意见到国王为了一个死去的王后而这样消沉。她们需要他的爱情和琴声，不能容忍国王对她们的冷落。在一次酒神的祭祀中，特拉喀的女人们要求国王为她们弹琴，她们已经许久不曾听到国王的琴声了，没有了琴声，她们的生活少了很多欢乐。可是俄耳甫斯拒绝弹琴，他怕自己止不住的忧伤断了琴弦。埋怨的人群中不知是谁说了挑唆的话：“国王已经抛弃了特拉喀所有的百姓。”于是愤怒的百姓围住了悲伤的俄耳甫斯，活活把他打死，女人们甚至怨恨地割下了他的头。俄耳甫斯几乎没有反抗，或许他已经认命，正等待着到地府中与心爱的妻子相会吧。

拿着俄耳甫斯头颅的色雷斯姑娘 / 油画 / 法国 / 莫罗 / 1865 年

# 第五章

CHAPTER 5

# 复归——女人之为女人

爱美是女人的共性。
为了彰显自己的魅力，她们搽胭脂、抹口红、穿金戴银，
力求把自己打扮成天仙一样的美人。慈爱是女人的母性。每一个男人，
从来到世上的第一刻起，便开始依赖作为其母亲的女性，
便开始沉醉在她那无私、深沉、温柔的爱的港湾中。

# A/ 衣饰的诱惑

女人从婴儿时期就被灌输了这样一种观念：美丽是她的拐杖。因此女人通过身体来发现她自己，塑造她自己。在围绕肉体镀金之笼旋转之时，女人陷入了一味寻求装饰的牢狱。

## 令人炫目的首饰

在灵肉相会的那个神秘的地方，女人诞生并获得了生命。一切美丽的东西都属于她，甚至美丽这个字眼本身。一切都是为了美化她而存在。阳光只是为了使她的皮肤发亮、头发辉映金色而闪耀；风只是为了使她的脸蛋发红而吹拂；海水只是为了替她沐浴而不遗余力；鲜花为了使她的皮肤能够尽情享受其精华而甘愿死去。她是造化之王后，是杰作。穷尽大海深处，遍搜珍珠和珊瑚，为的是她能梳妆打扮；掘地三尺，寻觅蓝宝石、红宝石、金刚石，为的也是她能穿金戴银、珠光宝气。海豹未及成年便被人用乱棍打死，羊羔尚未出世就被人从母体中扯出，成百万的鼹鼠、麝鼠、松鼠、水貂以及其他可爱的小动物都过早夭折，为的是她能够衣着轻裘。鸵鸟、孔雀、蝴蝶和甲虫毫无例外地为她献上羽毛。男人冒着生命危险猎取豹皮和鳄鱼皮，好为她提供做外套、皮包和皮鞋的材料。成百万的春蚕孜孜不倦为她吐出雪白的蚕丝；甚至女裁缝都亲手滚边挑花，好让她穿上金钱所能买到的最好衣服。

文明世界的男人把他们身上世俗的华丽衣饰剥得精光，以便更加肆无忌惮地掠夺全宇宙的财富来装扮我们的淑女。新机器、新工艺、新的原材料全都用来服务于她。因此，我们的淑女不仅必须是主要的消费者，而且是男人的消费能力和事业成功的重要衡量依据。当她的配偶在工厂里辛苦劳作，她便在最时髦和最豪华的宾馆漫步徜徉，前胸后背、手腕手指上披挂着的全是他的财富。她享受着那种软绵绵的无所事事的状态，而这正是维持配偶的声望和她显示其声望的资格的必要条件。从前，只有贵族的女士才有资格封以造化之王后的头衔：只有她的手才够白，脚才够小，腰才够细，头发才够长、

两位威尼斯妇人 / 油画 / 意大利 / 维托雷·卡尔帕乔 / 1510 年

够柔顺，而每一个富有的自由民的妻子都竭力东施效颦，学淑女的样，争赶时髦，直到我们的淑女把自己打扮得像个镀金的洋娃娃，浑身上下缀满了鸽子蛋似的珍珠和奇形怪状的红宝石。如今，英国女王每一次出现在公共场合时都尽可能地炫耀其家族的珠宝，以此彰现她作为皇室女性的荣耀。尽管男性君主已逃脱了这种显富的责任，因为他们已完全将这种责任移交给了他们的妻子。

首饰的主要任务，是让人们注意到戴首饰的身体部位，是用特殊的方式强调这个部位的美。滑动的手镯是要显示手的优雅；紧箍的手镯则突出手的丰腴；宽的鞋扣显示脚的匀称；宽腰带衬托了腰肢的婀娜；耳环映衬了耳朵的玲珑；指环使手指看来更加纤细；项链展示了脖子的秀气；项链上悬挂的饰物则叫人注意到那起伏的胸脯的香艳。因为丰美的胸乳一贯是女性的骄傲，因为女人想叫人注意到的首先是这个部位，还因为大多数时装款式都拒绝直接表现这个部位，所以这个部位附近的，尤其是围在脖子上的首饰，其任务就是把人们的目光吸引到这个部位，显示这个部位特别的美。项链和其它悬挂的饰物不仅能使女人脖子的线条显得格外的柔和，能突出乳沟，并且还叫人注意到乳房并没有耷拉下垂。扣环是要强调乳峰的高耸，而胸褡上的胸坠则是表示乳晕。

所以，妇女袒胸越多，她们戴的首饰往往越讲究。当然也可能只戴一件精致的首饰，如果这件首饰能够达到上述所有效果的话。

文艺复兴：始于13世纪末期的意大利，粗略指欧洲从13世纪末到16世纪之间所经历的一场思想文化运动。它揭开了近代欧洲历史的序幕，被认为是中古时代和近代的分界。

戴首饰的规则和目的便是如此，所以首饰是卖弄风情的重要工具：首饰展示美，是一种特别的广告牌。妇女追求这个目的往往是不自觉的。要达到这个目的，得有一个前提，那就是首饰同它装饰的部位并不矛盾，而确实显出了后者的优美线条。如果这类首饰增加了美，那么，通过巧妙构思的形状或色彩，间接地修饰了不美的线条或者让一定的线条改变方向。不论是文艺复兴时代沉甸甸的、硕大无朋的首饰，还是洛可可时代精美绝伦的首饰——镶嵌着光芒四射的钻石、祖母绿、红宝石，首饰从来都没有离开过卖弄风情的目的。

## 令人心悸的袒胸装

随着女人逐渐成为财富与等级的展览品，而男人"退居二线"，变得相对默默无闻，女人们开始粉墨登场，成为西方艺术的核心内容。文艺复兴以前，希腊罗马人在某种程度上比较偏爱青年男子的形体，认为它是最有力、比例最完美的东西。而文艺复兴时期，女性形体开始占上风。那时的女装暴露胸乳，无所畏惧。人们的观念是："女人不穿衣服，绝对敌得过珠衣罗衫。"但是人们不能经常什么衣服也不穿，因而至少最大限度地把向来认为是女人最美的的部位展现出来，因而常常用时装暴露来达到这一目的。袒胸不但称不上是罪过，相反，是最广泛的最受崇拜的一种美，因为它体现的是时代的性冲动。任何一个女人，只要胸乳很美，不论怎么样都要有一定程度的袒胸。美貌已一去不复返的老太婆，也要竭尽全力、尽量长时间地让人们以为她们的胸乳仍然丰满美丽。倘若一个女人的胸乳生就得特别美丽，那她更是四处炫耀。

文艺复兴时代和别的时代有很大不同，女人袒胸并不局限在家里的舞会上。在街道甚至在教堂里，她们都裸露胸部。每逢节庆，她们更是炫耀似的走过街巷。文艺复兴时代明明白白地表示，时装并不取决于气候，而是社会存在；气候顶多只是造成量的不同而并非质的不同。虽然天气比较热的国家喜欢较薄的衣料。但是，北方女人露胸的程度也和南方女人一样。比起法国、威尼斯和罗马的女人，德国和瑞士的女人露胸的面积也小不到哪儿去。

拉・贝莱・娜尼像 / 油画 / 意大利 / 委罗奈斯 / 16 世纪

**夫妇 / 油画 / 意大利 / 洛托 / 1543 年**

为了使其他人留意到自己胸乳的美，更留意到乳房最珍贵的美质——弹性和丰满，有时候女人以钻石套环和小套子来装点自己的乳头，把两只乳房用金链接连起来，金链上面镶有十字架和珠宝。喀德琳·美第奇为她的宫廷命妇设计了一种时装，通过这样一种方式来引诱人们注视她们的乳房：在衣服的上面，左右两边分别剪开了一个圆形的口，把乳房完完全全暴露在外面，一般不施以任何一种掩饰；也有的在衣衫外面制做两只假乳房的形状。这种只露出胸部或脸部的时装也在别的地方流行。例如威尼斯，习俗决定贵妇过街必须戴上面具或者面纱——在这些地区，这种时装也挡住了脸，但胸部却裸露得更多了。

在平民以及城市贵族当中，女人露胸并不像专制君主的宫廷中那么无所畏惧，只有妓女仿照宫廷的风气，她们往往被允许裸露整个胸部上街，或者最少也有权利在

**扮演庐科莱奇亚的妇人 / 油画 / 意大利 / 洛托 / 1533 年**

家里、在节庆宴会上这么做。但是平民阶层妇女的露胸现象也很普遍。平民阶层中间有几种时装胸部的开口非常之低。在荷尔贝因和丢勒的素描中可以看见这种时装。

在一个关于15世纪初服装的资料中有这样的记载:“有钱人家的小姐的衣裳无论前面还是后面都有开口，前胸后背差不多都暴露在外面。”

同样，在15世纪的林堡地方纪事中也这样写道:“女人穿的服装，胸前开口特别低，能看到胸乳的一半。”

穆纳对女人高明的手法进行了这样的描述:“女人根本就不记得什么是羞耻，真是把风俗败坏到了极点。她们现在把裸体当作美。后背整个儿暴露在外面，还很巧妙地展示她们用紧身褡抬起的乳房。她们敞开一半的胸口，以免把它在衣服里憋死。她们想利用这种方法来引诱白痴。‘滚开！怎么啦！’男人触摸到女人的胸部时，她们这么说：‘看你有多恶劣！我用人格担保，我从未见过像你这样没有规矩的人！’可说完，她就把手伸向胸前，于是全部的乳房都鼓出了衣服。”

女人在这方面的大方，在一些城市甚至变成了谚语。人们这样描述佛罗伦萨的女人：“她们爱展示她们的丰胸。”

胡斯在他著名的作品《论神父和僧人的卑劣》第四十八章中写道：“女人的上衣在脖子四周划开一个特别大的口，胸部的一半裸露在外面，任何一个人都可以看见她赤裸裸的胸部和光滑润泽的皮肤。在教堂里，在广场上，任何一个人都是这样，在家里更是如此。她的胸部没有裸露在外的那一部分又故意地加以渲染，高高地鼓起，像是胸部上面长了两只角。”

在很多时代，大面积裸露的权利只属于少女。这很容易理解，少女最有权利展示她的动人心魄的美质。已婚妇女已经到达了她们的目的地，习俗规定她露胸时必须要把握分寸。至于寡妇，脖子以下是不能有开口的，因为她已经没有必要引起男子的关注了。在一些城市，寡妇必须彻头彻尾裹起来：她们已经没有权利享受生活的欢乐。但是，这个要求的期限只是为期一年的服丧期。一年以后，所有城市、所有时代的寡妇都可以再次展现她们的美，甚至可以和少女们进行一番较量，因为她们现在可以再次追寻男子的爱和注意。

威尼斯高级会议在17世纪发布的一项法令是这样的：“只有妓女才能光着上身上街或去教堂。任何一个已有妻室的男人均须制止自己的妻子裸体，要不然的话，须交纳几百杜卡特罚金，不管她的出身是贵是贱。”

女人都坦率地展示她们的时代认为最宝贵的东西，这与文艺复兴时代的欲望性质完全吻合。当时的书籍中有许多证据说明女人的大范围露胸使男子的热情如同火焰，证明身体的这一部位最能刺激、引诱男人。

**让·西美亚像/油画/德国/荷尔贝因/1536年**

长诗：一首之中包含八行或以上的诗统称为长诗。世界上最长的一部史诗是中国著名英雄史诗《格萨尔》，被誉为东方的《伊利亚特》，在国际学术界中享有盛誉。

# B/ 女人祸水论

“女人是万恶之源”，“女人是祸水，女人是邪恶的化身”。自古以来，很多民族竟然毫无例外地存在着这种偏见。

人生是艰难的，生活中有说不尽的艰辛，灾难与罪恶总是与人同行。你想知道人间的灾难从何而来吗？那么你可以到古希腊美妙的神话里去寻找一个美丽的少女，她的名字叫潘多拉。

故事是这样的：众神之王宙斯为了惩罚为人类盗取火种的普罗米修斯，将他吊在高加索山崖上，让神鹰每天啄食他的肝，但是第二天他的肝又会长出来，然后神鹰就继续啄食，就这样反复折磨着他。同时也为了报复无法无天的人类，宙斯命令他的儿子——火神赫菲斯托斯用黏土做成了地上的第一个女人潘多拉，每位神都必须送她一件礼物，维纳斯送给她美貌，墨丘利送给她利嘴巧舌，阿波罗送给她音乐的天赋，还有其他种种，以使她臻于完美。接受了这些禀赋后的潘多拉被送到人间交给了普罗米修斯的弟弟厄庇墨透斯。尽管普罗米修斯早就嘱咐过弟弟要提防宙斯和他的馈赠，但他弟弟还是欣然接纳了潘多拉。在人间，好奇的潘多拉打开了众神给她的盒子，立刻从里面冲出一大群灾难——折磨人肉体的痛风、风湿、腹痛；折磨人心灵的嫉妒、怨恨、复仇——灾难飞散到各个地方，带给人类痛苦和折磨。赫西奥德在《工作与时日》里以长诗的形式复述了这则神话：

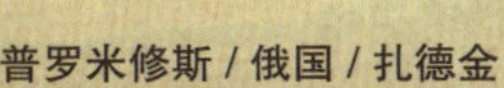

普罗米修斯 / 俄国 / 扎德金

宙斯在盛怒之下藏起了人类的粮食，
因为虔诚的普罗米修斯欺骗了他。
因此他为人类制造了痛苦和烦恼。
他藏起了火。
但伊阿珀托斯伯忠实的儿子再次欺骗了他，
从空洞的烟囱里，从诸神的主宰那儿，
又一次为人类盗火。
宙斯在愤怒中对他说，伊阿珀托斯的儿子，才智过人，
你偷窃了火暗自欢喜，
但这会给你和下一代带来巨大的灾难。
我不会把火给他们，却要把邪恶给他们。
但他们却会欣喜地接受，拥抱他们的灭亡。
人类和万神的主宰大声地笑着。
他又告诉赫菲斯托斯把水土混在一起，
然后再赋予这混合物人类的语言和力量以制造一个女孩，
像所有流芳百世的女神那样光彩照人。
他告诉雅典娜教会这东西纺织、刺绣，
并责令阿弗洛狄忒，
赋予她的腮颊以媚力与欲望，
引起堕落的情感，
信使赫尔墨斯与阿耳戈斯，
负责给那东西淫妇的心胸和偷窃的习惯。

跛行神立即按克洛诺斯之子的要求，
制造了一个温顺的姑娘。
灰眼睛的雅典娜为她着装并给她一条腰带，
劝诱女神和温柔女神用金色链子将她环绕，
梳头发的时间女神用春天的花朵将她打扮。
雅典娜给了她许多彩色的装饰品，
信使和阿耳戈斯又把说谎、偷窃的习气放进她的胸中。
他照着宙斯——伟大的神的指示去做，给了她语言。
众神的信使给她取名为潘多拉，
因为所有的奥林匹斯神都给她送了礼物，
这些礼物将成为为生存而斗争的人类的灾难。
当这个无法逃脱的诱饵被制成时，
上帝派信使和阿耳戈斯把这个礼物送给厄庇墨透斯。
普罗米修斯曾对他说过，
千万不要接受奥林匹斯山宙斯的礼物，
如果送来就必须退回，以防会给人类带来邪恶。
但厄庇墨透斯从不听这个劝告。
他接受了宙斯的礼物，又学会了邪恶。
在最早的时候，人类不受邪恶、艰苦的工作和痛苦的干扰(而在邪恶的时代人们很快衰老)。
女人用她的双手揭开了罐盖，
耕种烦恼从中飞出，人类有了痛苦，

撒旦：或称堕天使撒旦，主要指《圣经》中反叛上帝耶和华的堕天使。他曾经是上帝座前的六翼天使，负责在人间放置诱惑。后来，他堕落成为魔鬼，被看作与光明力量相对的邪恶、黑暗之源。

只有希望还留在箱底，因为它被迅速地关上。
这是宙斯的意愿——神的意愿。
但千百种痛苦已四处飞扬，造成了人类的灾难。
人间和海洋都充满了邪恶。

潘多拉的故事在古希腊几乎家喻户晓，并渗透到整个西方传统文化当中。可是我们仔细想一想会发现，用潘多拉的故事说明女人是邪恶根源的论证毫无道理。因为潘多拉是宙斯有意创造出来的，装满灾难的盒子是宙斯给的，潘多拉打开盒子的行为也是宙斯指使的。邪恶的根源应该是宙斯，怎么能说是潘多拉呢？

在《圣经》中，夏娃和潘多拉一样，也成了历史上一个罪孽深重的人。因为夏娃受蛇的诱惑，偷吃了"善恶果"，违反了上帝的禁令，结果使自己连同亚当被上帝逐出了人类的乐园——伊甸园。从此，人类与灾难、痛苦和罪恶结下了不解之缘。因此，基督教会把女人比作蛇蝎和撒旦。在12世纪的布道词中有这样一句话："女人是邪恶的，她们淫荡如蛇蝎，多变似鳗鱼，好奇，冒失，寻衅成性。"

在中世纪还广泛流行着一种植根于原始神话的"女魔论"。女魔拉弥亚相貌丑陋，眼中闪烁着狡黠的光芒，专吃男人。她具有可怕的魔力，可以潜行和变身。拉弥亚经常变成一个美艳动人的名妓在街上招摇过市，把那些身材壮实、面色红润的年轻男人勾引到她的怀里，欣赏一番之后，便狼吞虎咽地把他们吃得干干净净。为此，教会宣扬女人都是拉弥亚，是专门诱惑男人的女魔。"女魔论"引起了一场残酷的"驱魔运动"，这场运动从中世纪初期开始，一直持续到清教时代，许多无辜的女人受到了宗教所的折磨和拷打，被迫害至死者不计其数。

在希伯来文化典籍中，也流传着一个与拉弥亚一样专吃男人的恶魔丽丝丝。在《圣经创世记》的另一种说法中，上帝最初创造的女人除了夏娃还有丽丝丝。丽丝丝和亚当、夏娃一样，是上帝用泥土做的。亚当要女人必须服从自己，夏娃没有反对。而丽丝丝是一个具有反抗精神的女人，她对亚当说："我们都来自同样的泥土，我们应该平等。"亚当听了十分恼怒，举起丽丝丝扔向空中。丽丝丝为此恨男人，并变成

受诱惑的夏娃／油画／英国／史坦霍普

了专吃小男孩的女魔。男人害怕凶残的丽丝丝，于是把他们讨厌的女人斥为魔鬼的化身。

马鲁认为："没有什么比女人更为罪孽深重的了。事实上，女人乃是一切邪恶之源。"

此外，关于女人是祸水的说法还有许多，例如：

印度《摩奴法典》："不名誉的根源是妇女，不和的根源是妇女，陋俗所以存在的根源是妇女。"

修昔底斯则说："假如创造女人的神存在，我要寻出他的所在，去和他说，他是最恶毒的创造者。"

公元7世纪的讽刺作家西蒙尼得和希坡那克斯则这样描述道："妇女是神迄今创造出来的最大祸害。"

多罗米埃认为："女人是邪淫寡信的，她们恨蛇，那只是出于同类的嫉妒心。蛇和女人是对门住的……一个漂亮的女子，便是一场战争的原因，一个漂亮的女子，使是一起明目张胆的盗窃。"

拜伦说："女人身上叫人可怕的东西，就是女人是祸水。我们既不能与她们共同生活，又不能没有她们而生活。"

尼采诅咒说："女人是危险的、潜行的、卑鄙的四蹄兽，女人远比男人邪恶，也远比一个男人聪明。在一个女人身上，善良早是堕落的象征。"

莱蒙托夫的小说《当代英雄》的男主角毕巧林说得很可怕："当男人看护女人入睡时，他极力想去了解她，可是当女人在看男人睡觉时，心里则想着把什么样的酱油浇在男人身上，吃起来会更好吃。"

叔本华眼中的女人："女人的根本的和最大的缺陷——不正经。因为女人有这个根本缺陷，因此虚伪、不贞、背信、忘思等毛病随之而来，在法庭上作伪证，女人就远比男人多。"

"女人祸水论"是一种非常奇特的理论，它不系统，但却非常丰富；它不科学，但却是人们解释世间一切罪恶、一切灾难、一切不祥之兆的“百科全书”。它能解答战争的起因与结果——不是吗？正是美丽的斯巴达王后海伦引起了长达十年之久的特洛伊战争，正是妖冶的埃及艳后使杰出的安东尼在阿克兴角海战败在了屋大维手下。总之，女人是罪恶、灾祸的源头。

正因为女人是祸水，是卑弱者，是弱智者，所以，高傲的男性都为自己生为男人而欢欣鼓舞。柏拉图感谢上帝没有使他成为女人，并把它列在上帝赐给他的八种恩惠的第二位。而犹太男子在朝祷时则含着喜悦的泪花：“赞颂不使我做女子的我主！全世界主人的上帝！”

但是我们也清楚地看到，引起战争的女性从来都不是战争本身的发动者和支持者。她们之所以引起战争，那只是因为男人为了她们而发动了战争。不管她们引起了多少战争，她们都永远不对战争负有责任。人们更不应该忘记：没有女性，完全可以有战争，但没有女性却永远不会有和平。出示第一棵橄榄树的是女性，出示最后一棵橄榄树的也必定是女性！女性本来就是和平的使者！女性永远是和平的使者！

精神分析学家荣格对此有一种解释。他认为，男人本身有女性意向，正像女人身上有男性意向一样。“女人祸水论”不是起因于对女人的性恐惧，而是来源于男人自身的女性意向。男人内心里的女性意向与男性角色发生不断冲突，为向众人表明“男子汉”的形象，男人用各种理由否定自身的女性意向。“女人祸水论”就是在此种情况下产生的。荣格的这种较为温和的解释没有把男人和女人绝对对立起来，但他的观点的片面性是显而易见的。“女人祸水论”完全是男人压迫女人的精神武器，古今中外，概莫能外。历代的统治阶级口出淫声，行有淫举，尽情纵欲，臆想占有世间所有的美女。另一方面，他们又牢记“万恶淫为首”的古训，自己犯淫反倒要求女人守贞。由于这种心理作祟，他们诬蔑女人是祸水，极尽攻击唾骂之能事。男人的自私、卑劣和狡黠，在这里表现得相当充分。

菩提树：又名沙罗双树、阿里多罗、印度菩提树等，与佛教渊源颇深，被视为佛教圣树。菩提树的梵语原名为“毕钵罗树”，意为“觉悟”，因佛教的创始人释迦牟尼在菩提树下悟道而得名。

# C/ 男人的定心丸

在所有时代所有国家，一夫一妻制都提到了婚前保持贞洁的最起码的要求。但事实上，这种要求只在女人身上适用。丈夫首先要求妻子在新婚之夜来临前没有被夺去贞操，她的童贞只归他一个人所有。这样确保她结婚后所生的孩子将是他的孩子。所以对新郎而言，最令他无法接受的，便是在洞房花烛夜看出他的新娘并不是处女。《新郎的感激》中说：“在婚床上就算抱住一只刺猬，也不要去抱一个失去贞洁的姑娘。”

女子在婚前谨守贞洁，会被人们敬重，会被人们认为这是女性最高尚的品德。数之不尽的风俗，特别是婚姻习俗，都极其坦率地体现了这种观念，向人们公开宣布这个或那个姑娘在这方面“出色”或者“不出色”，人们会为处女戴上一顶花冠，而对婚前失去贞操的姑娘则想方设法让她没有办法抬起头来做人。

在15世纪的德国歌谣中，姑娘以她会遭受羞辱为理由而不允许意中人走进她的卧室。

“什么人在敲我的门？不论是哪一扇我都不开，不然我会戴面纱，而其他的姑娘却头顶花冠，我会感到羞愧，而且越来越无法忍受。”在纽伦堡，失去贞操的姑娘去教堂时头上必须戴上一顶草圈，人们还会在她家门口扔下许多喂牲口的草料，大家叫她做“被实验过的新娘”。在谷腾堡，教会对失去贞操的新娘要进行惩罚，罚她在头发里缠进去一根草辫，而且要专门站立在教堂门前的台阶上。而引诱她下水的男子必须连着三个礼拜身上穿着草衣到教堂里来，而且用独轮车推上他的情人在周围转上一圈，人们还可以用脏东西往他们身上丢掷。

在大部分国家和地区，新娘必须当众证实她是处女。婚礼第二天把床单或新娘的内裤悬挂在窗外，或在窗口向人们展览。只有这样真实可见的证据，才能在邻居和朋友中间维护新娘美好的声誉。血迹越显著，越可以得意洋洋地把床单在邻居中间展览，因为这样，新娘贞洁的名声就更响亮。匈牙利的齐格纳人之间流行一种有趣的鉴别处女的方法，即丈夫于新婚之夜，令新娘赤脚踏菩提树制的小圆板，这圆板两面都有绘画。一面的外廓画着圆圈，象征肉欲，下面的蛇象征诱惑者，最下方的塔表示丈夫从塔上监视妻子的贞操；另一面则画着花，象征爱，下面的两根棒象征对于忘爱者的刑罚。他们相信失了贞操的少女踏上这木板，便马上会发生灾难。

结婚后，有“远见卓识”的丈夫想出了残忍的办法来强行保全妻子的贞节。在文艺复兴时代，有的丈夫用器械来保护妻子的贞操。虽然当时的生活哲学十分重视道德说教的作用，但是心计颇多的丈夫仍然认为越保险越好，最好给魔鬼（在这里是淫荡的魔鬼）安排障碍物，不让他胡来。照那些小心翼翼的丈夫的观点来看，要达到这个目标，任何道德原则以及对贞操的热烈颂扬，都比不上那些能“把住尘世爱情伊甸园大门”的牢固的器具。妻子既然知道自己无法满足情人的要求，那么，她迫不得已，只能谨守妇德，以凛然不可侵犯的神态一口拒绝大胆求爱的情人，更心安理得地战胜自己的恶念。

丈夫们的哲学，促成了贞操钢铁卫士的发明，这种新发明叫做“贞操带”。它的结构能让使用它的女人上厕所，但无法行房事，它装有非常复杂的锁，钥匙在丈夫、未婚夫或情人手中。

贞操带在14世纪流行于欧洲，它的别称为“维纳斯之带”。贞操带对丈夫们而言，可以说是使他们安心的天赐良物。

《婚床》的作者布雷多克介绍，“贞操带”有两种类型，一种用天鹅绒包住一条铁箍制成的护带，铁箍正面安装一条弯曲的象牙板，遮住阴部，防止女人进行非法性交。另一种是意大利和德国人制造的精致的“紧身褡”，两块精雕细琢的铁片，上面镶嵌着金质装饰品，两旁用铁链连接。它包住臀部前后，用锁锁牢，丈夫保管钥匙。这种缺乏理性、野蛮有余的办法，实在是对女性极大的侮辱。

当时，贞操带在一定程度上是名正言顺的用具。这一点，

十字军东侵：即十字军东征。它是指在1096年到1291年，由西欧基督教（天主教）国家对地中海东岸的国家发动的六次宗教性军事行动的战争。

从人们谈及它的口气中也可以看出来。一个年轻人上门求亲想娶这家的女儿，母亲面有得色地说，她的女儿从十二岁开始便戴上了贞操带，从来都不摘下来。另一个人，把未婚妻是否是处女看得特别重要，他碰了碰未婚妻的胯股，触到衣裳里面有铁的带子，马上表示满意。亲娘被送入洞房时（婚礼往往在新娘家举行），新郎从新娘的母亲手里接过精心保管多年的钥匙，让他用它来打开做工精致的锁，从此他就是这钥匙的主人。新郎关注的是"贞操锁"，稍微过了一会儿，他会满脸得意地向等在门外的新娘父母和朋友们公布"锁和大门完好无损"。有时"精致的维纳斯栅栏"是婚礼第二天早晨新郎送给新娘的第一件礼物。她还很天真，不知道拿它怎么办，新郎向好奇的新娘解释，她为什么非得戴这奇特的饰物，并且亲手给她戴上。"从此便杜绝了罪恶的爱情"，妻子只要有一天不和丈夫同宿，就得戴上这"清白女子美德的最佳卫士"。富绅或封建主出门远行的时候，会给他的妻子找个最可靠的、可以保全她贞操的朋友。那个时代的文学艺术对这些细节有较为详尽的描绘，在麦沃齐乌斯的作品中，一个未婚妻和另一位青年女子之间的对话，说出了贞操带的外表形状和结构。

"屋大维娅：近来我几次听朱丽亚和我母亲谈到贞操带，我想象不出那是什么样的带子，能使女人守住贞操。"

"朱丽亚：我告诉你……一只小小的金格栅，两根钢链在前面，两条在后面，从左右两侧吊住格栅。在后部，胯股上方有把锁，锁住带子，用一把特别小巧的钥匙打开。格栅高约六英寸，宽约三英寸，把胯股和小腹之间的部位全部罩住。"

从这段话可以看出，除了传世的贞操带之外，还有别的结构的贞操带。

"维纳斯之带"在德国的运用，由下面的事实可以证明：在奥登瓦尔德的埃尔马赫堡保留着一条贞操带，上面刻了一行字："我们想向你们诉说，这种锁叫我们女人受尽了苦难。"带上还绘制了一幅画。这行字就是图画的剖白。据传，在十字军东侵期间，一位德国皇帝就让铁匠给他的皇后铆了一副这样的贞操带，器形似一只铁框子，用它来保证在他率军远征撒拉逊人期间王后能保持贞操。

关于"维纳斯之带"在法国的运用，布朗写道："在亨利二世时期，一个商人把一打用来锁住女人性器官的器具运输到圣日耳坚固区的集市上。这器具是铁制的，从下面套到腰部再锁上。带子做得十分精巧，带上只有几个小孔使她小解。"

因贞洁受辱的年轻处女 / 油画 / 西班牙 / 达利 / 1954 年

莫利尼关于意大利的情况也作了类似的报道:“从那时起直到如今，米兰的贵人们都让他们的妻子戴上制作十分细巧别致的金银腰带，在肚脐那个地方锁住，带子上打着几个小孔供她们小解。戴上带子后就任由她们随便生活，不必拘管。”

在一本小说里讲过这样一个故事，说几个生意人要到外国去很长一段时间，他们用这样的办法让他们的妻子守住贞节。

这其中有一个生意人，他的妻子十分美貌。他要到海外去，对自已的妻子不太放心，因为有很多人喜欢她，想占有她。他下决心让她没办法乱来，于是他定做了一具塞弥拉弥斯发明的亚述式腰带。他要求妻子戴上这带子，自己保管着钥匙，心里很踏实地向东方进发了。

拉伯雷也讲过“维纳斯之带”是防备妻子不忠诚的保险设置。他说，每次离开家都应该让女人佩戴上它:“每次我离开家，如果没有把妻子用贞操带锁起来，那也未免太冒险了。”

从上面的文献可以看出，贞操带在各国各阶层当中的广泛运用，从中我们还可以知道这样一点——这一点十分重要，那便是历史在这个问题上体现出来的强烈的讽刺意味。贞操带的发明给那些商人带来了商业契机。我们都很清楚，商人们把贞操带以高昂价格出售给丈夫，同时又以高昂的价格向他们的妻子卖出一把钥匙——“反对道德的良方”。有一句俗话言简意赅地表达了历史的难以预测的寓意:“一个不想自己保护自己的女人，你给她戴上贞操带也没什么用。”

如果一位被丈夫锁上的贵妇自己没有第二把钥匙，那么，她不费吹灰之力便可以找到才艺高超的匠人，让他在几个小时内把结构繁杂的锁打开，再配一把钥匙。这样，情人无论在什么时候都能打开门一直往前走，事后再关上，不会引起丈夫们一丝一毫的怀疑。克列芒·马洛在他的讽刺诗集自序中把这样

的事说得很详细,这件事中的勾引者是法国国王法兰西斯一世。他好比是大卫王再世，而乌利亚则是国王的陪臣道松维利耶男爵，他的美丽的妻子是又一个拔示巴。男爵夫人对引诱她的人欣然相许，高兴地答应听凭巧手锁匠摆弄，让他打开锁，给她的情人打开伊甸园的大门。与此相近的事情常见于小说。丑陋的爱情往往能达到目的，因为阿穆尔往往与试图达成愿望的力量结为盟友。这个情节也常常成为画家的题材。“阿穆尔呵，我的爱情被锁住了，来将它打开吧！”于是阿穆尔勤快且讨好地拿来一串钥匙以满足贵妇的愿望。有一幅十分出色的彩色木刻，听说（也许是真的）出自彼得·弗列特纳之手，也表现了这个题材。两个男人中较为年幼的那个，自豪地说：“我有开这种锁的钥匙。”美貌如花的贵妇高兴地掏钱购买钥匙，钱是她从年迈而且醋劲十足的丈夫口袋里大把大把掏出来的。这幅出色的画可以有两种解释。第一种解释是，妻子靠丈夫慷慨给她的钱，能收买最能干的锁匠。但是第二种解释也许更可信：妻子不但把爱情交给了情人，还赔上了丈夫给她的大笔大笔的钱。

很长一段时间，“让渡钥匙”一直是欧洲讽刺剧和讽刺画的素材之一。在一位画家的一幅木版画上，一位漂亮的、佩戴贞操带的贵妇将一把钥匙交给正搂着她的年轻的情人，那情人的神态十分惊讶。在麦·谢德尔的文章上，一个佩戴贞操带的女人一手拿着钥匙，一手举着一只满满当当的钱袋，好像在勾引人，一看就可以知道有大笔的奖金在等着情人，奖励他为爱情付出的努力。

发明贞操带的时代，又发明了第二把钥匙，导致这个阻止妻子不忠诚的举措完全成为泡影。最大的的讽刺是，贞操带麻痹了妒忌的丈夫的警觉性，变成了他妻子不忠诚的最终的根源。丈夫不再反对客人或者朋友同他的妻子讲不伤体面的风流笑话，而且放心地经常长时间不在家，而本来他是不会这样干的。这样就给别人以成

**贞洁的沦丧 / 油画 / 法国 / 高更 / 1891 年**

百上千个过去不会有的可乘之机，大部分妻子自然会尽力利用这些时机。俗话说："有锁的贞操带只能让妻子更不要贞操。"这句话事实上是归纳了一切有关贞操带的报告与记录。

"贞操带"在民间受到抵制，有产阶级却表示欢迎。到 18 世纪，它竟然成了欧洲上流社会已婚女子的时髦用品，甚至一直流行于 19 世纪的西班牙，即便在 20 世纪 40 年代，还有人用它来对付自己的妻子。

18 世纪的波兰女子虽然没有"贞操带"的束缚，但在父母的严密看管下同样受到非人的待遇。她们的衣服上挂着许多小铃铛，随着脚步移动叮当作响，引起母亲和其他女性长辈的注意。家长们用这种"贞洁铃"把女孩置于自己的监督之下，防止她们自由行动，这一貌似文雅的做法，实际上把女人当成了牲口。

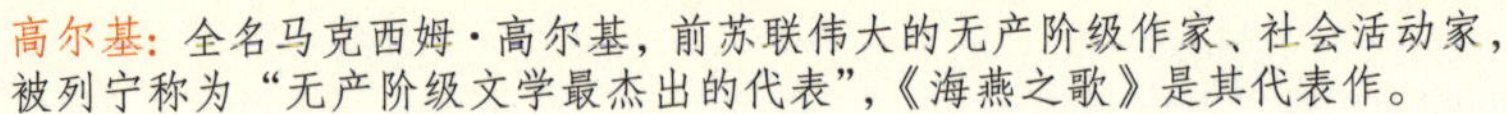

高尔基：全名马克西姆·高尔基，前苏联伟大的无产阶级作家、社会活动家，被列宁称为“无产阶级文学最杰出的代表”，《海燕之歌》是其代表作。

# D/ 伟大的母性光辉

“我们应该赞美她们——妇女，也就是母亲。没有阳光花不茂盛，没有爱就没有幸福，没有妇女就没有爱，没有母亲就没有诗人，也没有英雄。”高尔基如是说。

“母爱是我们的家，我们来自那里；母亲是大自然，是土壤，是海洋。”弗罗姆如是说。

“我永远也不会忘记我的母亲。在我孩提时代，母亲就给我播下了向善的种子，并引导我感受大自然的启迪，领悟人生的真谛，拓宽我的视野。在我人生的旅途中，母亲的榜样时刻激励着我。”康德如是说。

“母亲的爱就像一盏明灯，它在群星之间闪耀着纯洁永恒的光芒，在上帝的桂冠面前燃烧着熊熊不息的火焰。”威利斯如是说。

女性作为慈爱的表征，作为人类的母亲，她通过生命的不断再生而使人类社会亘古至今，绵延不断；通过文化主体的不断再造而使得人类文化之流滚滚向前，永不止息。

无论男人时代的男人在社会主流文化影响下多么蔑视和仇恨女性，他们都无法改变这样一个早已存在且将永远存在下去的事实，即，每一个男人，从来到世界上的第一刻起，便开始依赖着作为其母亲的女性。

女性是生命的体现者。从根本上说，她们就是母亲，或者是未来的母亲。

母爱是最勇敢的，为了生育出一个新的小生命，母亲不畏惧“十月怀胎”之苦，不恐惧“一朝分娩”之险，义无反顾，奋勇直前。

母爱是最无私的，从生下孩子到抚育其长大，母亲呕心沥血，却不图反哺，不求索取。

母爱是最深沉的，不论养育子女的路是平坦还是坎坷，不论子女成人后是穷是富，是贵是贱，都不会使母亲的爱减去半分。

正因为母爱的勇敢、母爱的无私、母爱的深沉，所以母亲的形象在子女们的心目中是最亲近的、最崇高的；母亲的形象对子女成长的影响也是最有力的、最深远的。

无怪乎约瑟夫德·梅斯特尔说："女人没有创造出什么杰作。她们没有写出《伊利亚特》、《拯救耶路撒冷》、《哈姆雷特》、《失乐园》，她们没有设计出圣彼得堡教堂，没有创作出《弥赛亚》，没有雕刻出《阿波罗瞭望塔》，没有画出《末日审判》，她们没有发明代数、望远镜，也没有发明蒸汽机。但是，她们做了比所有这一切伟大得多、优秀得多的事情。因为每一个正直和高尚的男人和女人，都是在她们的膝下调教出来的——这才是世界上最杰出的作品。"

法国的政治家、军事家拿破仑曾说过："母亲的教育决定子女未来的前途。"他把自己生活中的成就大部分归功于在家庭中母亲对自己意志、力量、自制力等方面的磨炼。一位拿破仑的传记作家说："除了母亲以外，几乎没有人能指挥得了他。她总是通过诸如温柔、严厉而又极有分寸的方法，让他热爱、尊敬和服从自己。从她这里，他学到了顺从的美德。"

美国总统约翰·昆西·亚当斯这样赞颂他的母亲："我的母亲是人间的天使。她是为她所接触到的所有人祈祷的牧师。她的心灵就像纯净的天空一样无邪。她的心灵只有善良和恩惠，然而她坚强的意志却像她柔和和温顺的脾气那样永恒。她品尝过痛苦的滋味，但她的痛苦是默默的。即使她活到老祖宗的年龄，她生活中每一天都充满阳光和笑脸。她是我父亲五十年的阳光。如果人死之后还有来世和因果报应的话，那么母亲就是幸福的。"

约翰·维斯利的母亲——苏珊娜·维斯利，她不仅是一个不同凡响的女人，而且被称为世界上最完美、最称职的母亲。她是十九个孩子的母亲，在这十九个孩子中，至少有十三个孩子在她的精心哺育下度过了容易夭折的婴儿期，这其中就包括约翰·维斯利。

苏珊娜是一个淳朴坚强的女人。她曾经接受过良好的教育。结婚以后，虽然经受着因为极度的贫穷而异常艰难的生活，但是她仍然惦记着让她的孩子们接受良好的教育；她为整个大家庭而活着。不管贫穷、疾病，还是其它许多的惨痛经历，她一直没有对自己和自己的家庭失去信心，一直都是一位完美的主妇和母亲。她建立了一套管理家务的规则，而且她和她的孩子们都共同遵守和维护这些规则，因此即便面对贫穷和灾难，这也是一个温馨、幸福、融洽的家庭。苏珊娜对待孩子有着非凡的耐心。有一次，她的丈夫对她说："我很奇怪你有如此大的耐心；同一件事情，你能对孩子重复二十遍。"她回答说："如果我只重复十九遍的话，那么我的劳动岂不是白费了。"这就是苏珊娜教育孩子的方法，也是她的伟大母爱精神所在。她很有办法，并且很严格，但是她没有在任何情况下表现出不耐烦或者是严厉的态度，也从来没有对孩子们大发脾气。耐心、温柔、善解人意，这些美好的品德，在苏珊娜的性格中根深蒂固，在她作为母亲的每一天里，她都在发扬这些美好的品德。

对孩子的教育是从他们刚刚出生就开始了的。苏珊娜从来不因为孩子哭泣而满足他们任性的要求，因为她想如果那样做，就会使孩子们认为哭泣是满足需要的理所当然的办法。孩子们的睡眠都是有规律的，在他们很小的时候，他们被安排早晨睡三个小时，下午睡三个小时；那些小家伙在指定的时间被准时放进摇篮里，直到被摇晃着睡着。随着他们的成长，睡眠时间会逐渐地缩短，一直到白天不再被允许睡觉。孩子们在正餐之外吃零食、喝饮料也是不被允许的，除非在生病等极少数的情况下，严格的母亲才会破例。进餐的时候，孩子们按照大小顺序分别坐在自己的桌子上，较小一点的挨着稍大一点的，他们都能被母亲俯视到。一旦他们能够用刀和叉时，他们就被放到家庭餐桌上。无论在什么情况下，他们必须吃摆在他们面前的东西。当他们之间互相谈话时，必须在前面加上"哥哥"、"姐姐"、"弟弟"、"妹妹"的称呼。

约翰·维斯利出生在1703年，他刚出生几周，他做神父的父亲萨

缪尔·维斯利就因为债务问题进了监狱。萨缪尔在监狱里待了三个月，直到苏珊娜将戒指寄给他帮他还清了债务。苏珊娜说她之所以这样做，是因为她已经没有别的东西可以寄给丈夫了。萨缪尔深深感动于妻子的行为，最后，在一些善良朋友的帮助下，他们的家庭终于再没有负债。

1709年2月9日的晚上，苏珊娜一家居住的教区发生了一场毁灭性的火灾。那时，她最大的孩子外出不在家，苏珊娜在给儿子的信中详细描述了那场大火："大火在晚上十一点或者十二点燃烧起来。当时我们都在睡觉，谁也没有察觉。直到粮库的屋顶也燃烧起来，火屑掉在你妹妹海迪的床上时，她才醒来，并迅速跑去告诉红屋里的父亲。

"我们没有时间穿衣服，只好光着身子跑了出来。我让贝蒂把孩子们都从婴儿室抱出来；她抱起帕蒂并让约翰在后面跟着，但是当约翰走到门口，看到四溢的火苗时，他吓得跑回去了。我们把朝街的门打开，但是强劲的风吹得大火更加猛烈了，没有任何东西可以抵挡住大火的攻势。我使出三倍的力气想冲出去，但是又被顶了回来。我又做了一次努力，最终逃离了火海，而且幸运的是，除了腿和脸烧焦了以外，没有其他地方受伤。

"我到了院子里，到处寻找你的父亲和孩子们，但是却没有看到一个人，我得出结论：他们都丢了。但是，我感谢上帝，我的结论是错误的。你的父亲已经把你的妹妹艾米莉、苏凯和贝蒂带到了花园里；然后他又跑回房间寻找和挽救丢失的约翰。他听到了约翰在婴儿室悲惨的哭声，并做了几次努力想上楼，但是都被火苗打回来了；后来，他想孩子一定葬身火海了，他打算把孩子的灵魂交给上帝，于是他决定回去照顾其他孩子。但是约翰却出人意料地爬到了窗户上，向着院子里的人大声呼喊；大家赶紧爬到窗户上，把小约翰救了出来，就是这个时候房屋整个地倒塌下来。"

房屋虽然烧毁了，但是维斯利一家却全部奇迹般逃脱了这场灾难。维斯利先生以感激的声音对教区的居民说："来吧，邻居们。让我们跪下来，一起感谢上帝吧！他已经给了我这些可爱的孩子，我已经很富有了，房子没有，可并不算什么。我有我的妻子和孩子已经足够了。"他为他善良的妻子身上所具有的独一无二的才能和美德充满了感激。在他写给大儿子的信中，他说："你要通过加倍的祈祷来努力偿还她对你的祝福，并且要尽量真诚和热情。首先，要过一种有德行的忠于信仰的生活，这样她或许会发现她倾注在你身上的关爱没有白费，而我们的灵魂将来或许都能够到达天堂。简而言之，你要按照你的意愿最大限度地尊敬和爱戴她，我也希望你尽可能那样做。虽然我应当嫉妒占据你心灵的任何对手，然而我不会嫉妒你的母亲；你对她尽的义务越多，你越是频繁地和善地写信给她，你就会越使你亲爱的父亲感到欣慰。”

在苏珊娜生命的最后岁月里，她一直感动于自己的儿子约翰和查尔斯所从事的伟大的慈善事业，她被一种深深的幸福感所包围。她对孩子的教育所产生的巨大的影响，已经远远超过了她的生命本身所能达到的高度。在她七十四岁的那年，她安详地进入天堂了。约翰·维斯利有一次谈到母亲的去世，这样说道：“那天下午，大约三点钟，我走到母亲的身边，发现她快不行了。我在她的身边坐了下来，她正在与死神做最后的抗争。虽然她已经不能说话了，但是我知道她的意识是清醒的。当我们向上帝赞美她的灵魂的时候，她的表情非常平静安详，她的眼睛凝视着前方。下午三四点时，在没有任何抗争和呻吟的情况下，母亲的灵魂获得了自由。我们围绕在她的床边，心中默念她最后的遗言：孩子们，她说，在我获得解放的那一刻，你们要向上帝唱一支赞美的歌。”

美国画家詹姆斯·惠斯勒在他十岁生日的时候，写了一首送给母亲的诗，他在诗中这样写道：

他们对我们说起一棵印度的树，
无论阳光、天空怎样诱惑，
它的枝条，
让它自由舒展，
发芽、开花，无处不在，
无处不达。

圣母玛利亚的怀胎 / 油画 / 西班牙 / 里贝拉 / 1630 年

它却宁愿手臂，
弯曲着扑向大地母亲。
在那里，
温暖充满它感激的心，
生命从此诞生。
无论有多少人向我献媚，
无论有什么样的荣誉，
啊！我的母亲，这颗心，
满怀爱的真挚，
永远向你靠近。

在惠斯勒成为著名的画家以后，他曾经给母亲画了一幅肖像。在当时，一些保守的画家称他的作品是“灰黑色的奇特搭配图”。他们无法从这幅作品中读出画家对母亲那深深的怀念和感恩。惠斯勒的母亲是一位伟大的母亲，她的名字是安娜·麦克尼尔，是苏格兰拓荒者的后裔。她是一位意志坚定又很有想象力的夫人，能够理解艺术家的心灵之火，并努力为儿子铺平艺术之路。惠斯勒成名之后定居在伦敦，有一段时间，安娜在伦敦和儿子居住在一起，她在自己的日记中写到：“当他以理想为双翼在天空高高飞翔时，他的母亲为他安排日常生活的方方面面。”后来她又写到：“吉米（指画家）又在家里了，并且爱着我……他在为我画肖像，卡莱尔先生也在为他做模特……我的孩子又和我在一起了，感谢上帝，他是那么可爱文雅，就和他小时候一样。”

法国著名启蒙运动思想家卢梭幼年丧母，耽于幻想的父亲又远走他乡。他从小开始流浪生活，学过手艺，当过仆人，四处漂泊，从来没有得到过亲人，尤其是母亲的温暖。在他十六岁那年，他第一次见到华伦夫人，立即产生了一种“奇异”的感情。华伦夫人当时年方二十八岁，处于贵族少妇最有风采的年纪。她美丽的面庞风韵十足，蓝

**百合圣母 / 油画 / 意大利 / 普雷维亚蒂 / 1894 年**

色的大眼睛充满柔情，洁白的肤色光彩闪耀，丰满的胸脯动人心魄。卢梭描绘说："她的美不在面貌上，而是在风姿上，那种美经久不衰，好像现在仍有当初少女的风采。她的态度亲切妩媚，目光十分温柔，嫣然一笑好像一个天使，她的嘴和我的嘴一般大小，美丽的灰发也是很少见的，她漫不经心地随便一梳，就增添了不少风韵。她的身材不高，甚至有点矮小，致使她的体态稍嫌矮胖。虽然没有什么不相称的地方，但是，要找到比她那样更美的头、更美的胸部、更美的手和更美的胳膊，那是办不到的事。"

梦 / 油画 / 法国 / 卢梭 / 1910 年

华伦夫人的形象满足了卢梭心底里隐藏着的某种神秘的渴望，也引起了他一直被抑制着的美好联想，所以，他产生的不是对异性的爱情，而是一种似乎已有“十年之交”的自然而然的亲近感、轻松感、信赖感和安全感。

卢梭说，这是与爱情不同的另外一种感觉。“这种感觉或许没有爱情那么强烈，但却比爱情要甜蜜千百倍，它有时和爱情联系在一起，但往往又和爱情不相关。这种感情也不是单纯的友情，它比友情更强烈，也更温柔。我并不认为它能够发生于同性的朋友之间；至少，我虽然是一个最喜欢交朋友的人，却从来没有在任何男性朋友身上体验过这种感觉。”

这种感情既不是爱情也不是友情，是种什么“奇异的东西”呢？

这实际上是卢梭多年来一直渴望着、期待着的对于母亲的爱。而因为他从来没有得到过母爱，所以，这种母爱的幻觉和母爱的象征在他心里变得更神圣、更强烈、更理想化。所以卢梭自然而然地把华伦夫人喊作“妈妈”。

卢梭在他晚年写的被称作《忏悔录》续篇的《一个孤独的散步者的遐想》中，对华伦夫人给予他的一切做了最高的评价：

假如没有那一段短暂而珍贵的时光，那我也许至今还不了解我自己和我的天性。……但在那少有的几年，我被一位殷勤而温柔无比的女人爱着，我想做什么就做什么，想怎么样就怎么样，由于我利用了我的闲暇时光，又得助于她的教诲，以她为楷模，我使我那尚很单纯、幼稚的心趋向于一种它最合适的状态，它后来也就一直保持了这种状态。

卢梭与华伦夫人一起度过了八年“田园诗式”的生活，并自学各门科学，积累了广博的知识，形成了他的世界观。这是他一生中最美好的八年，是他作为伟大的思想家和文学家孕育、准备的八年，也是儿子在母亲怀抱里哺育，母亲为儿子成人牺牲的八年。

家庭是最好的学校。在这里，女性往往是最优秀的老师。法国有这样一句谚语：“没有女人，男人永远是个少不更事的毛头小伙。”哪怕是穷得家徒四壁，只要有一个善良、节俭、乐观的女人在料理，这个家仍然是关系融洽，充满温馨的。这样欢乐的家庭是受人喜爱的，它会成为人们心灵的殿堂，躲避生活风暴的港湾，劳累之后休息的乐园，不幸之时寻求安慰的场所以及在任何时候快乐的源泉。而这些，很大的功劳都属于一个母亲。作曲家格雷姆特认为，女人作为品格的教育者时极为重要，他把一位

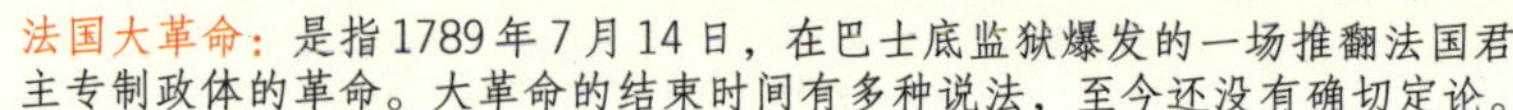

法国大革命：是指1789年7月14日，在巴士底监狱爆发的一场推翻法国君主专制政体的革命。大革命的结束时间有多种说法，至今还没有确切定论。

优秀的母亲刻画为“自然的杰作”。格雷姆特的思想是深刻的，因为优秀的母亲，当她们在家庭中营造良好的道德氛围时。她们为人类的精神世界提供了丰富的养料，就像男人为物质世界的进步提供了丰富的养料一样。女性在理性的指导下，以温和的性情、善良和友好的内在精神原则，营造了一个欢乐、如意、美好的氛围，这种氛围不仅适于纯洁的品格的成长，而且也适于刚毅性格的形成。

拿破仑总是习惯地说：“一个孩子的行为举止的好坏完全取决于他的母亲。”在他未当政之前，他曾经指出法兰西最缺乏的就是母亲，法兰西缺乏家庭的教养，这要求由善良、品德高尚和有理性的女性来实施。事实上，第一次法国革命已经充分证明了，由于对女性纯洁的影响力的忽视，必然导致社会的灾难。也许这样的说法有一些武断。换言之，社会灾难的降临和女性纯洁的缺失是互为存在的。当全国性的骚乱爆发时，社会已经充满了罪恶，陷入了堕落，道德、信仰和美德全部都被肉欲吞噬了。女人的品格已经腐化堕落。母爱变成了责骂呵斥，家庭的温暖不复存在。法兰西没有母亲，孩子们毫无约束，法国大革命是在“女人的凶残的暴力和叫喊声中”爆发的。

歌德出生的时候，他的母亲只有十八岁，因此他们母子二人一直都是互相理解、深深相爱的朋友。伊丽莎白·歌德这样描述自己和儿子的关系：“我和我的沃尔夫冈一直相互紧密地联系在一起；我们在一起时，我们都是年轻人。”在歌德小的时候，这个故事大王母亲每天都在给小歌德讲故事。正是母亲那些奇妙的故事，激发了歌德的文学想象，使他成为德国最伟大的诗人。他是文学史上不朽的人物之一。他的母亲也为自己才华横溢的儿子而骄傲。他的每一部著作出版之后，都会读给母亲听。母亲高兴地倾听着，细心品味着，然后就宣布：这就是我的儿子。当名誉已经把歌德推到世界伟人的行列的时候，老人却在默默地念叨着：“想起小的时候，他在我的脚边玩耍的情景，就好像是发生在昨天的事情。”

母爱，永远都是人类心灵的慰藉。没有了母爱的时代是一个堕落的时代，一个残忍的时代。母爱，是人类免于堕入罪恶的重要砝码。

男人是人类的头脑，女人是人类的心灵；男人是人类的理性，女人是人类的感情；男人是力量的象征，女人则是文雅、华美和快乐的象征。即使是最优秀的女人，她对世界的理解力也主要是通过感情来获得的。因此，尽管男人可能提供智力支持，但是，感情的开发却是女人完成的，而品格主要是由情感决定的。男人能充实人的头脑，女人却能占有人的心灵，因而，我们主要是通过女人来提升美德。

母爱是我们人类可以看得见的神灵，她的影响是永恒和普遍的。它和一个新的生命的教育同时开始，通过每一个善良的母亲在生活中对子女的重大影响而延续下去。每一个人来到这世界，都要参加劳动、产生焦虑和经受考验，当他们遇到麻烦和身陷困境时，他们都会跑去向母亲垂询，或者从母亲这里寻找安慰。在母亲离开人世之后，她所移植于孩子心灵的纯洁而善良的思想，依然通过子女转化为善良的行动。当她在这世界只留下美好回忆的时候，她的子女已长大成人，她是圣洁的。

**睡着的吉普赛人 / 油画 / 法国 / 卢梭 / 1897 年**